IV

「부르지 않아도 튀어나와서 짠짜자잔~♪
로로아데이~」

로로아
✠
Roroa Amidonia
✠

현실주의 용사의
왕국 재건기
Re:CONSTRUCTION
THE ELFRIEDEN KINGDOM
TALES OF REALISTIC BRAVE

도조마루
일러스트 ✿ 후유유키

마왕령

그란 케이오스 제국
(흰 선은 속국을 포함한 영토)

성룡 산맥

동방 제국(諸國) 연합

아미도니아
공국

용병 국가
제므

엘프리덴
왕국

톨기스
공화국

구두
제도 연

성룡 산맥

동방 제국 연합

바르가스
공령

월터 공령

붉은 용 성읍

카마인
공령

라군 시티

란들

반

파르남

아미도니아
공국

용병 국가
제므

네르바

아르토믈라

신호의
숲

신도시
건설 예정지

톨기스
공화국

엘프리덴 왕국

구두룡
제도 연합

현실주의 용사의 왕국 재건기

Re:CONSTRUCTION
THE ELFRIEDEN KINGDOM
TALES OF
REALISTIC BRAVE

도조마루
일러스트 ✛ 후유유키

Contents

Re:CONSTRUCTION
THE ELFRIEDEN KINGDOM
TALES OF
REALISTIC BRAVE

IV

♔ 프롤로그 ★ 달리는 국왕

―――대륙력 1546년 11월 2일, 왕도 파르남

기온도 조금 서늘한 정도라 지내기 편한 가을날. 식욕의 가을, 독서의 가을, 예술의 가을 등으로 일컬어지는 계절이지만, 내게는 그야말로 스포츠의 가을로 한창이었다.

"자, 앞으로 세 바퀴! 다리를 좀 더 드시고, 허벅지의 이두근을 의식하시고!"

"으허……."

조언자 겸 교육 담당인 노장 오엔 제베나의 굵직한 목소리를 잔뜩 들으며, 나는 위병들의 훈련장 가장자리를 족히 30분은 계속 달리는 중이었다. 사람에 따라서는 딱히 대단한 일이 아니라고 생각할지도 모르겠지만, 실내 활동에 특화된 내게는 몹시 힘겨웠다. 천천히 자신의 호흡에 맞춰 달린다면 편하겠지만, 꾸물꾸물 달리다가는 너무도 숨 막히는 오엔의 성원이 날아든다.

"앗핫하! 근육은 노력을 배신하지 않습니다! 건전한 정신은 건전한 육체에 깃든다고 하니까 말입니다! 건전한 정치도 통치자의 건전한 육체에 깃들겠죠! 자, 자신의 한계를 보고 허벅지 삼두근을 실컷 괴롭히는 겁니다!"

"나, 자신을 괴롭히는…… 취미는 없다고……."

오엔은 교육 담당이 된 뒤로 시간만 나면 나를 단련하겠다며 훈련장으로 끌고 나왔다. 그리고 러닝부터 검 휘두르기, 오엔을 상대로 한 모의전 같은 메뉴를 한바탕 소화시키기에 이르렀다. 목표는 병장 수준까지 단련하는 거라나.

러닝을 마치고 나는 그 자리에 벌렁 드러누웠다.

"괘, 괜찮으십니까? 폐하."

아이샤가 걱정스레 수건을 건넸다.

"의, 의외로 진짜…… 죽겠어."

수건을 받아들고 땀을 훔치며 그리 말하는 나를, 오엔은 그냥 웃어넘겼다.

"위험할 때까지는 훈련하지 않으니 괜찮습니다. 요 며칠 사이에 폐하께서도 자신만의 호흡 조절법을 익히신 모양이더군요. 이 정도면 앞으로 10분은 더 달리실 수 있을 겁니다."

"이제 좀 봐줘……. 아직 정무를 더 봐야 되니까."

"어차피 움직이지도 않으실 테니, 정무 중에 몸을 쉬시면 되지 않습니까."

"졸릴 테니까 그만하자고 그러는 거잖아!"

뭐, 본체가 잠들어도 【리빙 폴터가이스트】로 분배한 의식은 깨어 있다. 그러니 한 사람분의 노동력이 줄어드는 것뿐이지만, 그래도 엄청 피곤한 건 사실이었다.

"저기, 폐하? 힘드시면 그렇게 무리하지 않으셔도……."

아이샤가 걱정스레 말했다.

"육체를 단련하는 건 중요해. 소마는 항상 건강해야 하니까."

그러나 어느새 찾아온 리시아가 단호히 말했다.

"게다가 소마 본인도 의욕이 없지는 않은 모양이고."

"예? 그러신가요?"

"소마는 저쪽 세계에서는 할아버님과 함께 살았다고 그랬지? 우는소리를 하면서도 도망치지 않는다는 말은, 오엔 경의 모습에서 할아버님의 모습을 보여서 그런 거 아니야?"

"……뭐, 그런 걸지도."

기운찬 노인을 보고 있으니 아무래도……말이지. 우리 할아버지는 저런 울끈불끈한 마초가 아니었지만, 어쩐지 정겹게 느끼는 것도 사실이었다.

"그런데 리시아, 뭔가 용건이 있어서 온 거 아냐?"

"아, 그렇지. 하쿠야가 찾아. 중요한 보고가 있다면서."

"그런가……. 그렇다고 하네, 오엔. 여기까지 하자."

내가 그리 말하자 오엔은 한숨을 쉬며 어깨를 으쓱였다.

"그럼 다음은 그 중요한 보고가 끝난 다음에 해야겠군요."

"아직 더 할 생각이냐……."

기운 넘치는 할아버지의 드센 박력에 나는 질려 버렸다.

집무실로 돌아오니 재상 하쿠야가 시원스러운 표정으로 서 있었다.

"보고라는 건 예의 공작 활동 건인가?"

그리 묻자 하쿠야는 공손한 태도로 인사했다.

"예. 착착 진행 중입니다. 순조……롭다고 할 수 있겠죠."

"? 뭔가 마음에 걸리는 거라도 있어?"

모호한 느낌이 들어 그렇게 묻자 하쿠야는 생각에 잠긴 표정으로 고개를 끄덕였다.

"지나치게 순조로운 것 같아서. 뭔가 저희와는 다른 의지가 움직인다는 생각이 듭니다. 그럴 경우, 결과가 예상 밖의 방향으로 굴러가는 경우도 고려해야 할 것 같습니다."

"예측할 수 없는 사태는 피하고 싶지만……. 이제 와서 손을 뗄 수도 없겠지?"

"그렇습니다."

아무리 수완가인 가신과 함께 책략을 생각한들 사태는 생각대로 움직여 주지 않는다. 요전 싸움도 그랬듯이 예측하지 못한 사태는 반드시 일어나는 법이다. 그렇기에 항상 대비해야 한다. 어떤 결과가 기다려도 곧바로 움직일 수 있도록.

"계획을 변경할 수는 없어. 사태의 추이를 주시하면서 마음 놓지 말고 진행해 줘."

"알겠습니다."

하쿠야가 허리를 꾸벅 숙인 참에, 나는 크게 기지개를 켰다.

"자, 그럼……. 훈련장으로 돌아갈까. 늦으면 오엔이 시끄럽게 굴 테니."

"……싫다고 그러시는 것치고는 순순히 돌아가시는군요."

기가 차다는 표정으로 그리 지적하는 하쿠야의 태도에 나는 쓴웃음을 지으며 말했다.

"뭐, 이것도 예측하지 못한 사태에 대비하는 걸 테니 말이야."

👑 제 1 장 ✦ 혁신을 향한 포석

　근위기사단장 루드원 아크스.

　20대 후반이라는 젊은 나이에도 유사시에는 금군 4만을 지휘하는 근위기사단장 직책을 맡은 영걸이다. 왕국의 금군과 육해공군이 해체 및 재편되어 국방군이 된 후에는 차기 국방군 총대장을 맡을 사람으로 유력하며, 현재는 총대장인 엑셀의 부관으로 수행 중이다. 스트레이트 금발이 어울리는 미남에 출신도 좋아, 성에서 근무하는 메이드 사이에서는 엄청난 인기를 자랑하는 남자다. 그러나 그런 것치고는 여성 관계로 별다른 소문 하나 없이, 오히려 남색을 즐기는 게 아니냐는 묘한 소문이 돌아 본인이 곤란했던 적도 있었다.

　루드원 주위에 도는 이상한 소문이라면 하나 더 있었다.

　사실은 생계가 쪼들리는 게 아니냐는 이야기였다.

　그것도 루드원이 어째선지 항상, 성 안에서 메이드나 위사가 사용하는 일반 식당에서 식사를 하기 때문이었다. 마치 되도록 지출을 줄이려는 것처럼 말이다. 출신도 좋고 중요 관직에 올라 나름대로 많은 봉록을 받을 터인 루드원이 설마 그럴까 싶지만, 식당에서 가장 저렴한 빵만 먹고 있는 모습이 번번이 목격됐다.

이를 보고,

"위사와 같은 음식을 먹어 고락을 함께하려는 것이다."

"항상 절제하여 유사시를 대비하는 것이다."

……그렇게 호의적으로 해석하는 의견도 있고,

"사실은 구두쇠에 상당한 수전노가 아닐까." 같은 이야기를 하는 사람이나,

"어쩌면 애인이랑 숨겨진 아이가 있어서 그 사람들한테 돈을 뜯기는 것은 아닐까."

그런 가십성 소문을 수군대는 사람들도 있었다.

다만 루드윈이 화려하게 돈을 쓴다는 이야기도 없고, 그렇다고 저축한다는 느낌도 없다. 그렇다면 루드윈의 봉록은 어디로 가는 것인가?

그 대답을, 우리는 이윽고 알게 된다.

────대륙력 1546년 11월 초순, 왕도 파르남

가을도 무르익어 날씨가 점점 서늘해질 무렵.

아미도니아 공국과의 전후 청산도 끝나고 국내에서 암약하던 부패 귀족들도 모두 처리한 엘프리덴 왕국은 한때의 평온을 누리고 있었다.

부패 귀족들이라는 내부의 걱정거리, 아미도니아 공국이라는

외부의 걱정거리를 동시에 정리했기에 국왕인 나와 재상 하쿠야의 주가도 올라갔다. 따라서 삼공과 힘겨루기 중일 시기에는 상황을 관망하기만 했던 귀족들도 우리를 따르게 되어 단숨에 중앙집권화를 꾀할 수 있었다.

그렇게 국정 개혁에 탄력을 붙일 수 있으리라는 기대가 커지는 온화한 가을 오후.

파르남 성의 집무실에서 나는 리시아에게 어떤 물건을 보여주고 있었다.

"이 녀석을 봐 줘. 이 녀석을 어떻게 생각해?"

"굉장히…… 가늘고 길면서 위로 섰네."

리시아는 흥미진진한 태도로 그것을 빤히 바라보는 중이다.

"시험해 볼래?"

"괜찮아? 그럼……."

리시아는 하얀 손가락을 허리춤에 있는 레이피어 칼자루에 얹었다.

그리고 눈을 가늘게 뜨더니 레이피어를 뽑자마자 그 물건을 향해 휘둘렀다. 다음 순간, 날카로운 소리가 쨍하고 울리더니 레이피어 칼끝이 바닥에 떨어졌다.

리시아는 분리된 날 끝과 본체를 번갈아 살펴보고는 놀란 목소리를 흘렸다.

"내, 내 검이?!"

"왜 갑자기 베려고 그러는데……."

당황한 리시아를 보며 나는 크게 한숨을 내쉬었다.

"소마가 시험해 보겠냐고 그랬잖아!"

"들어 보든지 한번 휘둘러 보겠냐는 뜻으로 물었어. 그런데 왜 갑자기 베어 보려고 그러는지……."

리시아는 이따금 뇌에 근육만 찬 사람처럼 행동하는구나. 스승 게오르그의 영향일까?

"애당초 날과 날이 부딪히면 어떻게 되는지 정도는 알잖아?"

그렇게 묻자 리시아는 멋쩍은 듯 시선을 이리저리 돌렸다.

"그, 그건 그러니까……. 그게, 이건 '구두룡도' 잖아? 베는 느낌이 어떨지 흥미가 있었다고 할까……."

"정말이지……."

참고로 리시아의 검을 잘라낸 것의 정체는, 엘프리덴과 바다를 사이에 두고 동쪽에 있는 구두룡 제도를 통치하는 '구두룡 제도 연합' 에서 벼려낸 도(刀), 이른바 구두룡도였다. 외날에 도신은 얇으면서 가늘고 뒤쪽으로 휘어졌으며 날과 칼등 사이에 피가 흐르는 홈도 파여 있다……고 말하면 알아차린 사람도 있을 텐데, 구두룡도는 일본도와 무척 비슷한 것이었다.

찍어서 벤다는 느낌이 드는 이 나라의 검(서양식)과는 달리 썰어서 절단하는 것에 특화됐다는 면도 똑같았다. 어쩌면 제작 과정 역시 같을지도 모르겠다.

그런 구두룡도가 칼집에서 뽑아 도신이 훤히 드러난 상태로, 칼날 부분이 위를 향하도록 놓여 있었다. 거기에 리시아가 검을 휘둘렀다가 도리어 자신의 검이 부러져 버린 것이었다.

리시아는 구두룡도를 찬찬히 바라봤다.

"그건 그렇고, 예리도가 엄청나네."

"내가 있던 나라에 비슷한 도가 있었는데, 절단력이라면 톱클래스였어."

이전에 어떤 방송에서 봤는데, 워터커터(고압의 물을 쏘아서 물체를 절단하는 도구)로 쏜 물마저도 갈라놓았으니까 말이지. 범상치 않은 절단력일 테지.

그 말을 듣고 리시아는 감탄한 듯 신음했다.

"굉장하네. 그런데 왜 구두룡도가 여기 있는 거야?"

"엑셀이 보낸 헌상품. 나포한 구두룡 제도의 어선에 있었대."

"어선?"

"최근에 많아졌대. 우리 쪽 근해까지 와서 불법 조업을 하는 구두룡 제도의 배가 말이야."

이 세계에는 철제 함선을 끄는 시 드래곤(산양의 뿔이 난 플레시오사우루스의 괴수 버전 같은 녀석) 같은 대형 바다생물이 존재한다.

시 드래곤은 비교적 온후하지만 대형 바다생물 가운데는 초거대상어 '메갈로돈' 같은 흉포한 생물도 있다고 한다. 다만 그런 대형 바다생물은 주로 원양에 살고 있기에 필연적으로 어장은 대륙이나 섬의 근해로 한정된다.

그래도 충분한 어획량이 있기에 그렇게 큰 문제는 없었지만, 최근에 우리나라의 근해까지 와서 고기를 잡는 구두룡 제도의 배가 늘어나고 있다는 듯했다.

이 세계의 상식으로는, 어장은 자국의 근해나 원양(물론 위험은 따르지만)으로 정해져 있어서 다른 나라의 근해에서 어업 활동을 하면 불법 조업으로 취급된다. 이러한 배들을 나포하거나 격침시켜도 문제 삼지는 못한다. 그럼에도 우리 나라 근해에서 조업을 하는 배들은 늘어나고 있었다.

그에 따라 어민들끼리 충돌하는 사건도 늘어난 모양이었다.

"국가 차원에서도 구두룡 제도에 항의하고 있지만…… 대답은 없어. 엑셀 휘하의 함대에 초계 임무를 맡겼지만 별다른 성과는 없는 모양이고."

"상대는 해양 국가인걸. 조선(造船), 조함(操艦) 기술은 이 세계에서 최고라고 해도 돼."

리시아 말대로. 구두룡 제도는 시 드래곤 이외에도 배를 끌 수 있는 생물을 사육한다는 모양이다. 그것도 터무니없이 빠른 생물로 말이다. 게다가 어선은 목조로 된 데다 대포 같은 것도 안 실으니 함속이 빠르다. 도주에 전념하면 군함으로는 따라잡을 수 없었다.

"이번에 나포된 배도 운 나쁘게 좌초된 걸 붙잡았다더라."

"그럼 우리도 함속이 빠른 목조 선박을 만든다면?"

"그럴 경우, 상대가 무장을 했다면 막대한 피해가 나오겠지?"

"……그러네."

경비하는 측은 최소한이라도 장비를 갖추어야 한다는 게 문제점이었다. 리시아는 팔짱을 끼며 고개를 갸웃거렸다.

"하지만 조금 이상한데. 확실히 우리 근해까지 오면 조업 자체는 안전하게 할 수 있을 테지만, 오가는 동안에 대형 해양 생물이 있는 원양을 지나야만 해. 어째서 그런 위험까지 감수하면서, 붙잡힐지도 모르는데도 불법 조업을 하는 걸까?"

"글쎄……. 구두룡 제도에 무슨 일이 생겼을지도 모르지만, 우리는 그걸 알아낼 방법이 없어. 섬나라의 정보는 거의 안 들어오니까."

휘하의 첩보공작부대 '검은 고양이'를 잠입시켜서 첩보활동을 하게 하더라도 주위가 바다로 둘러싸인 곳에서는 연락을 취하는 것조차 어려웠다. 전서 쿠이로는 쉴 곳이 없는 바다를 넘어갈 수 없고, 국왕 방송의 보옥은 너무 커서 몰래 가지고 들어가기도 어렵다. 잃었을 경우 리스크도 크고.

결국 원양을 건너서 인편으로 정보를 전달해야 하는데 그러면 아무래도 시간이 걸리고 만다. 정보는 신선도가 생명. 설령 중요한 정보를 얻었더라도 그것을 곧바로 본국으로 전달할 수단이 없다면 의미가 없다.

일단 로렐라이 중 한 명인 난나처럼 구두룡 제도에서 흘러든 사람들에게 이야기를 듣고는 있지만, 그곳은 구두룡왕을 맹주로 통일이 되기는 했어도 각 섬의 생활 사정은 아무래도 다른 모양이라 단편적인 정보를 모아도 전체상을 좀처럼 파악할 수가 없었다.

"무슨 생각을 하는지 모르는 나라는 명확한 적국보다 더 성가셔. 무엇에 대비해야 하는지 도저히 알 수가 없으니까."

"그러네……."

우리는 함께 이것저것 생각해 봤지만 결론이 나올 리 없었다.

"……뭐, 여기서 생각해 봐야 제자리걸음인가. 어쨌든 구두룡도 이야기로 되돌아가서, 내가 있던 나라의 이거랑 무척 비슷한 칼 말인데, 절단력은 굉장히 뛰어나지만 충격에는 약해서 쉽게 부러지거나 휘어진다는 단점이 있었거든. 하지만 이 세계에는 부여마법이 있잖아? 이 도에도 충격에는 어느 정도 버틸 수 있는 강도를 확보할 수 있어."

"도검류로서는 최강 클래스네. 뭐…… 도검류 '자체'로서는 말이지만."

"? 무슨 뜻이야?"

"우리는 무기의 힘만으로 싸우는 게 아냐. 이 세계의 사람은 다들 많든 적든 마법을 쓸 수 있고, 그들 대다수는 화수토풍의 네 속성을 움직일 수 있는걸. 전투 상황에서는 자신의 무기에 그런 속성을 두를 수 있어."

아아, 본 적이 있다. 아이샤는 대검에 바람을 둘러 절단력과 공격 범위를 늘렸고, 할은 불꽃을 둘러서 적에게 던져 폭발시켰지.

"그러니까 무기 본래의 절단력 자체는 그다지 중요하지 않아. 다만 수 속성 이외의 마법을 쓰기 힘든 수상전 등에서는 그 강함을 탁월하게 발휘할 수 있겠지만. 구두룡 제도의 수상전은 고속으로 접근한 다음에 육박전을 벌이는 해적 스타일이 주류라는 모양이니까."

"흐음……. 해양 국가에 적합한 무기라는 건가……."

리시아의 설명을 들으며, 나는 구두룡도의 칼날 부분을 지그시 바라봤다.

"하지만……. 이 대장 기술은 필요한데 말이지."

"어라? 별로 의미가 없다고 그러지 않았던가?"

"무기라면 말이지. 하지만 절단력이 좋은 날붙이를 활용하는 방법은 무기가 아니더라도 잔뜩 있잖아?"

물건을 잘 자를 수 있는 식칼을 양산할 수 있다면 요리사는 더욱 섬세하고 맛있는 요리를 만들 수 있겠지. 잘 잘리는 공구가 있다면 그것을 사용해 더욱 성능이 좋은 공구를 만들 수 있을지도 모른다. 그리고 메스 같은 의료기기. 이게 가장 급선무일까. 외과수술을 할 때는 칼날이 날카로울수록 환자의 부담은 가벼워진다.

그만큼 용도가 많은 기술이다. 반드시 얻고 싶다.

"일단 우리 쪽에도 연구를 진행하고는 있지만……. 시간이 걸릴 것 같아서."

나도 일본도에 대해서는 철을 겹쳐서 달구고 때려서 단련한다…… 정도의 대략적인 지식밖에 없었다. 옥강과 *히히이로 가네 중에 어느 게 실존하는 금속이었더라? 이 정도 지식으로 도저히 일본도를 재현할 수는 없겠지.

"국교만 있다면 상응하는 대가를 지불하고서라도 기술 이전 교섭을 진행하겠지만……."

"가장 중요한 구두룡 제도 연합은 무슨 생각을 하는 걸까, 라는 이야기구나."

---

* 히히이로가네: 일본의 전승, 전설 등에 등장하는 고대의 금속 혹은 합금. 픽션에 주로 등장한다. 히히이로카네라고도 한다.

"그렇지."

"그건 또 어려운 이야기네."

바로 그거다. 아미도니아 공국은 명확한 침략 의도가 있었고 우리도 다급한 상황이었기에 싸우겠다는 결단을 내렸지만, 항상 이웃 나라와 전쟁을 치른다면 이 나라가 버티지 못한다. 불필요한 충돌을 피하기 위해서라도 국교를 수립하고 싶은데.

"……뭐, 어쨌든. 우리는 우리대로 이렇게 다른 곳에 없는 독자적인 기술을 개발해야겠지. 기술이나 학문은 정세에 흔들리지 않는 국가의 기초가 되니까."

"지당한 의견이라고 생각하지만, 구체적으로는?"

"기술은 사람이 만드는 법이야. 그렇기에 기술이 있을 법한 인간과 닥치는 대로 접촉할 수밖에 없겠지. 마침 딱 적당한 녀석이 있는 모양이니까."

"적당한 녀석?"

의아해하는 표정을 짓는 리시아를 향해 나는 크게 고개를 끄덕였다.

"무척 예전에 루드윈이 그랬잖아? 금군에 매드 사이언티스트가 있다고. 그때 '다음에 소개해 드리겠습니다.' 라고 약속했는데, 그걸 지금 지켜 달라고 할까."

그런 이야기를 꺼냈을 때였다.

노크도 대충, 집무실 문이 열리고 화제의 인물인 루드윈이 구르다시피 들어왔다. 그리고는 갑자기 무릎을 꿇더니 바닥에 이마가 닿을 정도로 깊이 머리를 숙였다. 거의 엎드려 빈다고 해도 될 정도의 모양새였다.

"폐하! 정말 죄송합니다!"

별안간 그런 식으로 사죄의 말을 입에 담았다.

갑자기 사죄를 시작한 루드윈을 보고 나와 리시아는 눈을 동그랗게 뜨며 물었다.

"갑자기 뭘 사죄하는 거야?"

"무슨 일 있었나요? 루드윈 경?"

그러자 루드윈은 고개를 들더니, 찬찬히 단어를 고르듯 말을 꺼냈다.

"그게…… 제 지인이 터무니없는 짓을 저질러서……."

"터무니없는 짓?"

뭔가 귀찮은 일이라도 일어났나? 왕위를 물려받은 뒤로 산더미 같았던 정무도 간신히 정리된 참인데, 또 무슨 일이 일어난 걸까. 그런 생각에 난처해졌다 싶었는데 루드윈이 쭈뼛쭈뼛 물었다.

"저기……폐하. 이전에 제가 폐하께서 만나 주셨으면 하는 인물이 있다고 말씀드린 것을 기억하십니까?"

"응? 아. 마침 지금 리시아랑 그 이야기를 하던 참이었어. 지인 중에 매드 사이언티스트가 있다는 이야기였지? 꼭 만나 보고 싶다 생각했는데 최근까지 계속 어수선했으니까 말이야. 시간을 내지 못해서 미안하네."

"아뇨, 그 사실은 참으로 잘 알고 있습니다. 그런데…….."

루드윈은 무척 말하기 힘들다는 것처럼 주저하면서도, 이윽고 각오를 다진 듯이 말했다.

"터무니없는 짓을 저질렀다는 인물이 바로 그 지인입니다."

◇ ◇ ◇

왕도 파르남과 신 해안도시 베네티노바 중간쯤에 아크스령이라는 곳이 있다.

근위기사단장 루드윈 아크스가 가주인, 아크스 가문이 다스리는 토지였다. 그래 봐야 루드윈은 기본적으로 왕성에 계속 머무르니, 평소에는 대리인이 경영하고 있다나.

이 나라의 귀족, 기사 계급이 소유한 토지 중에서는 중간 정도 규모에 해당한다.

루드윈은 앞선 전쟁에서 공을 세웠기에 사실은 더욱 큰 영지로 옮겨 주려고 했지만, 자신의 영지에 특별한 마음이 있는지 루드윈은 완고히 받아들이지 않았다. 억지로 옮길 일도 아니었기에 그때는 주위의 토지를 늘리는 방향으로 조정했다.

그런 아크스령에 나와 리시아 그리고 루드윈은 왕가 행차용 와이번이 옮기는 곤돌라를 타고 방문했다. 며칠 전, 루드윈에게 들은 사실을 확인하려고.

"괜찮겠어? 아이샤를 두고 왔는데."

"뭐, 루드윈이 있으니까."

이번 외출에 호위는 따라오지 않았다. 아이샤는 상당히 걱정하며 불평했지만 근위기사단장이 있으니까 문제는 없겠지. 게다가……이번 일은 은밀히 처리하고 싶다는 생각도 있었기에 인원은 적은 편이 나았다.

상공에서 본 아크스령은 낙엽이 지면을 뒤덮어 주황색으로 물든 상태였다. 또한 밭이나 방목지가 많아서 한적한 풍경이 펼쳐져 있었다.

체감상이기는 하지만 삼국지 시대의 중국보다도 한층 더 클 것으로 예상되는 이 대륙에서는 북쪽과 남쪽의 환경이 무척 달랐다. 북쪽으로 갈수록 더워지고 남쪽으로 갈수록 추워진다. 그것은 이 나라 안에서도 마찬가지라서 최남단 쪽에서는 이미 눈도 내리기 시작했다나. 그리고 이곳 아크스령은 비교적 북쪽에 있다 보니 아직 지내기 편한 가을날이라는 느낌의 기후였다.

"이대로 느긋하게 소풍이라도 가고 싶네."

"기분은 무척 잘 알겠지만, 다음 기회에 그러자."

별생각 없이 말했더니 리시아가 살며시 나무랐다.

"오늘은 할 일이 있어서 왔잖아?"

"알고는 있지만 말이지. 날씨가 너무 좋아서……."

"아, 여깁니다, 폐하. 여기서 내리시지요."

루드윈의 지시로 곤돌라를 작은 숲 가장자리에 세웠다. 곤돌라에서 내려 둘러봐도 그저 나무가 늘어서 있을 뿐, 특이할 것 없는 숲으로 보였다.

곤돌라의 마부에게 이곳에서 대기하도록 명령한 뒤 루드윈에게 물었다.

"정말로 이런 숲속에 있나?"

"예. 정확하게 말하자면 '속'이 아니라 '밑'입니다만."

"밑?"

"실제로 보시는 편이 빠르겠죠."

그리 말하더니 루드윈은 숲을 향해 걸어갔다.

"그럼 폐하, 공주님. 따라오십시오."

앞장선 루드윈을 따라서 리시아와 나란히 숲속을 이동했다. 일단은 야생동물을 경계해 다크엘프의 숲 구원 당시에도 사용했던 소형 쥐 인형을 뿌려 주위를 수색하게 했지만 딱히 위협이 될 만한 생물은 없는 듯했다. 작은 숲에다 사람도 자주 드나드는 모양이고, 지금은 낙엽도 져서 숲속도 밝고 훤했다. 무슨 일이 있더라도 루드윈과 리시아가 있다면 대부분 어떻게든 될 테니까.

앞장서는 루드윈이 검과 방패로 방해되는 가지를 걷어내는 중이라 우리는 그저 그 뒤를 따라가면 그만이었다. 낙엽이 깔린 길을 걸어가자니 역시나 소풍을 가는 기분이었다. 자연스레 어울리는 분위기의 노래가 입에서 나왔다.

"~ ♪"

"좋은 노래네. 무슨 노래야?"

옆을 걷는 리시아가 물었다.

"국민적 몬스터 애니메이션 극장판 첫 번째 작품 주제가."

"……무슨 소린지 모르겠다는 것만큼은 알겠어."

리시아는 어이없다는 표정을 지었지만 갑자기 생각에 잠겼다. 왜 그러는 걸까 싶어 보고 있자니 다음 순간, 내 팔에 팔짱을 꼈다.

"어때? 이걸로 조금은 소풍 가는 기분이 들지 않아?"

리시아의 수줍어하는 미소를 보고 나는······.

"······이상한 땀이 나오는데."

"어째서!"

"리시아가 너무 귀여워서 두근두근하거든."

"?! 그, 그래······. 나도 두근두근해."

그런 식으로 알콩달콩 대화를 나누고 있자니 루드윈이 멈춰 섰다.

"여깁니다. 폐하, 공주님."

루드윈이 돌아봤기에 얼른 떨어졌다. 그러자 이제까지 깨닫지 못했는데, 눈앞에 무언가 커다란 것이 떡하니 서 있었다. 이건······.

"차고?"

그렇게밖에 형용할 수 없는 사각의 물체였다. 이끼로 덮이기는 했지만 콘크리트 같은 소재로 만들어진 사각형 건물 한쪽에 셔터 같은 것이 달려 있었다. 일반 승용차 한 대가 들어갈 정도의 크기였다. 가끔씩 월등한 기술이 있기는 해도 전체적으로 보면 산업혁명 이전의 문화 수준인 이 세계에는 어울리지 않는 디자인이었다.

혼란에 빠져 있자니 루드윈이 고개를 가로저었다.

"차고가 아닙니다. 이런 높이로는 마차도 안 들어가겠죠."

이 세계에서 차고는 마차용으로 인식하겠지. 화물차라면 모를까 일반 승용차라면 여유롭게 들어가겠지만, 그런 소리를 해 봐야 알아들을 리가 없겠지……. 아니, 그렇다면 더더욱 이런 디자인의 건물이 존재하는 이유를 모르겠는데.

"그럼, 이건 뭐지?"

내가 그리 묻자 루드윈은 진지한 표정을 짓고 말했다.

"던전 입구입니다. 폐하."

던전.

미로 형태의 장소에 불가사의하고 독특한 생태계가 구축된 장소.

이 세계에서는 마왕령 출현 이전부터 마물의 존재가 확인된 장소이기도 했다.

나도 무사시 도련님에게 모험가 흉내를 시킬 때 디스랑 유노네 모험가 파티에게 이야기를 들은 적은 있지만, 그때 들은 던전은 이미지 그대로 동굴이었다. 이런 명백하게 인공물 같은 입구에 관한 이야기는 안 나왔는데…….

그렇게 의문부호를 띄웠더니 아무래도 던전에는 온갖 것이 다 있는 모양이었다.

"던전의 종류도 다양해. 장소도 평원부터 숲이나 산악지대, 그리고 바다 밑에 존재하기도 하고 내부 형태도 동굴이나 돌이 깔린 성채의 지하실 느낌, 혹은 금속으로 뒤덮인 희한한 공간이기도 하다나 봐."

리시아가 그리 설명해 주었다.

국왕 방송의 보옥도 던전 안에서 발견된 물건이라고 그랬던 가. 던전 안에서는 그밖에도 오버 테크놀로지 물건이 발견된다 고 그러니까. 던전 자체가 오버 테크놀로지로 이루어져 있어도 이상하진 않은……건가?

"그보다도 바다 밑에 던전은 대체 어떻게 발견한 거야?"

"종족에 따라서는 물속에서도 활동할 수 있고, 수중 던전이라 도 안에는 공기가 있는 경우가 있으니까. 그런 경우에는 커다란 종 같은 걸 이용해서 들어가."

아아, 다이빙 벨인가. 종 같은 물건에 공기를 계속 주입하면서 물속으로 들어가는 잠수 장치였지. 만화에 나오는 지식일 뿐이 지만…… 타 보고 싶다는 기분도 조금 드네.

"그럼 이 던전 안에도 마물이 있나?"

그리 묻자 루드윈이 황급히 고개를 가로저었다.

"아니요. 이곳은 '폐던전'이라고도 불리는 장소로, 이미 옛 날에 마물도 야생동물도 다 없앴습니다."

"공략 완료라는 말인가?"

"예. 그리고 지금은 이 폐던전의 소유권을 왕가로부터 양도받 아 연구소로 바꾸어 버린 괴짜 일족…… 맥스웰 가문의 인간이 거주하고 있습니다."

그리고 루드윈은 입구 옆에 있는 금속관을 향해 말을 걸었다.

"지냐! 나다! 루드윈 아크스다! 넌 항상 안에 틀어박혀서 바깥 에 나오지도 않으니까 당연히 안에 있을 거라고 생각하지만, 어 쨌든 있다면 대답해!"

말을 걸고 있는 금속관은 전성관(傳聲管)이겠지. 전함 알베르토에도 탑재되어 있었다. 그보다도 좀처럼 나오지 않는다는 지냐(이름을 보면 여성일까?)라는 사람은, 평소부터 틀어박혀 있는 걸까. 그러자 전성관 쪽에서,

　우당탕탕!

　……그렇게 무언가를 쓰러뜨리는 듯한 소리가 나더니 젊은 여성의 목소리가 들렸다.

　[아야야야……. 여, 루 오빠. 어쩐 일이야?]

　"어쩐 일이고 자시고. ……방금 성대한 소리가 들렸는데 괜찮아?"

　[루 오빠가 난데없이 말을 거는 바람에 깜짝 놀라서 물건을 쓰러뜨려 버렸어. 이것 참, 위험한 약품이 아니라서 정말 다행이야.]

　"다행은 뭐가 다행이야. 대체 너는 항상……."

　[아하하, 전성관 너머로 듣는 루 오빠의 잔소리도 신선하네.]

　전혀 기죽은 기색도 없는 목소리에 루드윈은 어깨를 풀썩 떨어뜨렸다. 어쩐지 이 구도를 보는 것만으로 두 사람의 관계를 알 수 있을 것 같았다. 틀림없이 휘두르는 쪽과 휘둘리는 쪽이라는 느낌이겠지. 루드윈은 마음을 다잡듯이 고개를 내저었다.

　"어쨌든 오늘은 중요한 분들과 함께 왔어. 안으로 들여보내 줘."

　[중요한? ……알았어. 지금 열게.]

　그러자 닫혀 있던 셔터가 스스로 열리기 시작했다. 스위치 방

식일까. 더더욱 이 세계와는 어울리지 않는 물건이었다. 셔터가 활짝 열리자 지하로 이어지는 계단이 나타났다. 이 차고는 정말로 입구 역할만 하는 모양이었다. 그렇게 놀란 나를 제쳐놓고 지나라는 인물은 경쾌한 말투로 말했다.

[그럼 루 오빠, 그리고 손님분들도 안으로 들어오세요~ ♪]

지하로 이어지는 계단을 내려가자 금세 넓은 공간이 나왔다.

루드윈 말로 이 던전은 그렇게 넓지 않다는데, 대형 빌딩 6, 7층 정도가 지하에 파묻힌 정도인 듯했다. 게다가 이 던전의 주인인 맥스웰 가문의 사람은 넓은 공간을 확보하려고 계층 바닥이나 벽을 뚫어 버린 모양이라, 지금은 그저 휑뎅그렁한 사방형 공간이 하나 있을 뿐이었다.

거대공간의 벽에 바싹 붙어서 설치된 계단은 그야말로 낭떠러지 같아서 무척 무서웠다. 손잡이 정도는 있으면 좋겠는데. 게다가 벽면은 무언가 금속으로 이루어진 것 같았다. 리시아는 이런 던전을 '금속으로 뒤덮인 희한한 공간'이라고 표현했는데, 내 감각으로 표현하자면 마치 미래의 우주선 안에 있는 것 같았다. 금속으로 된 벽은 어쩐지 미묘하게 빛을 내고 있어서 지하임에도 불구하고 전혀 어둡지 않다는 점도 미래 같은 느낌이었다.

그런 오버 테크놀로지의 광경에 내심 엄청나게 당황했지만 리시아나 루드윈은 그다지 신경 쓰지 않는 것 같았다. 아무래도 두 사람은 벽이 빛나는 것이 마법 같은 무언가 때문이라고 생각하는 듯했다. 마법으로 뭐든 할 수 있다 보니 오히려 이 세계의 사람들은 신기하게 생각하는 감각이 희박한 걸지도 모르겠다.

계단을 내려가는 동안 우리는 맥스웰 가문에 관한 이야기를 들었다.

"맥스웰 가문은 본래 이 일대를 다스리던 귀족 가문입니다. 원래 그런 핏줄이었는지, 맥스웰 가문은 우수한 연구자를 배출하여 우리 나라의 문화 수준을 크게 끌어올렸다고 합니다. 특히 던전 안에서 발견된 기술을 해석한 공적은 높이 평가받고 있죠. 국왕 방송의 간이 수신기 사용법 등은 맥스웰 가문에서 발견한 기술입니다."

호오……. 그 간이수신기 사용법을 맥스웰 가문에서 발견한 건가.

"아니, 어라? 제국도 평범하게 사용하던 것 같은데?"

"무척 옛날이야기니까요. 몇 대인가 전의 폐하께서 이 지식을 외국에 팔았다고 합니다."

"으음……. 뭐, 잘못이라고 말하기도 힘드려나."

첨단기술 유출은 무섭다. 하지만 타국에 유통시켜도 그다지 영향이 없고 언젠가 누군가가 발견하게 될 지식이라면 팔 수 있을 때 팔아치우는 것도 고려할 만하겠지. 다른 지식과 교환하는 것도 괜찮고.

"맥스웰 가문은 그 공적으로 이 폐던전과 주변 일대의 영지를 받았습니다. 하지만 연구에 몰두한 맥스웰 가문은 영지 경영에는 관심을 보이지 않았죠. 그래서 왕가의 양해를 얻어 영지 경영을 인접한 저희 아크스 가문에 위임해서 영지의 이익 절반을 아크스 가문에 양도하고, 나머지 절반을 자신들의 생활과 연구 자금으로 돌린다……는 방식을 취하기 시작한 것입니다.”

“그건 또 참으로……. 어떤 의미로는 굉장하네.”

영지 경영은 귀족의 의무 같은 것이다. 이를 방치하고 연구에 빠지다니…….

“근데 아크스 가문은 손해 아닌가?”

“맥스웰 가의 공적이 컸기에 허락된 모양입니다. 게다가 그 연구 자금으로 새로운 지식을 얻을 수 있다면 나라는 더욱 풍요로워질 테니까요. ……다만 시대가 지나면서 맥스웰 가문의 영지는 아크스령으로 편입되어, 아크스 가문은 맥스웰 가문의 후원자 입장이 됐습니다만.”

즉, 가문으로는 존속 중이지만 영지라 부르는 곳은 이 던전만 남은 상태가 된 건가. 아크스 가문은 그런 맥스웰 가문에 자금을 원조하고 있다는 말이고.

“……어라? 아크스 가문의 가주는 루드윈이지?”

“예. 그렇습니다.”

“그리고 이곳에는 지냐라는 인물밖에 없나?”

“예. 지냐 맥스웰. 현재로는 유일한 맥스웰 가문 사람입니다.”

“그러니까 지금은 루드윈이 지냐라는 사람을 원조하고 있다는 건가?”

"으······."

그리 묻자 루드윈은 말문이 막혔다. 그때 나는 루드윈을 둘러싼 '사실은 생계가 어려운 게 아닐까.' 라는 소문을 떠올렸다.

"혹시 루드윈이 일반 식당에서 가장 싼 빵만 먹는 건······."

"······지냐는 저보다 다섯 살 정도 아래라서 남매처럼 자랐습니다."

루드윈이 눈빛을 흐리고 이야기를 꺼냈다.

"맥스웰 가문에 지원하는 금액은 정해져 있지만, 그게······. 저도 지냐도 이미 부모님은 타계했고······ 그러자 서로가 서로에게 유일한 육친 같은 존재가 되어서······. 그게······ 누이의 '부탁'에는 약한 터라 끝내 제 봉록에서도······."

"············."

나는 루드윈의 어깨를 툭 두드렸다.

최하층에 다다르자 공간 전체의 모양새를 알 수 있었다.

그때까지 벽 쪽에서는 빛이 나고 반대로 중앙부는 캄캄해서 어떤 모양새인지 알 수 없었다. 그런데 최하층까지 오니 벽과 마찬가지로 바닥이 어렴풋한 빛을 발하는 덕분에 이 공간이 공사 현장에서 볼 수 있을 법한 천으로 칸막이를 친 것을 알 수 있었다.

우선 이 공간의 절반을 점유한 거대한 구획이 하나.

나머지 공간에 중간 정도의 구획 하나와 천으로 덮인 상자 모양의 물체 몇 개, 그리고 통나무로 만들어진 집(2층 건물)이 있었다.

거대한 구획도 신경 쓰이지만, 금속 공간 안에 아무리 봐도 숲 속에 있을 법한 나무집이 있는 것은 뭐라고 할까, 무슨 농담처럼 느껴지는 광경이었다.

아마도 이 집이 이 던전의 주인인 맥스웰 가문의 생활 공간(겸 연구소)이겠지. 루드윈이 그 집의 문을 두드렸다.

"지냐, 나야. 손님을 모셔 왔으니까 열어 줘."

루드윈이 그렇게 말을 걸자 안에서 예의 기운 빠지는 목소리가 들렸다.

[예이예──이. 지금 열게~.]

그리고 열린 문에서 나온 것은, 구깃구깃한 백의를 입은 20대 초반 정도의 여성이었다. 살짝 마른 느낌이지만 생김새는 단정해서 잘 가꾸면 꽤 미인으로 보이지 않을까. 하지만 거의 손질하지 않은 듯 푸석푸석한 세미 롱 헤어가 전부 허사로 만들고 있었다. 이 여성이 지냐 맥스웰일까?

작고 동그란 안경을 코에 걸고 있는 모습이 자못 연구자답네.

"여, 루 오빠. 잘 왔어. ……그쪽 분은?"

지냐는 루드윈을 보고 웃음을 띠었지만 등 위에 있는 우리가 있는 걸 깨닫고는 고개를 갸웃거렸다. 그런 지냐의 태도에 루드윈은 황급히 우리에게 머리를 숙였다.

"이, 이 녀석, 무례하게! 죄, 죄송합니다, 폐하, 공주님! 지냐! 여기 계신 분들은 소마 폐하와 리시아 공주님이라고!"

"아아…… 정말이네. 자세히 보니 국왕 방송에서 자주 본 얼굴이야~."

당황한 루드윈과는 대조적으로 지냐는 느긋한 태도로 그렇게 말했다.

그러더니 지냐는 백의 옷자락을 드레스 자락처럼 들어 올리고 인사했다.

"처음 뵙겠습니다, 폐하. 제 이름은 지냐 맥스웰입니다. 누추한 곳에 잘 오셨습니다."

경의를 표하는 건지 아닌지 잘 모를 인사지만, 일단 우리를 매정하게 대하는 분위기는 없었다. 조금 '엇나간' 느낌은 있지만, 이래 봬도 자기 나름대로 최대한 경의를 표하는 거겠지. 나도 스스로를 소개했다.

"엘프리덴 국왕(대리)인 소마 카즈야. 이쪽은 약혼자 리시아."

"리시아 엘프리덴이야."

"후후, 알고 있습니다. 건승하심을 경하드리는 바이옵니다."

지냐의 말을 듣고 루드윈이 차마 못 보겠다는 듯이 손을 들어 눈을 가렸다. 정중한 말투가 너무 서툴러서 어쩐지 어릿광대의 말투처럼 되어 있었다.

"……이런 게 서투르다면 그렇게 딱딱하게 굴 것 없어. 우리가 갑자기 쳐들어온 셈이니까. 말도 편하게 해."

"그런가? 그럼 그렇게 할까."

"지, 지냐!"

순식간에 허물없는 분위기로 돌아간 지냐를 보고 루드윈이 당황해했지만, 나는 손을 들어 제지했다.

"상관없어. 여기엔 우리밖에 없으니까."

"하, 하오나……. 이곳에 온 목적을 생각하면……."

"그래, '그것'에 관해서는 나중에 해도 돼. 이야기해 보니 나쁜 일을 꾸미는 사람은 아니라고 알았어. 지금은 본인에게 흥미가 있다고 해야 할까?"

"아, 예……."

루드윈이 맥 빠지게 대답하자 지냐가 크크크 웃었다.

"뭐, 서서 이야기하는 것도 그러니까 안으로 들어와. 이런 집이라도 커피 정도는 내줄 수 있으니까."

집 안으로 들어가서 거실 같은 장소의 테이블 앞에 앉자, 지냐는 네 사람 몫의 커피가 든 머그컵을 가져왔다. 우유나 설탕은 없는 듯했다. 지냐는 커피를 나누어주고는 자기 자리에 앉더니 다시금 자기소개를 했다.

"그럼 다시, 나는 지냐 맥스웰. 이 던전을 소유한 맥스웰 가문의 가주이자 연구자, 과학자면서 발명가야. 아, 일단 금군의 마도사이기도 한가. 원래는 병기개발 부문에 있었지만 이것저것 저질러서……."

자기소개는 중간까지는 유창했지만 지냐는 마지막 부분에서 말을 흐렸다.

"저질렀다니……. 대체 뭘 저질렀는데?"

"터무니없는 걸 만들어냈습니다."

그리 대담한 것은 떨떠름한 표정의 루드윈이었다. 지냐는 황급히 보충했다.

"그게, 전쟁이 벌어질 때마다 그 땅은 황폐해지잖아? 그러니까 전쟁이 있었던 장소가 녹음으로 가득해지도록 생육이 빠른 식물 종자를 넣은 화살을 만들었어."

"전장에서 식목?! 발상이 너무 엉뚱하잖아?!"

어, 뭐라고 할까. 확실히 병기개발 부문의 발상은 아니지만, 병기개발 부문에서 쫓겨날 이유치고는 약한 것 같은데. 그렇게 생각하는데 지냐가 고개를 갸웃거렸다.

"으~응……. 발상은 괜찮았다고 생각하지만, 넣은 식물의 성장을 촉진하도록 광 속성의 부여마법으로 화살을 강화한 게 잘못이었을까. 왜인지 식물이 굉장한 기세로 증식해 버렸거든. 아하하……. 설마 시험 발사 한 번으로 훈련장이랑 병설된 연구소 일대가 숲으로 뒤덮여 버릴 줄은 생각도 못 했거든."

"그게 당신이 저지른 일이었어?!"

리시아가 놀라서 소리쳤다. 내가 이 세계에 오기 전의 사건일 테지만, 이쪽에서는 무척 유명한 사건일지도 모른다. ……응. 쫓겨난 이유를 알겠어. 지냐는 웃어넘겼지만 루드윈은 그야말로 머리를 부여잡고 있었다.

"뭐, 개발부문의 그 분위기는 싫었으니까 딱히 상관은 없지만. 모조리 같은 방향만 쳐다보고 있단 말이지. 좀 더 자유로운 발상을 해도 되잖아."

"아니, 지냐는 지나치게 프리덤하다고 생각하는데."

"아니지. 난 뛰어난 문물은 자유로운 발상에서 태어나는 거라고 생각해. 말하자면 그렇지. 개발은 폭발이야!"

"그건 절대로 폭발시키면 안 되는 거잖아!"

폭발하는 건 예술만으로 해 줘. 개발에서 폭발이라니 완전히 사고잖아. 루드윈만이 아니라 옆에서 듣고 있던 리시아까지 지친 표정을 짓고 있었다.

"소마가 세 사람이 된 기분이야."

"어, 그건 나를 상대하는 것도 이 녀석의 절반 정도는 피곤하다는 이야기야?"

"약혼자가 된 뒤로는 계속 휘둘리기만 하는걸. 다만……. 최근에는 그것도 나쁘지는 않겠다고 생각하게 됐지만."

"아하하, 미래의 국왕 부부는 사이가 좋아 보여서 다행이네."

지냐가 놀리듯 말했기에 리시아는 얼굴을 새빨갛게 물들이고는 고개를 숙였다.

"……조금 좋은 분위기가 된 게 허사가 됐네."

"그건 미안해. 뭐, 나랑 관련이 있는 이야기는 대충 그렇겠지. 그런데 국왕님. 맥스웰 가문이 어떤 곳인지는 들었어?"

"던전에서 발견된 유물을 연구하는 데 공적이 있었던 가문, 이었지?"

그리 되묻자 지냐는 "바로 그거야!"라며 손가락을 튕겼다.

"우리 가문은 던전에서 발견된 유물을 오랫동안 연구했어. 지금 이 세계의 기술로는 재현할 수 없을 정도의 물건을, 그야말로 대대손손으로. 그리고 오랫동안 연구하는 사이에 어렴풋이

나마 '어떤 것' 이 보였어."

"어떤 것?"

"마법과는 또 다른 '이 세계의 이치' 야."

마법과는 다른 이치? 그게 뭐야?

"국왕님은 자주 국왕 방송의 보옥을 사용하는 모양이던데."

지냐는 의미심장한 미소를 띠며 그렇게 물었다.

"그게 어떤 물건인지 국왕님은 알겠어?"

"아마도……. 던전에서 발견된 고대의 유물이고, 바람의 정령 실프와 물의 정령 운디네의 마력이 담겨 있어서 보옥이 비춘 광경이나 음성을 전하는 도구……였던가?"

"응. 국왕 방송을 사용하는 사람이라면 99퍼센트가 그렇게 대답하겠지. 하지만 그 인식에는 두 가지 틀린 점이 있어."

"틀린 점?"

되묻자 지냐는 기묘한 표정으로 고개를 끄덕였다.

"던전에서 발견됐다. 이건 맞아. 틀린 점 첫 번째는 '바람의 정령 실프와 물의 정령 운디네의 마력이 담겨 있다' 는 부분이야. 마치 당연하다는 듯이 그렇게 말하지만 국왕님은 실프나 운디네를 본 적이 있어?"

"아니, 없지만……. 나는 원래 이쪽 세계의 인간이 아니니까, 이곳에는 있다는 이야기가 아니었나?"

"그럼 옆에 있는 공주님. 공주님은 정령을 본 적이 있어?"

이야기가 자신에게 넘어오자 리시아는 황급히 고개를 가로저었다.

"보, 본 적은 없어. 정령이라니 신화 세계의 이야기인걸. 하지만 마법이나 그 마법의 근원이 되는 마소(魔素)는 신이나 정령이 하사한 거라고 그러니까 어딘가에는 있는 게 아닐까?"

"그래서는 존재를 증명한 게 아니겠지."

지냐는 '이것 참.' 이라는 느낌으로 어깨를 으쓱였다.

"알겠어, 국왕님? 아니, 원래 이 세계의 인간이 아닌 국왕님 쪽이 오히려 더 잘 알 수 있지 않을까? 이 세계에는 마법이라는 희한한 힘이 있는 탓에 진실을 보기 어렵거든. 겨울이 되어서 쌓인 눈이나 강을 뒤덮은 얼음은, 봄이 되어 따뜻해지면 녹아. 그런 당연한 걸 마법은 간단히 뒤집어 버리지."

"…………."

그건……나도 느끼던 바였다. 아까도 '마법으로 뭐든 할 수 있다 보니 오히려 이 세계의 사람들은 신기하게 생각하는 감각이 희박한 걸지도 모르겠다.' 고 생각했으니까.

"신기한 일, 신비로운 일은 모두 마법의 힘이나 정령같이 눈에 보이지 않는 힘으로 치부돼. 그리고 마법이라는 최대의 신비를 해명하지 않는 한, 그런 황당무계한 설명조차 부정할 수가 없지. 정말로 성가셔."

그렇게 말하며 지냐가 씁쓸한 표정을 지은 것은 홀짝이던 커피 때문만은 아니겠지.

"진실은 이런 거야. 던전에서 발견한 보옥을 연구하는 사이에, 수 속성과 풍 속성의 마력을 가하면 주위의 풍경을 받아들이고, 마찬가지로 발견된 수신 장치에 그 풍경을 비춘다는 사실이 우연히 발견됐지. 실프나 운디네의 마력 운운이라는 건, '이런 걸 할 수 있는 존재는 정령의 가호 같은 게 아닐까' 같은 추가 설정에 불과해."

"그럼 실프나 운디네 같은 건 존재하지 않는다는 말인가?"

"그렇다고 확실히 단언하지는 못하겠지만. 어쩌면 실제로 존재하는 곳은 있을지도 모르지. '가란 정령 왕국' 같이 그럴싸한 이름의 나라도 있으니까. 다만 현시점에서는 존재한다고 단정할 수도 없다는 말이야."

뭐, 현실에 없는 존재를 증명한다 함은 그야말로 악마의 증명과 같으니까. 하지만, 이게 대체 무슨 일이람.

이 세계는 마치 RPG 등에서 볼 수 있을 법한 '검과 마법의 세계'라고 생각했다.

아니, 검도 마법도 있기는 하지만. 그러니까 정령 같은 게 있어도 이상하지 않다고 생각했는데, 그건 전부 추측이었다는 이야기일까?

"그럼 다크 엘프들이 사는 숲을 지킨다는 신수는?"

"아, 그건 괜찮아. 신수는 확실하게 존재하든지, 존재했을 테지. 신호(神護)의 숲에 지금도 존재할지는 모르겠지만."

"그쪽은 있는 건가?!"

"신수 중에서도 최고위의 격을 지닌 마더 드래곤이 성룡 산맥에 실존하니까 말이지. 음음, 국왕님이 혼란스러워하는 이유도 알겠어. 이 세계에는 존재하는 것과 존재하지 않는 것의 경계가 애매해. 그게 또 진실을 보기 어렵게 만들고 있지."

"······어쩐지 머리가 지끈거리기 시작했어."

"괜찮아?"

리시아가 걱정스럽다는 듯 내 어깨에 손을 얹었다. 그 손에 내 손을 겹치고 "괜찮아."라고 대답했지만······. 마음속으로는 전혀 괜찮지 않았다.

나는 불과 몇 분 만에 이 세계가 뭔지 알 수 없게 됐다.

마법이 있고, 하지만 정령이 존재하는지는 모르고, 그럼에도 역시 신수 같은 것은 존재한다······. 이제는 뭐가 뭔지 알 수가 없었다.

조금 더, 존재하는 것과 존재하지 않는 것을 모아 그것을 전체적으로 보고 나서야 이 세계가 어렴풋이나마 보일 것 같은 느낌이 들었다.

"이야기를 다시 되돌려서, 틀린 점 두 번째야. ······뭐, 이건 이미 말한 거나 마찬가지겠지만 '보옥은 그것이 비춘 광경이나 음성을 전달하는 도구'라는 부분이야. 아까도 말했듯이 보옥의 '방송 기능'은 연구 중에 물과 바람 마법의 마력을 가했을 때 우연히 발견된 것. 즉, 우리는 보옥을 '방송 용도로밖에 사용하지 못하고 있다'는 이야기야."

"뭐?!"

그건 즉······ 보옥은 광경이나 음성을 전달할 뿐인 도구가 아니라는 이야기인가?

"가령 우리 인류는 수차를 사용해서 다양한 일을 하고 있어. 관개만이 아니라 곡물 탈곡이나 제분, 그리고 실을 짜기도 하잖

아. 하지만 수차를 처음으로 본 사람이 실을 짜는 모습을 우연히 봤다면, 수차는 실을 짜는 기계라고 생각하지 않을까?"

"확실히⋯⋯."

좀 더 다기능인 예를 드는 편이 알기 쉽겠지.

가령 이 세계의 인간이 휴대전화를 발견했는데, 만져 보는 와중에 사진을 찍는 기능만 우연히 발견했다고 치자. 이 세계의 사람은 휴대전화를 카메라라고 생각하겠지. 우리가 국왕 방송의 보옥을 텔레비전 카메라 같은 거라고 생각하듯이⋯⋯.

"그럼⋯⋯저 보옥은 대체 뭐야?"

"음. 그건 확실해졌어."

조심스럽게 묻는 내게, 지냐는 확실하게 단언했다.

"저건 일반적으로 【던전 코어】라고 불리는 물건이야."

던전 코어.

미로 안에 독자적인 생태계가 유지되는 던전의 최하층, 가장 안쪽에 있으며 던전을 유지하기 위해 가장 중요한 물건이라고 일컬어진다.

일컬어진다고 하는 이유 역시 추론에 불과하기 때문이다.

이 던전 코어를 파괴, 정지시키면 그 던전 안의 환경(온도나 습도 등)이나 생태계도 붕괴되고 '폐던전'이 된다고 한다. '폐던전'이 된 뒤에는 밖에서 들어온 야생동물 따위가 정착하는 경우는 있어도 새로운 마물 등은 출연하지 않기에, 이 코어가 던전의 중추 기능일 것이라 일컬어지는 듯했다.

참고로 이 세계의 모험가들은 던전 탐색을 생업으로 하는데, 그들의 최종 목표는 바로 이 던전 코어를 정지시켜 던전을 돌파하는 것이라고 한다.

지금 들은 그대로 던전 코어는 국왕 방송의 보옥으로 이용되기에, 이를 가지고 돌아가면 나라로부터 막대한 부와 영예를 얻을 수 있다.

다만 던전은 최하층, 가장 안쪽으로 갈수록 출현하는 마물이 강해지는 경향이 있어서, 대륙 전체를 기준으로도 수 년, 혹은 수십 년에 한 번 돌파 보고가 들어온다나.

그러니까 디스나 유노 같은 일반적인 모험가는 행상인이나 대상을 도적이나 사나운 야생동물들로부터 호위한다든지 던전이나 마왕령에서 온 마물을 구제한다든지, 그런 식으로 생활하고 있다. 가끔씩 던전에 들어가더라도 쓰러뜨린 마물의 소재를 팔거나 가끔씩 발견되는 출처 불명의 유물을 파는(보옥처럼 그럴싸한 물건은 아니다) 것이 주류라고 한다.

던전 코어는 기능을 정지시키지 않는 한 사나운 마물을 어딘가에서 계속 만들어내는 터라 아직껏 정지시키지 않은 상태로 들고 나온 사례는 없다는 모양이다. 억지로 들고 돌아온 결과, 지상을 마물 소굴로 만들어 버려서는 안 되니까 말이다.

즉, 던전 코어는 부서진 상태에서만 연구할 수 있다는 이야기였다.

조금 전의 예를 가지고 말하자면, 부서진 휴대전화의 카메라 기능만 어떻게든 고쳐서 사용하는 것과 같은 상태였다. 그렇다면 던전 코어를 연구해서 다른 기능을 찾으면 될 거라 생각할지도 모르겠지만……. 이렇게 생각해 봤으면 한다. 휴대전화는 마물을 토해내지 않는다. 혹시 그 휴대전화에 주변을 날려 버릴 정도의 자폭 기능이 내장되어 있다는 걸 알고 말았다면 다른 기능을 찾아야겠다고 생각할까?

　던전 코어의 연구가 진행되지 않는 것은 그런 이유 때문이라고 한다.

　"다만 지금 이 세계의 기술력으로는 정지한 던전 코어를 움직이는 일이 불가능하겠지만. 어떻게 움직이는지도 모르는걸."

　지냐는 어깨를 으쓱이더니 컵 안으로 시선을 떨어뜨렸다.

　"이 사실에 관해서는 그저 마법 때문이라고 설명하고 싶은 기분도 이해하려나? 미지란 공포야. 자신이 인식할 수 없고 설명할 수 없는 게 존재한다는 사실이 무서우니까, 억지로라도 설명을 통해 이해하고 파악하는 거지. ……아니, 파악했다고 믿으려 한다, 일까?"

　"그러니까 마법이나 신비의 힘 같은 걸로 치는……건가."

　"바로 그렇지! 이것 참~. 국왕님이 뭔가 이해할 줄 아는 사람이라서 다행이야. 혹시 종교 국가인 '루나리아 정교황국' 같은 사람들이 상대였다면 이런 이야기를 하는 나는 감옥에 갇힌다든지, 최악의 경우에는 화형에 처할지도 몰라."

　"화형이라니……."

과장된 이야기라고 생각했지만 지냐는 지극히 진지한 표정으로 말했다.

"이 세계에서는, 마법은 신이나 정령의 은총이라고 생각하는 경향이 있어. 그 생각은 신앙심이 강할수록 현저해지지. 하물며 그 나라는 종교 국가야. 신이나 정령은 자국의 권위 그 자체. 그 신비의 베일을 벗기려고 드는 연구를…… 연구자의 존재를 인정할 리가 없어."

"……그럴지도 모르겠네."

신앙의 힘이 지나치게 강한 나라에서는 종종 자연의 섭리를 해명한 사람이 탄압당한다. 교리에 반하는 사실을 해명한 사람은 이단으로 취급되어 최악의 경우…… 살해당한다. 갈릴레오마저 자신의 뜻을 굽힐 수밖에 없었다. ……멍청하게도.

"이 나라를 그렇게 만들진 않아. 내가 그렇게 두지 않겠어."

"그 말을 들으니 정말 기뻐."

지냐는 무릎을 탁 두드리고는 싱긋 웃었다.

"그런 이유로 우리 맥스웰 가문의 인간은 말이지, 이 세계에 '마법과는 다른 이치'가 있지는 않을까 생각해서 계속 연구했어. 던전 코어는 확실히 마법의 힘으로 일부 기능이 부활했지만, 그 코어 자체가 아무래도 공학적 혹은 수학적인 생성 과정을 거쳤다고 생각하거든. 신비의 힘이 아닌, 계속 파고든다면 한없이 기능적인 진리가 존재할 거라는 생각을 지울 수가 없어. 우리는 그 '또 다른 이치'를 편의상 '초과학'이라고 불러."

"오버 사이언스……."

"줄여서 오버선."

"……그렇게 줄여서 말하지는 마."

"그리고 우리 가문은 스스로를 '오버 사이언스'를 연구하는 자, '오버 사이언티스트'라고 칭해."

그리 말하고 지냐는 "흐흥." 하며 전혀 부풀었다고 느껴지지 않는 가슴을 젖혔다.

"루드윈한테는 매드 사이언티스트라고 들었는데?"

"그렇게 멋대가리 없이 부르진 말아 줬으면 좋겠는데."

"차이를 모르겠어!"

오버는 멋있지만 매드는 아니라는 건가? ……잘 이해할 수 없는 이유였다. 그러자 지냐는 "자, 그럼……." 이라며 일어섰다.

"좋은 이해자가 되어 줄 것 같은 국왕님께는 꼭 내 발명품을 보여드리고 싶네."

"음, 그럴 생각으로 왔어. 꼭 보여줬으면 해."

"라저. 그럼 어마어마한 걸 보여줄까. 밖으로 나와 줄래?"

지냐는 일어서더니 집에서 나갔다. 보여주고 싶다는 발명품이 밖에 있는 듯했다. 그렇다면 최하층에서 본 덮개 안에 있을지도 모르겠다. 루드윈도 "정말이지……." 라고 머리를 긁적이며 지냐를 따라나섰기에 집에는 나와 리시아만이 남았다.

"……뭐라고 할까, 이상한 사람이네."

리시아가 쓴웃음을 지으며 말했다. 지냐를 두고 하는 말이겠지. 그 의견에는 대략 동의하지만, 나는 지냐에게 어떤 기대감 같은 것을 가지기 시작한 상태였다.

"하지만 우리가 계속 찾았던 인재일지도 몰라."

나는 팔짱을 끼며 이제까지 생각했던 것을 이야기했다.

"반에서 제국군의 위용을 봤을 때, 이대로는 안 된다고 생각했어. 지금까지는 기존에 있던 것으로 어떻게든 해결했지만, 앞으로는 아직 본 적이 없는 걸 만들어낼 수 있는 수준이 되어야만 한다고. 혁신적인 기술을 만들어내고, 도입하고, 시대를 더욱 앞으로 움직인다. 그러지 않으면 이 나라는 언제까지고 제국과 어깨를 나란히 하는 나라가 될 수 없어."

"……그러네."

"그리고 시대를 앞으로 나아가게 할 방법을 간신히 발견한 것 같아."

"방법?"

고개를 갸웃거리는 리시아를 향해 나는 힘주어 고개를 끄덕였다.

"인류의 역사 가운데는 이따금 시대를 앞서간 사람이 나타나는 경우가 있어. 선견지명이 있고 고정관념을 부수며, 그 녀석의 존재 하나로 역사가 바뀔 정도의 사람이야. ……뭐, 그런 존재는 대부분의 경우, 시대의 흐름 속에서 무시, 혹은 도태된다지만."

예를 들자면, '만능의 천재' 레오나르도 다 빈치.

다 빈치는 명화 '모나리자' 등의 제작자로 유명하지만, 그 밖에도 발명품 설계도를 수없이 남겼다. 그중에는 전차나 잠수복, 헬리콥터 같은 것까지 있었다고 한다. 실현성은 제쳐 놓더라도, 이런 발명품이 올바르게 연구됐다면 유럽의 역사는 극적으로 바뀌었을지도 모른다.

또한 그는 그런 터무니없는 발명품 이외에도 정확한 인체 해부도를 남겼다.

기독교리 권위가 강한 시대에 그는 시체를 사서, 교회에서 죽은 자를 모독한다며 이단으로 몰릴 행위임에도 칼을 대고 인간의 신체 구조를 알아내려고 했다. 이런 해부도가 밖으로 나돌았다면 의학을 크게 발전시켰을 테지만, 교회의 권위를 두려워하여 이 해부도는 오랫동안 봉인되어 인류 의학사에 공헌하지 못했다.

"그런 인물은 후세에 '너무 빨리 태어난 인물'이라며 아쉬움의 대상이 되지. 하지만 혹시 시대의 권력자가 그들을 올바르게 인식하고, 보호하고 중용했다면 어떨까? 그리고 권력자만이 아니라 국민 전체가 그들을 인식할 수 있도록 이끌 수 있다면 시대를 크게 움직일 수 있지 않을까?"

"그건 시대를 앞서간 사람들에게 시대를 맞추겠다는 거야?"

"그렇지! 하지만 시대가 단번에 그들에게 맞춰 줄 거라고는 생각하지 않아."

"나도 반년 동안이나 소마랑 같이 행동했으니까 말이지."

리시아는 그렇게 말하며 웃었지만, 이윽고 생각에 잠긴 모양이었다.

"하지만 그런 이유라면, 소마야말로 그걸 주도해야 되는 거 아냐? 소마가 있던 세계는 이곳보다 훨씬 기술이 발전했다고 그랬잖아?"

"뭐, 그렇게 생각하는 것도 이해는 가지만……. 그건 불가능할 거야."

"어째서?"

"내가 있던 세계는 이 세계의 연장선상에 없으니까."

내가 살던 세계에는 마법이 없었다.

이전에는 이 세계의 기술 체계가 마법 때문에 뒤죽박죽이라고 느꼈는데, 그 마법이 이 세계의 진보 방법이었다. 국왕 방송의 보옥 같은 경우, 한편으로는 이미 저쪽 세계를 능가하는 측면마저 있었다. 아마 앞으로도 이 세계는 내가 있던 세계와는 다른 방법으로 진보하겠지.

"내가 어중간하게 말하는 바람에 도리어 발전이 늦어질 우려가 있어. 그러니까 이 세계의 진보는 이 세계의 인간이 주체가 되어서 움직여야 한다고 생각해."

"……소마의 생각은 알았어."

그리 말하기는 했지만, 리시아의 표정은 말과는 달리 전혀 납득하지 못한다는 분위기였다. 오히려 화가 난 듯한, 슬퍼하는 듯한 표정을 짓고 있었다.

어찌 된 영문일까 생각하는데 리시아는 내 손을 꼭 붙잡았다.

"소마의 생각은 알았어. 하지만 받아들일 수 없는 부분도 있어."

"……어디가?"

"이 세계의 인간이라는 부분이야! 소마도 지금은 이 세계의 인간이잖아!"

리시아는 내 손을 잡아당겨서는 자신의 뺨에 댔다.

"너를 원래 세계에서 떼어놓은 원인을 만든 건 아버님이니 그 딸인 내가 이렇게 말해도 될지는 모르겠지만……. 하지만 지금 그 말은 어쩐지 엄청 슬펐어."

"아, 그게……. 미안해."

"부탁이니까 두 번 다시 '자신을 우리와 구분하지 마'."

눈에 어렴풋이 눈물을 드리운 리시아가 참을 수 없이 사랑스럽게 느껴졌다.

"알았어……. 그런 말은 다시 안 할게."

나는 뺨에 댄 손과는 반대쪽 손을, 리시아의 다른 한쪽 뺨에 대려고 했다.

[이봐, 국왕님~. 빨리 와~.]

그때 밖에서 지냐가 나를 부르고 말았다. 둘만의 세계에서 갑자기 끌려 나와, 우리는 부끄럽고 겸연쩍은 나머지 얼굴을 마주보며 쓴웃음을 지었다.

지냐는 우리를 중간쯤 되는 구획 앞으로 안내했다.

아니, 이 구획도 올려다볼 정도로는 크지만, 그보다도 나는 이 공간의 절반을 점유하고 있는 저 커다란 구획이 궁금했다. 높이도 20미터 이상은 될 것 같은데, 저쪽은 보여주지 않으려나?

그런 생각을 하자니 지냐가 양손을 번쩍 위로 들며 말했다.

"나오너라, 골렘."

그러자 다음 순간, 지면이 일부 드러난 장소에서 흙이 부풀어오르더니 이윽고 신장 3미터 정도의 거인 둘이 모습을 드러냈다. 흙으로 된 거인이 성큼성큼 걸어 나왔다.

"지냐가 쓴 마법인가?"

"응. 내 마법은 흙에서 골렘을 만들어내고 조종하는 거야. 그렇게 세밀하게 작업하지는 못하지만 못하지만 파워는 있으니까 말이지. 물건 운반 같은 데 잘 쓰고 있어."

"흙 인형을 조종한다……고 하면 내 능력이랑 비슷하네. 암 속성인가?"

"아니. 토 속성이야. 흙밖에 못 움직이니까. 인형처럼 조종하는 방식도 중력 조작의 범주겠지. 다만 4대속성이라든지 광, 암 같은 카테고리는 사람이 이해하기 편하도록 멋대로 만든 거니까 그리 엄격하게 따질 것도 없다고 난 생각해."

"이제는 뭘 믿으면 좋을지……."

여기 온 뒤로는 세계관이 계속 흔들리기만 할 뿐이었다. 지구인의 입장에서 보면 미지의 사상도 이 세계의 인간이 당연하다고 말하니까 그건 당연할 거라 생각했는데, 사실은 당연하다고 단정할 수는 없다는 이야기였다. 무지의 지식이 아닌 미지의 지식. 앞으로 모든 사상을 의심해 볼 필요가 있을지도 모르겠다.

"뭐, 그런 것보다, 봐 줬으면 하는 건 이거야."

지냐가 그렇게 말하자 골렘들이 물건을 덮고 있던 천을 걷어냈다.

안에서 나온 것을 보고 나도 리시아도 그 물체의 너무도 '영문을 알 수 없는 느낌'에 굳어 버렸다. 눈앞에 2층 건물 정도 크기의 물체가 나타났기 때문이다. 그리고 그 형상을 가장 쉽게 표현한다면,

"무식하게 큰 다○슨 선풍기?"

"응? 그건 뭐야?"

"어, 아니…… 이쪽 이야기야."

그렇지만 확실히 거대한 다이○ 선풍기로 보였다.

실루엣을 보자면 몸통 부분은 짧은 목각 인형 같지만 머리 부분은 링 모양이었다. 얼핏 본 것만으로는 용도를 알 수 없는, 무슨 오브제로밖에 안 보이는 면도 똑같았다. 바닥 쪽의 설치 부분만 엄중하게 고정된 모양인데…….

나는 지냐에게 물었다.

"이건 대체……."

"'스스무 군 마크 V'야."

이름 촌스러워! ……아니, 마크 파이브?!

"그럼 이런 게 넷이나 있는 건가?!"

"그거?! 이걸 보고 주목하는 게 그거야?!"

놀라는 우리를 보고 지냐는 반응이 좋다며 싱긋 웃고 있었다.

"아니, 날아가 버리거나 폭발하거나 해서, 마크 IV까지는 사라졌어."

"그 정도로 위험한 물건이야?!"

"마크 V는 괜찮아. 이건…… 완성품이거든."

그리 말하더니 지냐는 '스스무 군 마크 V'를 설명했다.

"알고 있을 거라 생각하지만, 이 세계의 대형선은 돛을 이용한 풍력이나 대형 시 드래곤의 인력으로 움직이잖아? 이 '스스무 군 마크 V'는 바로 그 대형 시 드래곤을 대신하는 거야. 선체 밑부분에 설치하면 이거 하나로도 대형 시 드래곤에 필적하는 힘으로 배를 움직일 수 있어."

"……! 추진 장치라는 말인가!"

스크류나 모터처럼 말이다. 내가 그리 말하자 지냐는 미소를 띠며 '스스무 군 마크 V'의 몸통 부분에 손을 턱 올렸다.

"이 기계는 있지, 고리 앞의 공간에 있는 걸 빨아들이고 뒤쪽 공간을 향해 내보낼 수 있어. 바닷속에서 작동시키면 바닷물을 빨아들여서 뒤로 뿜어낼 수 있는 거야. 그 수압이 철제 군함이 움직일 수 있을 만큼의 추진력이 돼."

즉, 저 한가운데의 아무것도 없는 공간에 보이지 않는 스크류가 있다는 느낌일까.

"응? 앞의 공간에 있는 걸 빨아들인다면, 지금 이 상태로 쓰면 어떻게 되지?"

"예리하네. 육상에서는 공기를 빨아들이고 공기를 뿜어낼 수 있어. 실험해 볼까."

그리 말하더니 지냐는 골렘들에게 명령해서 커다란 천을 준비했다.

그리고 그것을 우리에게서 20미터 정도 떨어진 위치에, 영화 스크린을 펼치듯 골렘 둘에게 들려 놓았다.

"그럼 시작할까. '스스무 군 마크 V'는 우리가 있는 쪽에서 공기를 빨아들이고 저쪽을 향해 내보낼 거야. 그 위력을 잘 봐 주시길."

"아, 지냐. 잠깐만……."

루드윈이 당황한 듯 막으려고 했지만 지냐는 개의치 않고 "에 잇♪"이라며 무언가 스위치 같은 것을 눌렀다. 다음 순간,

부와아아아아아앗————앗!!

그런 커다란 소리가 울리고 갑자기 발생한 돌풍에 '우리는' 날아갔다.

"우왁?!" (나)

"꺅!" (리시아)

"우봐아!!" (지냐)

"또냐아아아아!" (루드윈)

갑자기 발생한 강풍에 날려, 우리는 벽에 등부터 처박히는 꼴 이 됐다.

그보다도……. 이, 이 바람은 너무 엄청나! 풍압으로 몸이 벽 에 바싹 달라붙어서 전혀 움직이지 않았다. 리시아나 지냐도 마 찬가지인 상황이었다.

루드윈이 고생고생하면서도 포복으로 전진해 기계에 다가가, 똑같은 스위치를 눌러 기계를 멈출 때까지 우리는 곤충 표본처 럼 벽에 들러붙어 있었다. 간신히 바람에서 해방된 뒤, 지냐는

"아하하……."라며 허탈한 웃음을 짓고 있었다.

"이것 참, 정말 미안해. 앞이랑 뒤를 착각한 모양이야. 극한까지 낭비를 줄인 형태로 만들어 버린 탓에 기계 앞뒤를 알아보기 어려운 게 단점이네."

"알고 있다면 대책 정도는 세우라고……."

"그래서 미안하다니까, 국왕님. 어쨌든 이 '스스무 군 마크 V'의 파워는 알 수 있었잖아?"

"……말 그대로, 몸으로 직접 말이지."

야유를 담아서 그리 말했지만, 확실히 굉장한 장치였다.

바닥에 튼튼하게 고정하지 않으면 기계 자체가 날아갔을지도 모르겠다……. 아, 그러니까 마크 Ⅳ까지는 폭발하거나 날아가 버렸나. 묘한 부분에서 납득하자니 지냐는 잔뜩 신이 나서 이 장치의 구조에 관해 이야기하기 시작했다.

"이 고리 부분에는 특수한 금속이랑 에너지를 받아넘기는 부여 술식 개조판이 새겨져 있거든. 이 부여 술식은 원래 제국의 마장갑 병단에 사용되는 '마법을 없애는 술식'의 실패작이 밑바탕이야.

본래는 '마법을 흘리는 술식'이지만, 흘리기만 해서는 막을 수 없으니까, 마장갑 병단은 몰라도 후진에 피해가 발생해서 연구가 중단됐다는 과거가 있어. 나는 그 실패작인 술식에 주목했지.

마법을 흘린다면 마소의 움직임에도 간섭하는 게 아닐까 싶었거든. 그리고 마소는 대기에도 물에도 포함되어 있다고 해. 그렇다면 거기에 방향성을 부여하면 그것을 빨아들였다가 내뿜는 것을 만들어낼 수 있지는 않을까, 그 내뿜는 위력을 압축할 수 있다면 추진 장치를 만들 수 있지 않을까…… 뭐, 그렇게 생각했어.

대기나 물에 포함된 마소를 움직이는 건 대기나 물 자체를 움직이는 것과 거의 같은 의미니까. 그리고 원형으로 만든 금속에 그 술식을 개조해 넣어서, 에너지를 넣으면 마소를 빨아들여서는 내뿜는 이 '스스무 군 마크 Ⅴ'를 완성시킨 거야."

"…………."

지냐는 술술 해설했지만, 부여 마법의 이야기가 된 시점에서 나로서는 진위를 판별할 수가 없다는 걸 깨달았다. 뭐, 실험으로 지냐가 말했던 것과 같은 현상이 나타났으니까 그 이야기가 맞겠지……아마도.

"리시아는 이해했어?"

"정말이지 요만큼도."

아무래도 이 세계의 인간에게도 난해했나 보다. 지냐는 우리가 전혀 따라오지 못한다는 것을 깨닫고는 쓴웃음을 띠며 어깨를 으쓱였다.

"뭐, 아까도 말했다시피 이거 하나로 대형 시 드래곤 한 마리 몫의 일을 할 수 있다고 이해하면 그걸로 충분해."

"하지만 그렇다면 이런 건 필요 없잖아?"

그렇게 물은 사람은 바로 조금 전까지 머리를 부여잡고 있던 루드윈이었다.

"애당초, 이거 하나를 만드는 데 자금을 엄청나게 쏟아부었잖아?"

"응……. 뭐, 시 드래곤 열 마리를 10년 동안 유지할 수 있는 정도는 가볍게……."

"그리고 한 마리 몫의 일밖에 못 한다면 엄청난 손해 아닌가? 게다가 시 드래곤과 달리 민첩하게 움직이지도 못할 것 같고."

"무, 무슨 소리야, 루 오빠! 이 발명이 초래할 일을 모르는 거야?!"

"초래할 일?"

루드윈은 고개를 갸웃거렸지만 이 건에 대해서는 나도 지냐의 말에 동의했다.

"확실히 이건 굉장한 발명이야. 루드윈."

"폐, 폐하께서도 그리 생각하십니까?"

"생각해 봐. 이거 하나로 시 드래곤 한 마리 몫의 일을 할 수 있다면, 단순 계산으로 열 기를 모으면 열 마리 몫의 일을 할 수 있다는 거잖아?"

"? 그렇군요……."

의도를 파악하지 못하는 것 같은 루드윈을 보고 나는 차근차근히 말했다.

"그럼 실제로 시 드래곤을 열 마리 연결할 수 있을까? 전함 알베르토에 두 마리를 연결한 것만 해도 무척 보기 드문 사례였잖아?"

"그건…… 그렇군요. 확실히 열 마리를 이어 봐야 전부한테 같은 명령을 내릴 순 없습니다. 세계적으로도 고작해야 세 마리가 한계일까요."

"즉, 사용법을 배에 한정하더라도, 이 장치는 지금보다도 더 거대한 배를 움직일 수 있다는 거야. 예를 들자면, 그렇지……. 이 장치를 다섯 기 설치한 화물운반함을 만들어 볼까. 물류에 혁명이 일어날 거야."

한 번에 많은 물자를 해상 운송할 수 있다는 거니까 말이지. 아미도니아를 병합한 지금도 이 나라의 국경선은 절반 넘게 바다와 접한다. 물류의 거점이 되는 신도시 건설도 막바지에 이르렀으니 해상 운송 능력을 강화할 수 있다면 그 의의는 크다.

"과, 과연……."

루드윈도 이 발명품이 얼마나 굉장한지 전해진 듯했다. 나는 지냐에게 물었다.

"아까 에너지를 넣으면, 그렇게 말했지? 동력원은 뭐야?"

이 세계에 온 뒤로는 전기는커녕 증기기관마저 본 적이 없었으니까 말이지. 이런 기계적인 물건을 움직일 수 있는 에너지라면 역시 마력 같은 걸까.

"그건 말이지, 국왕님. 이걸 내장하고 있거든."

그리 말하더니 지냐는 백의 주머니에서 무언가 덩어리 같은 물건을 꺼내어 내게 건넸다. 손바닥 사이즈이지만 겉보기보다는 조금 무겁게 느껴지는(추를 들었을 때 같은 느낌이었다.) 새카만 큐브 모양 결정체였다.

"이건?"

"흔히 '저주 광석' 이라 부르는 물건의 결정체야."

"저주 광석이라고?!"

리시아가 저주 광석이라는 말에 유달리 강한 반응을 보였다.

"아는 거야? 리시아?!"

"그 말투는 뭔데……. 이 세계에서는 광석 채굴에도 마법을 사용해. 수 속성 마법으로 광석을 파내거나 토 속성 마법으로 갱도를 굳히거나 풍 속성 마법으로 공기를 순환시키거나 화 속성 마법으로 금속을 녹이거나. 하지만 이 저주 광석의 광맥이 근처에 있으면 어째선지 마법을 사용할 수 없게 되거든. 게다가 그래도 억지로 사용하려고 하면……."

움켜쥔 손을 활짝 펼치는 제스처를 취하며 리시아는 "퍼엉!" 이라고 말했다.

"폭발?! 광산 안에서 폭발이라니 위험한 거 아냐?"

"채굴 쪽은 그야말로 울 일이지. 광산을 파다가 이 광석과 맞닥뜨리면 그 이상은 못 파내는 거니까. 이 세계에선 마법은 신이나 정령의 축복처럼 여기니까, 그걸 못 쓰게 되어 버리는 이 광석은 신이나 정령의 축복을 방해하는 '저주받은 돌' …… 즉 '저주 광석' 이라 불리는 거야. 귀찮게도 엘프리덴 왕국의 지하에서는 자주 발굴되는 녀석이야."

리시아는 자조 섞인 기미로 그리 말했다. 엘프리덴 왕국은 본래 광물 자원이 부족한 나라다. 기복이 완만한 지형이라 철 따위는 그럭저럭 얻을 수 있지만, 금 같은 희소금속은 별로 얻을 수 없다나. 덧붙여서 저주 광석까지 대량으로 묻혀 있다면 채굴 자체가 힘들어진다. 아직 모르는 것이 많구나……. 그렇게 생각하는데 지냐가 대담한 미소를 띠었다.

"저주받은 광석? 말도 안 되는 소리 하지 마, 공주님. 오히려 이 광석이 지하에 잔뜩 묻혀 있는 이 나라는 신의 축복을 받았다고 해도 될 정도야!"

지냐는 과장된 리액션으로 그런 말을 꺼냈다.

"신비의 베일을 통해서 보니까 저주 같은 황당무계한 이야기가 되는 거야. 저주 광석은 마법을 쓸 수 없게 만드는 게 아니야. 그 에너지를 흡수하는 거지. 생각해 봐. 저주 광석 근처에서는 마법을 쓸 수가 없고 그럼에도 쓰려고 하면 폭발한다는 건데, 그 폭발 에너지는 어디서 왔지? 마법의 에너지를 흡수하고 있으니까, 그 허용 범위를 넘어섰을 때 폭발한다고 생각하는 편이 자연스럽지 않나?"

으음……. 그러니까 저주 광석은 충전지 같은 것으로 마법의 에너지를 흡수했다는 건가. 그리고 지나치게 충전되면 폭발한다. ……뭘까, 이 초조함은. 우리는 지금 터무니없는 존재를 눈앞에 둔 것은 아닐까. 그야말로 세계의 모습을 일신할 정도의 존재를.

그리고 지냐는 터무니없는 이야기를 꺼냈다.

"그리고 나는 마법의 에너지를 흡수한 저주 광석에서, 그 흡수한 에너지를 꺼내는 데 성공했어. 그리고 이 장치의 원동력으로 이용하고 있지."

"뭐?!"

그 한마디에 등줄기가 얼어붙었다. 그 말이 사실이라면 정말로 충전지 같잖아!

아직 이래저래 전부 이해가 가지는 않았지만, 그럼에도 저주 광석과 그 비밀을 해명한 지냐라는 존재가 얼마나 터무니없는지는 알 수 있었다. 전기는커녕 증기기관마저 없는 이 세계에서 '에너지를 모으는' 기술을 다른 나라보다 앞서 획득할 수 있다면 이 나라는 크게 비약하겠지. 그야말로 '제국을 뛰어넘는 것조차 꿈이 아닐 정도'로.

그리고 그와 동시에 이 기술의 위험성에도 생각이 미쳤다.

우선 저주 광석에 관련된 미신. 신의 축복을 받을 수 없는 저주받은 광석을 연구한다는 사실이 알려진다면, 미신이 만연한 이 세계의 사람들은 의심을 품을지도 모른다.

국내뿐이라면 앞으로 국민을 계몽해서 어떻게든 될지도 모르겠지만, 가령 루나리아 정교황국 같은 종교 국가는 확실하게 적으로 돌아서겠지. 교리에 따라 통치하는 나라에 그 교리가 무너진다는 말은 (설령 그것이 일종의 미신이더라도) 통치 능력의 저하를 의미한다. 절대로 인정하지 않을 터.

또한 신앙심이 강하지 않은 나라라고 해도 이런 기술을 가졌다는 사실이 알려진다면 확실하게 "넘기라."고 할 테지. 리시아의 이야기로는 저주 광석 자체도 이 나라에는 상당량이 매장되어 있다니까. 섣불리 움직인다면 주변국 모두가 자원 전쟁을 시도할지도 모른다.

제국과는 비밀 동맹을 맺을 수 있을 것 같고, 나아가 아미도니아의 위협을 간신히 떨쳐냈다고는 해도, 그런 사태가 벌어진다면 이 나라는 그대로 사라질 것이다. 이 기술은 이 나라를 대륙 제일의 국가로 만들 가능성을 품고 있는 것과 동시에 이 나라를 멸망으로 몰 위험성을 지녔다.

"어떻게 한다, 이거……."

"자, 잠깐만 소마?! 왜 그래?!"

휘청거리는 나를 리시아가 부축해 줬다.

"……미안해. 이득이 큰 만큼 위험도 큰 상상에 기분이 안 좋아져서."

"상상?"

나는 지금 떠올린 상상을 그들에게도 이야기했다. 이야기를 듣는 사이에 리시아와 루드윈의 얼굴이 새파래졌다. 내 이야기에 나와 같은 공포를 느낀 거겠지.

다만 지냐만큼은 어디서 바람이라도 부나, 그런 느낌이었다.

"뭘 그렇게 걱정하는 거야. 다른 나라가 노리기 전에 철저히 연구해서, 다른 나라가 입도 뻥긋 못할 정도로 강해지면 그만이잖아?"

"……지나치게 낙관적이지만, 그 길밖에 없나. 그래도 이번 일은 극비리에 진행할 필요가 있겠네……."

그리되면 문제는 지냐의 신병이었다.

그녀는 지금 이 세계에서 토모에와 어깨를 나란히 하는 중요 인물이었다.

만에 하나라도 다른 나라로 도망치거나 납치당하면 안 된다.

그리고 국내에서도 신뢰할 수 있는 인재에게 맡기고 싶다. 본인은 연구밖에 모른다 해도 20대 초반이라는 창창한 나이.

그 중요성을 깨달은 귀족이 구애하는 사태도 피하고 싶다.

————그렇다면, 말이지.

나는 손짓으로 리시아를 불러서 귓가에 지금 생각난 사실을 이야기했다. 그리고 리시아에게 의견을 청한 뒤, 의아한 표정인 미남 근위기사단장을 봤다.

"……저기, 루드윈."

"예? 왜 그러십니까, 폐하."

"너, 지냐를 좋아하나?"

내가 그리 묻자 루드윈은 명백하게 동요하기 시작했다.

"가, 갑자기 무슨 말씀이십니까! 폐하!"

"중요한 이야기야. 네가 지냐를 어찌 생각하는지…… 그리고 지냐가 너를 어찌 생각하는지에 따라서 앞으로의 대응을 고려해야만 할 테니까."

당황한 루드윈에게 나는 참으로 진지하게 대답했다.

지냐는 이제 이 나라의 중요 인물이다. 가능하다면 신뢰할 수 있는 인간에게 시집을 보내, 이 나라에 깊이 뿌리를 내리게 하고 싶다. 그러니까…… 루드윈에게 그럴 각오가 있다면 좋겠지만, 없다면 다른 방안을 생각해야만 한다.

참고로 이 제안을 하기 직전, 나와 리시아 사이에서,

("저기, 리시아. 지냐는 루드윈한테 시집을 보냈으면 좋겠다고 생각하는데, 같은 여성으로서 지냐는 루드윈에게 호의를 품

고 있을 거라 생각해?")

("……6할 정도겠네. 아마도 좋아할 거라고는 생각해.")

("확실하지는 않네. 어째서 그런 미묘한 수치야?")

("여자는 쉽게 알 수 없는 존재인걸. 하지만 그런 건 신경 쓰지 않아도 되잖아? 지냐 씨도 귀족 여성이야. 왕명으로 시집을 가라고 하면 싫다고 하지는 않겠지.")

("그럴지도 모르겠지만……. 그렇게 억지스러운 방법은 되도록 쓰고 싶지 않아.")

("……그러네. 그럼 소마가 봤을 때 루드윈 경 쪽은 어때?")

("그야 9할 9푼 좋아하겠지.")

("꽤나 확실하게 단언하네?")

("…… 남자는 그런 걸 쉽게 알 수 있어.")

……작은 목소리로 그런 대화를 나눈 건 비밀이다. 루드윈도 내가 진심임을 깨달았는지 입을 굳게 다물었다. 어찌 대답할지를 망설이는 거겠지. 그러자 다른 한쪽 당사자인 지냐가 고개를 갸웃거렸다.

"내가 루 오빠의 신부가 되는 건가?"

당사자라고는 생각되지 않을 만큼 느긋한 말투였다.

"지냐는 루드윈한테 시집가는 건 싫어?"

"아니. 싫지 않아."

지냐는 맥이 풀릴 정도로 싱겁게 말했다.

"나도 여자니까. 언젠가는 누군가와 함께하고 싶다고는 생각했고, 그 상대는 가능하다면 루 오빠가 좋겠다고도 생각했거든. 하지만 루 오빠는 여성한테 인기가 있으니까 누군가 정실을 맞이한 뒤에 제3부인 정도면 좋겠다고 생각했지만."

지냐의 그런 고백에 나도 루드윈도 눈을 동그랗게 떴지만, 리시아만큼은 공감할 수 있는 부분이라도 있는지 연신 고개를 끄덕였다.

잠시 후에 정신을 차린 루드윈은 고뇌에 찬 표정을 지으며 "폐하. 말대답을 하는 무례, 용서해 주시길."이라고 서두를 떼고는 반론했다.

"아무리 지냐가 이 나라에 머무르게 두고 싶은 인재일지라도, 갑자기 혼인으로 속박하려는 건……."

"다른 사람도 아니고 우리한테 그런 이야기를 하는 건가?"

선대 국왕인 알베르토 공은 나를 이 나라의 왕으로 만들기 위해서 딸인 리시아를 배필로 주었다. 반대로 리시아 입장에서 보면 나를 이 나라의 왕으로 앉히기 위해 아내가 되는 모양새였다. 우리 관계는 그런 일그러진 형태로 시작됐지만, 간난고초를 뛰어넘은 지금은 이제 절대로 끊고 싶지 않은 인연이 됐다. 나는 루드윈의 어깨를 툭 두드렸다.

"경험자의 의견인데, 시작이 어땠는지는 큰 문제가 아냐. 그후로 어떤 시간을 함께 보냈는지가 중요하지 않을까? 하물며 루드윈이랑 지냐는 소꿉친구로서 지낸 시간이 있잖아?"

"폐하……."

"좀 더 등을 떠밀어 줄까? 혹시 지냐와의 혼인이 성립된다면 맥스웰 아크스 가문이라 이름을 바꿔도 돼. 그러면 맥스웰 가문의 이름도 남겠지. 결혼 비용은 모두 왕가에서 지불하고. ……
그리고 앞으로 지냐의 연구비 9할은 나라에서 줄게. 더 이상 아
크스 가문에서만 부담할 필요는 없어."

"그, 그건 정말 기쁜 말씀입니다만……. 1할은 자기 책임입니
까?"

"……조금이라도 자기 돈을 쓰게 하지 않았다간 정말로 무제
한으로 쓸 것 같으니까 말이지."

아무리 유용한 발명품이라도 갑자기 나라의 재정이 휘청일 법
한 물건을 만들면 버틸 수가 없다. 내가 싸늘한 시선을 보내자
지냐는 딴청을 부리며 휘파람 부는 시늉을 했다. 그 모습을 보
고 루드윈은 "과연……."이라며 쓴웃음 지었다.

"제가 고삐를 쥐라는 말씀이군요."

"혹은 자기 부담액을 크게 잡을 수 있도록 열심히 일하라는 거
겠지."

"……그쪽이 될 것 같아서 무섭군요."

"자, 루드윈. 지냐 다음은 네 차례가 아닐까?"

"……예, 옙!"

루드윈은 지냐와 마주 섰다.

루드윈은 얼굴이 새빨갰는데, 기분 탓인지 지냐의 뺨도 붉게
물든 것처럼 보였다.

두 사람이 나란히 서면 루드윈이 훨씬 키가 크지만, 긴장으로
움츠러들어서 그런지 같은 정도로 보였다. 저렇게나 긴장해서
는 괜찮을까 생각했지만, 이러니저러니 해도 수만의 군을 지휘

한 적도 있는 미남 근위기사단장. 각오하는 것도 빨랐다.

"지냐. 내 신부가 되어 주겠어?"

"……루 오빠야말로 괜찮겠어? 나는 귀족의 아내로는 안 어울리잖아?"

"알고 있어. 그래도 계속 곁에 있었으면 해."

"취향도 특이하네……. 하지만, 응. 알았어. 앞으로 잘 부탁해. 서방님."

그리고 두 사람은 어째선지 악수를 나누었다. 지금은 끌어안을 장면이 아닐까, 그런 생각도 들었지만……. 뭐, 이쪽이 이 두 사람다울지도. 행복한 모양이니 쓸데없이 끼어드는 것도 아니겠지. 이번 일이 원만하게 정리되어서 다행이다.

"후우……. 이걸로 모두 원만하게 정리된 것 같지?"

"……아니요. 폐하. 아직입니다."

내가 마음을 놓으려던 순간, 루드윈이 고뇌에 가득 찬 표정으로 그리 말했다. 조금 전까지는 행복해 보였는데 지금 그 찰나에 무슨 일이 있었을까?

"저도 지금까지 잊고 있었습니다만……. 오늘, 이곳에 온 목적을 잊으셨습니까?"

루드윈은 고뇌하는 표정 그대로 그리 말했다. 아……그러고 보니 그랬지. 까맣게 잊고 있었지만, 우리는 이곳에 발명품을 보러 온 것이 아니었다.

그러자 루드윈이 지냐의 머리에 딱 꿀밤을 먹였다.

"아야?! ……루 오빠, 약혼하자마자 가정 폭력은 안 돼."

"이 바보야! 됐으니까, 나랑 같이 폐하께 사죄드리는 거야!"

그리 말하고는 루드윈은 지냐의 머리를 움켜잡고 바닥에 붙이더니 자신도 이마를 바닥에 문지르듯 머리를 숙였다. 모양새는 조금 이상했지만 이 나라 스타일의 더블 사죄 방식이었다. 루드윈이 지냐의 머리를 누르며 사죄의 말을 입에 담았다.

"이번에 제…… 약혼자가, 터무니없는 짓을 저질러서……."

"잠깐, 아프다니까 루 오빠. 머리 빠지겠어."

"지냐는 입 다물어! 이번 일, 제발, 제발 용서해 주십시오."

아니, 그렇게 전력으로 사죄해도……. 나는 그렇게까지 신경 쓰지는 않는데.

"루드윈도 지냐도 고개를 들어. 딱히 질책할 생각은 없으니까."

"폐하……. 감사합니다!"

"어, 하지만 궁금하기는 하려나. 저기, 지냐?"

나는 자리에 앉아서는 지냐와 똑바로 마주 보고 물었다.

"어째서 드래곤의 뼈 같은 걸 가져갔어?"

대략 반년 전의 일인데 기억하고 있을까.

주요 도시의 상하수도를 정비하는 일환으로 왕도 파르남 근처에 침전지용 구멍을 팠을 때, 마물 등의 뼈가 잔뜩 발굴된 적이 있었다. 그때 그 안에 있던 거대한 드래곤의 뼈가 통째로 행방불명된 일이 있었다.

원한을 품고 죽은 드래곤은 스컬 드래곤으로 변하는 경우가 있다고 그랬기에 한때는 그 때문인 게 아닐까 걱정됐지만, 그 경우에는 스컬 드래곤이 독기를 흩뿌렸을 테니, 파르남이 평온한 이상 그럴 가능성은 적다고 했다.

다음으로 의심한 것이 누군가의 절도였는데, 절도라면 그런 행동을 한 이유를 알 수 없었다. 마력이 남은 상태라면 마법의 촉매나 장비품의 재료 등에 사용되겠지만, 그 뼈는 마력이 완전히 빠져나가서 그런 가치가 없었다고 한다. 애당초 쓸모가 없으니 박물관에라도 전시하자는 생각으로 보관했으니까 말이다.

그래서 결국 호사가가 가져간 게 아닐까 하는 이야기가 나왔었다.

기이한 사건이기는 했지만 그것이 대사건으로 이어질 거라 여겨지지는 않았기에 점차 기억에서 사라졌다……. 그럴 터였는데, 바로 얼마 전에 그 사건의 진상이 엉뚱한 일로 밝혀지게 됐다. 루드윈의 업무 서류 안에 종이 한 장이 섞여 있었던 것이다. 거기에는,

[루 오빠에게. 드래곤의 뼈를 가져갈 테니까 수속 부탁함. 지냐가.]

……그런 내용이 간결하게 적혀 있었다나.

그렇다. 드래곤의 뼈를 가져간 사람은 지냐였던 것이다.

골렘을 사용해서 옮긴 듯했다. 보고에 종이 한 장, 그것도 대답도 기다리지 않고 가져가 버리는 부분이 지냐답다면 지냐답다고 할까. 그 종이는 당시가 조금 어수선했던 시기였기에 다른

서류에 섞여 버린 것이었다.

　전날, 그 종이가 드디어 발견되고 소꿉친구의 범행을 알게 된 루드윈은 내게 엎드려서 사죄했다. 그리고 오늘, 뼈의 소재를 확인하고자 함께 지냐의 던전 공방까지 찾아온 것이었다.

　그리고 우리는 마침내 사라진 뼈와 대면했는데…….

　""뭐야?!""

　뼈는 완전히 변해 버린 모습……이라고 할까, 겉모습이 변화한 상태였다.

　뼈의 소재를 묻자 지냐가 안내한 곳은, 이 큰 공간의 절반을 점유하고 있던 천막 안이었다. 안으로 들어가자 시야에 들어온 것은 메탈릭한 보디가 빛나는 거대하고 기계 같은 드래곤이었다. 그야말로 '기계 드래곤'이라고 불러야 할 그것을 본 순간, 내 머릿속에서는 '고질라 VS 메카고질라'의 중저음 메인 테마곡이 흘렀다.

　아니, 그렇게까지 거대하지는 않고 높이도 고작해야 20미터 정도지만, 그 형태는 너무도 현실과 동떨어져 있었다.

　어안이 벙벙한 우리를 곁눈질하며 지냐는 자신만만하게 설명을 시작했다.

　"이 아이의 이름은 '메카드라'야. 진짜 드래곤의 골격 위에 야생동물이나 마물의 소재라든지 장갑이라든지 그런 걸 붙이고 던전에서 발견한 수수께끼의 부품을 조합해서 살을 붙인 기계 사양 드래곤이지 ♪"

　지냐는 즐겁다는 듯이 이야기했지만……뭘까. 마물의 소재나 던전에서 나온 수수께끼의 부품이라는 부분에서 안 좋은 느낌밖에 안 든다. 리시아도 벌린 입을 다물지 못하고, 루드윈에 이르러서는 금방이라도 졸도해 버릴 것 같은 지경이었다. 나는 지냐에게 물었다.

"……이거, 폭주한다든지 그러지는 않겠지?"

"아하하. 폭주 같은 걸 할 리가 없잖아."

그리고 지냐는 메카드라에게 다가가서 발밑을 툭 건드렸다.

"애당초 이거, 움직이지도 않고."

"어, 그런가?"

"당연하지. 겉모양의 완성도는 높다고 생각하지만, 막상 중요한 각 부분을 움직이는 명령을 보낼 방법이 없으니까. 이래 선…… 평범한 허수아비야."

너는 특수부대원이 날뛰는 영화에 나오는 악역이냐……. 그렇게 절대로 뜻이 전해지지 않을 태클은 제쳐 놓더라도. 과연, 기계 드래곤 자체는 만들었지만, 실제로 움직이는 프로그램이나 그것을 전달하는 회로 같은 건 없다는 이야기인가.

아무래도 생물의 관절 움직임을 연구하고자 실험적으로 제작한 물건으로, 처음부터 움직이는 것은 고려하지 않은 모양이었다. 그야 뭐, 이 세계의 과학 수준을 보면 당연한 이야기지만, 지냐를 보고 있으면 그런 감각이 마비된단 말이지.

지냐는 한 손으로 메카드라의 발톱 부품을 위아래로 움직였다.

"자, 이런 식으로 움직임 자체는 매끄러워. 전혀 힘을 들이지

않아도 움직일 수 있으니까."

"그래, 굉장해. 굉장하지만 말이지. 대체 뭘 만든 거야……."

나는 머리를 부여잡았다. 아무리 그래도 이건 성룡 산맥에서 화를 내지는 않을까.

가령 인간이라면 고대인의 **뼈**를 박물관에서 전시하는 일 정도는 한다.

하지만 아무리 그래도 그걸 기계 안에 넣는다면 혐오감을 품는 사람도 나오겠지. 죽은 자를 모독한다고 받아들일 테니까. 동포의 **뼈**가 이런 꼴이 되어 있다는 사실을 알면, 자칫했다간 드래곤들이 쳐들어오지 않을까.

……돌아가면 성룡 산맥에 사죄 편지를 보내자. 그리고 대답에 따라서는 해체하고 매장하든지 돌려보내든지 하자. 마음속으로 그리 맹세하자니,

'이래서야……평범한 허수아비야.'

……지냐의 그 말이 떠올랐다.

'허수아비……. 논밭을 지키기 위해서 세운 인형……인형?! 설마…….'

나는 메카드라의 발끝을 건드려 봤다. 그리고 【리빙 폴터가이스트】로, 의식 중 하나를 메카드라에게 옮겨봤다. 그러자 두두두두두두두……금속이 삐걱대는 소리를 울리며 메카드라가 움직이기 시작했다. 우왁, 조종할 수 있잖아?!

"잠깐만, 국왕님?! 지금 뭘 한 거야?!"

이걸 보고 제아무리 지냐라도 놀란 모양이었다.

나는 양팔을 벌려서 영화에 나오는 괴수 흉내를 내거나 국민 체조를 시작한 메카드라를 보며 더더욱 머리를 부여잡게 됐다. 정말로 이걸 어쩌면 좋지. 철제 드래곤을 움직이는 기술이 있다는 사실이 다른 나라에 위협이 되지 않을까.

"하지만 기계 드래곤을 움직일 수 있다고 전력이 되는 거야?"

리시아의 그 질문에 나는 퍼뜩 깨달았다. 듣고 보니 확실히 그렇다. 그저 움직이기는 게 전부인 철 드래곤은 전력이 되지 않겠지. 이렇게 커다란 덩치는 그저 손쉬운 표적이다. 와이번 기병대의 폭격이나 '드래곤 브레스' 집단 포화를 맞고 금세 터져 버리겠지.

"이 메카드라에 무기는 없어?"

"있을 리가 없잖아. 움직이는 것조차 고려하지 않은 물건에 굳이 무장을 설치할 만큼 나도 이상하지는 않으니까."

"대체 누가 할 말이야……."

그렇다면 정말로 쓸모가 없네. 고작해야 '오다이바의 ○담'처럼 전시해서 손님을 끄는 일밖에 떠오르지 않는다. 다른 나라에서 경계할 법한 물건인데도 전혀 쓸모가 없다니 최악이잖아. 무용지물에도 정도라는 게 있다고.

결론적으로 메카드라에 관해서는 우리나라의 초극비 사항으로 취급하고, 성룡 산맥의 대답이 올 때까지 엄중히 봉인하기로 했다. 과연 세상이 알려질 날은 올까.

그리고 그런 성가신 것을 제작한 지냐는 어떠냐면, 새로이 왕도 근처에 건설된 전용 연구소로 거처를 옮겨서 오늘도 연구 개발로 바쁜 모양이었다. 나라에서도 연구 자금을 지불하게 되면서 그 움직임에도 박차를 가한 모양이었다.

……루드윈에게는 다음에 꼭 위장약을 보내줘야겠다고 생각했다.

♔ 제 2 장　✦ 새우로 도미를 낚으려고 했더니 상어가 걸렸다

―――――대륙력 1546년 11월 하순, 왕도 파르남

　아미도니아와의 전쟁이 끝나고 한 달 가까이 흘렀을 무렵.

　슬슬 본격적인 겨울이 다가오는 걸 느끼기 시작한 이날, 국왕 방송의 보옥이 설치된 방에서 나는 지금 어느 인물이 비치는 간이 수신기와 마주하고 있었다.

　그 상대는 어떤 여성으로, 균형 잡힌 몸매를 순백의 드레스로 감싸고, 부드럽고 풍성하게 물결치는 금발이 아름다운 여성이었다.

　눈앞에 있는 여성의 여동생과는 안면이 있었지만, 그 여동생과도 인상이 무척 달랐다. 얼굴의 윤곽은 비슷하지만 동그라니 큰 눈에 여성스러움이 남아 있어서 이쪽이 연하로 보일 정도였다. 아마 나보다도 한 살 위라고 그랬던 것 같은데.

　어쨌든 무척 아름다운 사람이었다. 리시아, 아이샤, 주나 씨까지 각자 타입이 다른 미인에게 둘러싸여 상당히 눈이 높아졌다고 생각했는데, 그럼에도 이 사람은 한눈에 봐도 아름답다고 생각해 버렸다. 그런 미인이 입을 열었다.

[처음 뵙겠어요, 소마 님. 마리아 유포리아입니다.]

그녀는 제국의 성녀 겸 그란 케이오스 제국의 여황제 마리아 유포리아였다.

"처음 뵙겠습니다, 마리아 폐하. 소마 카즈야입니다."

동쪽과 서쪽 대국의 수장이 처음으로 얼굴을 마주했다. 본래라면 악수라도 해야 할 장면이겠지만, 국왕 방송의 화면 너머로는 그것도 불가능했다.

"이렇게 만날 수 있어서 기쁘네요. 마리아 폐하. 당신과는 언젠가 천천히 이야기를 나눠 보고 싶다 생각했으니까요."

[저도 그래요. 소마 님의 수완은 제국에서도 명성이 자자하거든요.]

"제 수완이 아니라…… 부하가 우수해서 도움을 많이 받았죠."

[겸손하시긴. 좋은 신하는 명군 아래에 모이는 법이지요.]

한동안은 그런 사교성 인사가 이어졌다.

두서없는 이야기를 나누면서도 나는 마리아의 모습을 살피고 있었다. 그러나 생글생글 미소를 지으며 이야기하는 모습은 순진무구한 소녀라, 이런 사람을 떠보려고 하는 스스로가 찜찜할 정도로 눈부셨다. 하지만 동시에 이렇게도 생각했다.

순진무구하기만 한 소녀로서는 광대한 제국을 다스릴 수는 없을 거라고.

[그런데, 소마 님?]

"무슨 일이시죠?"

[최근 한 달 사이 아미도니아의 상황을 어떻게 생각하시나요?]

마리아가 살짝 눈을 가늘게 만들며 말했다. 그저 그것만으로도 그녀에게 감도는 분위기가 바뀐 것 같았다. 입가는 미소를 띤 것처럼 보이는데도 화난 것처럼 보였다. ……그것도 어쩔 수 없는 일이겠지. 이번 일은 제국에서 보면 배신에 가까우니까 말이다.

[잔느에게 교섭의 결과를 설명받았을 때는 동쪽에 든든한 맹우가 생겼다며 기뻐했는데, 그건 제 착각이었나요?]

"……아뇨. 저희는 지금도 제국의 맹우라 생각합니다. 변명으로 들릴지도 모르겠지만, 이번 결과는 저희에게도 예상 밖의 사태였어요."

[왕국이 의도한 건 아니었다고?]

"살짝 손을 써둔 건 부정하지 않겠습니다. 하지만 이 정도의 결과까지는 저희도 바라지 않았죠. 솔직히 골치 아픈 사태가 이어지고 있어요."

머리를 긁적이며 말하자 일단 마리아의 분노는 걷힌 듯했다.

[……자세히 설명해 주실 수 있겠어요?]

"물론이죠. 공국을 감시하던 첩보 부대의 보고에 따르면……."

이야기는 한 달 전, 아미도니아 측에 수도인 반을 반환했을 무렵으로 거슬러 올라간다.

율리우스는 그란 케이오스 제국의 위광을 빌리는 형태로 공국의 수도 반과 그 주변 영토를 되찾고, 가이우스 8세의 뒤를 이은 아미도니아 공왕이라는 자격으로 반으로 귀환했다.

새로이 공왕이 된 율리우스에게 그의 가신들이 가장 먼저 헌책한 의견은 반에 남은 엘프리덴 왕국의 영향을 배제하는 것이었다.

"현재 반의 온화한 기풍은 차마 보고 있을 수가 없습니다."

"그렇습니다. 가이우스 님께서 살아 계실 적의 실질강건한 분위기야말로 저희 아미도니아 공국에게 가장 걸맞겠죠. 단속을 강화해야 합니다."

"우선 국왕 방송 광장에 있는 판잣집을 해체하는 건 어떨까요."

"…………."

예전의 모습을 되찾으라고 요구하는 가신들의 말을, 율리우스는 눈을 감고서 듣고 있었다. 그런 율리우스의 뇌리에는 지금 그 남자의 말이 떠올랐다.

[압정에 신음하는 백성이 과연 지붕이나 벽을 컬러풀하게 칠해야겠다고 생각할까?]

그날, 소마 카즈야가 했던 말이었다.

[지배자가 압정을 펼치고 있다면, 국민은 지배자의 시선을 걱정하여 눈에 띄지 않도록 행동하겠지. 화려한 짓을 해서 눈에 띈다면, 자신들에게 어떤 재난이 들이닥칠지 알 수 없으니까 말이야. 그러니까 압정에 시달리는 민중일수록 불만을 입에 담지 않고, 마음을 태도로 드러내지 않으며 진심을 마음속 깊숙이 밀어 넣는 거야.]

'어째서……지금 이때 녀석의 말이 떠오르는 거냐…….'

증오하는 상대의 말이 율리우스의 가슴을 파고들었다.

[그런데 귀공들이 반에 있었을 때, 거리의 색은 어땠지?]

'시끄럽다! 너한테 그럴 말을 들을 것 없이 우리 공왕가는 국민을 생각해서…….'

[정말로 그런가?]

'윽?!'

지금 목소리는 소마가 아니었다. 이 목소리는 바로 자신의 목소리였다.

'……그런 건가.'

예전의 일을 다시 떠올린 것이 아니었다. 뇌리에 소마의 목소리가 들린 것이 아니라, 소마의 말을 율리우스는 '자문자답했을 뿐'이다. 자신의 선택이 정말로 옳은지를.

율리우스는 바로 얼마 전까지 공국의 태자였고 나라의 중요한 결정은 항상 가이우스 8세가 결단했다. 율리우스로서는 가이우스의 결정에 따르면 그만이었다.

그러나 지금 공왕 자리는 율리우스의 것이 되어 이제 나라의 운명을 정할 결단을 직접 내려야 한다. 그렇게 됐을 때, 율리우스는 처음으로 아버지 가이우스라는 멍에로부터 해방되어 다각적인 정보를 바라게 됐다.

율리우스는 무력을 중시하는 사상은 가이우스와 마찬가지였지만 자신의 아버지처럼 생각한 게 꾸밈없이 입 밖으로 바로 나오는 성격이 아닌, 좀 더 사려 깊고 예리한 인간이었다. 다양한 상황을 파악한 끝에 결단을 내리는, 그 점에서는 가이우스보다도 동생 로로아와 더욱 닮은 타입이었다.

'로로아인가……. 지금 어디서 무얼 하고 있을지…….'

반이 왕국군에게 점령되기도 전에 일부 관료들과 종적을 감춘 그 동생은 어디에 있을까. 그런 생각을 하는 스스로를 보고 율리우스는 자조할 수밖에 없었다. 자신과는 뜻이 맞지 않아 정적이 되는 것을 경계하던 상대였다. 이제 와서 무엇을…….

"율리우스 폐하."

가신들이 말을 걸어 정신을 차린 율리우스는 위엄 있게 결단을 내렸다.

"그러지. 왕국의 영향은 배제해야만 한다."

"""예잇!"""

가신들은 명령을 받자 머리를 숙이고 집무실을 나갔다.

율리우스는 결국, 왕국의 통치하에서 진행된 변화를 부수고 예전 공국의 모습을 되돌리는 결단을 내렸다. 현 정권을 위해서 전 정권의 영향을 없앤다……. 그 방침 자체는 틀리지 않을 터였다. 조금 더 원만한 방법이 있지 않았을까, 그런 생각이 있었을지도 모르지만 지금의 율리우스에게 그런 선택지는 마련되어 있지 않았다.

'지금은 무슨 일이 있어도 공왕으로서의 권위를 되찾아야만 하니까 말이야…….'

권위의 계승은 선대가 살아 있을 때 행하거나 후견인을 얻고서 행해야만 하는 것이다.

그러지 않으면 가신에게 애송이라 비웃음을 사고 만다. 그리고 독재의 색채가 강한 나라일수록 그렇게 지반을 다지는 행위가 중요해진다. 그러나 가이우스가 앞선 전쟁에서 급사해 율리우스는 미처 지반을 굳히지도 못한 채 공왕이 될 수밖에 없었다. 그렇기에 자신에게 권력을 집중시키는 행동이 가장 먼저 요구되는 것이었다. 그를 위해서는 가치관의 다양성을 인정하는 엘프리덴의 색채를 반에서 없애야만 한다.

"그래…… . 설령 압정이라 불릴지라도."

율리우스는 비장한 각오가 보이는 얼굴로 그렇게 중얼거렸다.

우선 율리우스는 아미도니아 전역에 국왕 방송 시청을 금지하는 통첩을 보냈다.

국왕 방송의 보옥은 왕국이 가져갔기에 시청할 수 있는 것은 왕국 측의 방송뿐이었기 때문이다. 당연히 국왕 방송을 보기 위해서 모여 있던 반의 판잣집들은 강제 철거됐다. 다만 노점 주인들은 율리우스가 복권하자마자 자취를 감추었기에 그저 텅 빈 판잣집을 해체했을 뿐인 모양이었다. 반의 사람들에게는 시장이 됐던 노점 광장을 해체한 율리우스를, 그들은 어떤 시선으로 보고 있었을까.

또한 소마가 노린 그대로, 반 주위에 만든 소마와 가신들의 이름이 붙은 다리를 율리우스 측은 파괴한 모양이었다. 방어의 관점에서 왕국이 반으로 쳐들어오는 위치에 있는 다리라면 파괴하는 것도 어쩔 수 없다고 생각하지만, 그와 관계없는 다리까지

'왕국이 만든 것이니까.'라며 부순 것은 어리석은 짓이겠지. 교통망의 단절은 사람에 따라서는 사활이 걸린 문제가 된다.

그 밖에도 왕국 통치하에서 진행됐던 배급 등의 지원을 진행하지 않고, 풍기 단속을 강화하며 특히 여성이 화려함을 즐기는 것을 금지, 반에 만연했던 예술 행위의 금지……등등을 진행한 모양이었다. 벽에 로렐라이의 그림을 그렸던 집 등은 병사들이 태워 버리기까지 했다나. 주어졌던 자유를 빼앗긴 반 영민들은,

[소마 왕 시절은 좋았지.]

[왕국령이었을 때는 이런 괴로운 일 경험하지 않아도 됐는데.]

[어린아이한테 제대로 밥을 줬는데.]

[어째서 율리우스 님은 다른 나라의 국왕보다도 자국민을 소중히 대해 주지 않는 거야.]

[소마 폐하, 또 반을 점령해 주지 않으려나.]

……그렇게 반 성을 향해 원망의 시선을 보냈다고 한다.

다만 그들의 원망 가운데는 율리우스의 책임이 아닌 부분도 있었다. 본래 엘프리덴 왕국과 아미도니아 공국은 인구도 국토 면적도 경제 상황도 달랐다. 왕국이 할 수 있었던 지원책을 그대로 공국이 할 수 있느냐면, 그건 아무래도 무리겠지.

그러나 그걸 일반 시민은 알 수 없다. 결국 율리우스가 반에서 왕국의 색채를 지우려고 하면 할수록 영민들의 마음은 점차 떠나가고 있었다.

그럼 반 주변 이외의 지역의 경우에는 어땠느냐면, 이 역시도

제대로 풀리지는 않았다. 앞에서도 이야기했듯, 가이우스의 급사로 권위 계승이 진행되지 않았기에 율리우스는 아미도니아의 제후들로부터 경시당하기에 이르렀다.

그들의 시선은 두 종류였다.

하나는 공왕가가 뭐냐, 왜 저런 애송이한테 머리를 숙여야 하느냐는 '상대를 얕보는 형태'의 경시. 또 하나는 저 애송이가 왕은 의지가 되지 않는다, 자기 몸은 자기가 지켜야만 한다는 '상대를 믿지 않는 형태'의 경시였다.

실제로 아미도니아에서 영지를 가진 귀족, 기사 계급 가운데 다수는 후자였다.

본디 봉건주의 국가에서는 자신의 영지와 재산을 군주가 보장해 주기에 충성을 다하는 것이며, 군주에게 그럴 힘이 없다면 가신은 자신의 손으로 영지와 재산을 지켜야만 한다. 군주를 위해서가 아니라 스스로를 위해서 행동하게 된다.

소마는 율리우스에게 '고생을 하여 얻은 나라는 다스리기 편하고, 고생하지 않고 얻은 나라는 다스리기에 어렵다.'는 마키아벨리의 격언을 이야기했는데 아니나 다를까, 제국의 위광을 빌려서 편하게 반을 돌려받고 만 율리우스는 고생을 한 모양이었다.

중앙의 권력 기반이 무너진 것을 상징하는 듯한 이야기도 있었다.

아까 율리우스는 국왕 방송의 시청을 금지하는 통첩을 보냈다고 했는데, 그 명령이 지켜지는 곳은 반에 가까운 일부 지역

뿐이었고 그 밖의 지역에서는 '수도에서 온 통첩 따위 알 게 뭐냐!'며 계속 시청이 이루어진 모양이었다.

그런 식으로 중앙의 신뢰가 흔들리자 각 도시에서 병사나 용병을 그러모으는 움직임도 나왔다. 왕국이 이 시기에 삼공군이나 귀족군을 해체하고 '국방군'으로 통일, 재편하려 했던 것을 생각하면 정반대의 움직임이었다.

각지의 영주가 독자적으로 병사를 모으는 움직임은 율리우스에게 간과할 수 없는 일이었을 터. 그러나 그것을 질책하려고 든다면 제후들이 일시에 반란을 일으킬 위험이 있었다. 그러나 결과부터 보자면 이 시점이 모든 고름을 짜낼 수 있는 찬스였다.

마키아밸리라면 이때야말로 '잔학'을 사용할 때라고 지적했으리라.

설령 반란이 벌어지더라도 여기서 적대 세력을 모두 구축해서, 거취를 망설이는 다른 자들에게 자신의 확실한 권위를 보여줄 수 있었을지도 모른다. 그러나 율리우스는 그런 방법을 사용하지 않았다. 무사안일주의였는지 패전 후에 줄어든 병력을 이이상 잃는 것을 두려워했는지, 이유는 당사자에게 묻지 않고서야 알 수 없으리라.

그리고……이 시점에서 아무런 대책에 없었던 것이 진창으로 발을 들이는 첫 걸음이 됐다.

————지금으로부터 한 달 정도 전, 아미도니아의 북서부에서 민중이 반란을 일으켰다.

계기는 식량난에 기인한 민중의 폭동이었다고 한다.

왕국에서도 그랬지만 식량난은 지방으로 갈수록 지독해진다.

반의 북서부는 특히 지독했는지 굶어 죽은 사람이 수백 정도로 그치지 않을 정도였다. 영민들은 영주에게 지원을 요청했다지만 영주 측은 그것을 거절했다. 영지를 지키기 위한 병사를 모으느라 안 그래도 적은 비축 식량은 병사를 유지하는 데 돌려진 것이었다. 영주가 그런 태도이니 영민들의 분노는 폭발, 영주의 성관을 습격했다.

영주는 영지를 지키기 위해서 그러모은 병사로 분노한 영민들을 상대해야만 하는 사태에 빠지고 만 것이었다. 게다가 모은 병사 대부분은 생계 문제를 겪던 영민들이었기에, 같은 영민의 분노와 맞닥뜨리자 금세 뿔뿔이 도망쳐 버렸다. 영주 쪽은 자기 몸만 겨우 건져서 허둥지둥 반까지 와서는 율리우스에게 폭동 진압을 요청했다.

폭동이 오래 이어지면 불만이 쌓인 각지로 번질 우려가 있었다.

게다가 여기서 힘을 보여준다면 귀족들도 자신을 따르게 될 것이다.

그리 판단했는지 율리우스는 정규군을 이끌고 직접 반란 진압에 나섰다. 분노한 민중이라고는 해도 정규군의 상대가 될 수는 없었기에 반란은 서서히 진압됐다. 북서쪽 마을들에서는 폭도로 변한 민중의 시체가 굴러다니는 처참한 광경이 펼쳐졌다.

율리우스는 간신히 북서부의 반란을 진압한 참이었지만, 그때 더욱 놀라운 소식이 들어왔다.

비어 있던 수도 반에서 주민들이 봉기, 도시를 점령. 게다가 엘프리덴 왕국 측에 귀순 및 구원 요청의 사자를 보내고 왕국도 그를 받아들여 곧바로 군을 파견.

반 및 주변 일대를 재차 점령했다는 것이었다.

[그리고 당신은……반을 재점령하기에 이르렀다.]

"예. 반 주민들의 요청이었으니까요."

힐문하는 듯한 마리아의 시선에 나는 조용히 고개를 끄덕였다.

다만 반 주민들의 봉기는 카게토라가 이끄는 검은 고양이 부대를 사용해서 선동하기도 했다.

그들은 반 인근으로 숨어들어 경과를 관찰하고 도시의 유력자와 연줄을 만들면서 반을 재점령할 타이밍을 잰 것이었다. 귀순 사자가 온 것부터 재점령할 때까지의 시간이 짧았던 것은 국경 근처에 사전에 군을 배치했기 때문이었다.

['인류 선언'에서는 무력에 따른 국경선의 변경을 금지하고 있어요. 반의 주민들은 무력 봉기를 일으켜 도시를 점령했죠. 이에 따라 아미도니아의 국경선이 변경된다면 '인류 선언'을 위반하는 사안이 돼요. 그리된다면 제국은 맹주로서 또다시 두 나라 사이에 들어가서 개입해야만 하죠. 왕국에게도 냉정한 태도로 임하게 될 테고요.]

"그럴 수 있으십니까?"

그 한마디만으로 마리아는 입을 꾹 다물었다.

" '인류 선언' 에서는 동시에 민족의 자결권을 인정하고 있어요. 반 및 그 주위의 주민들이 귀속을 아미도니아에서 엘프리덴으로 옮기고자 바란다면, 제국은 '인류 선언' 의 맹주로 그것을 승인하고 지원할 필요가 있는 게 아닌가요?"

[…………]

마리아도 그 사실은 알고 있겠지. 그러니까 다음 말이 이어지지는 않았다.

그런 마리아를 향해 나는 작게 한숨을 내쉬며 단호하게 말했다.

"이것이, 왕국이 '인류 선언' 에 참가하지 않았던 이유입니다."

《대마족 인류 공투 선언 주요 3개 조항》

하나, 인류 사이의 분쟁에 의한, 무력에 따른 국경선의 변경을 인정치 않는다.

하나, 각국 내 여러 민족의 평등한 권리와 자결권을 존중한다.

하나, 마왕령에서 먼 곳의 나라는 방파제가 되는 마왕령 근접국을 지원할 것.

이상적으로는 무척 훌륭한 조항이었다.

하지만 이 3개 조항 안에는 제국도 깨닫지 못한 모순이 존재했다. 확실히 이 3개 조항을 엄격하게 지킨다면 '외부' 와의, 국가 간의 분쟁이라면 막을 수 있겠지. 하지만 이 조문에 따르자면

'내부'에서 일어나는 문제에는 꼼짝도 할 수 없는 것이었다.

이번 사례에 대입할 경우, 민족의 자결권을 인정한다면 인류 선언 가맹국은 반 주민들의 이번 행동을 인정해야 한다.

그러나 그것으로 아미도니아의 국경이 변경된다면 그것을 인정할 수도 없다. 또한 반이 독립한다면 인류 선언 가맹국이 아니지 않느냐 하는 논리도 통하지 않는다. 독립을 바라는 반을 아미도니아가 탄압할 경우에는 가맹국인 아미도니아가 민족 자결권을 인정하지 않았다며 규탄받게 된다.

즉, 인류 선언 가맹국은 꼼짝도 할 수 없는 상황에 몰리는 셈이다.

어째서 제국이 이런 것을 깨닫지 못했느냐고 생각하는 사람도 있겠지.

하지만 이런 일은 실제로 일어나지 않는다면 깨달을 수 없는 것이다. 다름 아닌 '20세기의 지구인도 깨닫지 못했던' 것이니까.

"잔느 경에게 이야기한 옛날이야기에 관해서 들으셨나요?"

[……예. 두 신의 다툼에 말려드는 것을 두려워한 사람들이 규칙을 정해서 전쟁을 회피하려고 했다는 이야기 말이죠.]

"세계는 평등해야 한다."는 동쪽의 신과 "세계는 자유로워야 한다."는 서쪽의 신이 있어서, 이 두 신을 믿는 각각의 국가가 대치하던 시대. 두 신이 다투는 경계 근처에 있는 나라들은 전쟁에 말려들지 않고자 동서의 많은 나라들과 함께 어떤 규칙을 만들었다. 그런 옛날이야기. 그 규칙은 아래와 같았다.

하나, 무력으로 국경선을 변경하는 걸 그만두자.

하나, 각각의 나라에 사는 민족에게 자기 일은 자기가 결정할 수 있는 권리를 주자.

하나, 동서의 나라가 문화를 교류해서 친한 사이가 되자.

[잔느한테 들었어요. 정말로 '인류 선언'과 비슷하더군요. 그 옛날이야기의 결말이 마음에 걸리네요. 그 후로 세계는 어떻게 됐나요.]

"문제는 있었지만, 한동안은 일정한 성과를 거두었어요. 이윽고 동쪽의 신이 분열하여 힘의 균형이 무너지며 긴장 상태는 해소되고 양 진영의 전면 전쟁을 회피할 수 있었죠."

[그건…… 잘된 게 아닌가요?]

"예, 그때는. 하지만 그 후, 어느 다민족 국가에서 어느 민족이 독립하려고 무장 봉기를 일으켰죠. 민족 독립을 인정하지 않으면 민족 자결의 원칙에 위배된다. 그러나 독립을 인정해 버린다면 무력에 따른 국경선의 변경을 용인하는 꼴이 된다. 이 모순에 규칙을 정한 나라들은 꼼짝도 할 수가 없었죠."

[지금의 제국처럼, 말인가요?]

마리아의 물음에 나는 단호하게 고개를 끄덕였다.

이제는 눈치챘을지도 모르겠지만, 이 옛날이야기는 바로 지구의 역사다.

"인간은 평등해야 한다."라고 말한 동쪽의 신은 '사회주의'.

"인간은 자유로워야 한다."라고 말한 서쪽의 신은 '자본주의'.

각각의 신을 믿던 나라들이 대치한 것은 '냉전 시대'였다.

그리고 전쟁을 회피하려고 논의한 나라들이란 1975년의 '유럽 안전 보장 협력 회의(CSCE)'의 참가국(훗날의 '유럽 안보 협력기구(OSCE)')으로, 정해진 규칙이란 그 회의에서 합의된 '헬싱키 최종의정서'라고 불리는 것이다.

내가 '인류 선언'의 모순을 금방 알아차린 이유는, 이와 무척 닮은 '헬싱키 최종의정서'를 알고 있었기 때문이다. 대학 입시 때 근현대사도 공부했으니까.

그리고 이 '헬싱키 최종의정서'가 냉전 당시에 소련과 서방의 전면 전쟁을 회피하는 데에는 일정한 역할을 해냈지만, 그 후에 유고슬라비아에서 벌어진 세르비아인과 크로아티아인의 민족 대립에서는 아무 역할도 못했다는 사실도 알고 있었다.

[이것이 소마 님이 말했던 인류 선언의 함정인가요.]

마리아는 참으로 안타깝다는 듯이 말했다.

"예. 이 함정은 우리 같은 다종족 국가에는 치명적이에요. 그러니까 왕국은 인류 선언에 참가할 수 없는 거죠."

지독한 이야기일지도 모르겠지만, 아미도니아처럼 일부 종족이 강한 국가라면 그다지 큰 문제가 아니다. 원래 다른 종족의 지위가 낮다면, 혹은 그들의 인구가 적다면 국내에서 독립하려는 분위기조차 생기지 않겠지.

반대로 우리 같은 다종족 공존형인 국가일수록 위험하다.

국가 경영이 제대로 돌아갈 때는 문제없겠지만, 혹시 경영이 악화된다면 분리 및 독립을 생각하겠지. 오늘은 제대로 돌아가는 것처럼 보여도 내일은 어찌 될지 알 수 없다. 마키아벨리가 말했듯이 운명의 급변에는 대비해야만 한다.

[무척 뼈저린 이야기네요. 저희 제국도 다종족 국가이니까요.]

……그렇겠지. 지금은 제국에게 힘이 있으니까 괜찮다.

북쪽에서 마왕령이 침식해 들어오는 현 상황에서는 인류 최강의 국가인 제국보다 안전한 장소는 없으니까. 제국 내의 다양한 종족도 귀속을 바꾸려고 생각하지는 않겠지.

그러나 혹시 경영이 제대로 돌아가지 않는다면, 혹은 마왕령의 위협이 사라진다면, 인류 선언을 품고 있는 제국은 어떻게 될까.

"마리아 폐하……."

[알고 있어요. 하지만 지금은 이 기치를 포기할 수는 없어요.]

그리 말하고 마리아는 강한 의지가 담긴 눈으로 미소 지었다.

[설령 가시밭길일지라도 제국은 오늘을 살아가는 사람들에게 희망의 등불로 존재했으면 한다고, 저는 그렇게 생각해요. 마왕령을 상대로는 인류가 하나 되어 임해야만 한다는 사실은 명백해요. 설령 한때일지라도 사람들의 마음을 잇기 위해서 제국은 이 기치를 계속 앞세울 거예요.]

"……성녀라고 불리는 이유를 알 것 같네요."

유치한 이상론이라고 생각하지만 그런 말이 사람을 사로잡기도 한다.

언젠가 괴로운 현실과 부딪히는 날이 올지도 모르는데, 그것마저도 각오하고서 그녀는 이상을 내세우고 있다. 보고 있자니 위태롭지만 보고 싶기도 했다. 그녀에게는 그런 매력이 있었다.

'잔느 경도 마음고생이 끊이질 않겠구나……'

언니보다는 현실적인 여동생을 떠올리며 그렇게 생각했는데, 하쿠야가 이 마음의 소리를 들었다면 "당신이 그렇게 말할 입장입니까."라며 핏대를 세웠을지도 모르겠다.

마리아는 기분을 새로이 하듯이 고개를 내저었다.

[반 재점령 사태에 대해서는 이해했어요. 일단, 그쪽에 잘못이 없는 형태였다고는 생각되네요. '설령 뒤에서 무언가가 움직였을지라도'.]

아무래도 마리아 역시 반의 봉기에 검은 고양이 부대가 관여했다는 것은 눈치챈 모양이었다. 그것을 이 자리에서 힐문하지 않는 이유는, 각국도 비슷한 첩보 공작을 하고 있기 때문이겠지. 아미도니아도 했으니까. 마리아는 한숨을 한 번 내쉬었다.

[하지만 소마 님. 저로서는 알 수 없네요.]

"무엇이 말이신가요?"

[어째서 왕국은 아미도니아 공국 '전역'을 병합한 거죠?]

마리아의 눈이 똑바로 나를 응시하고 있었다.

……뭐, 당연히 그 점은 추궁당할 거라 생각했다. 지금 엘프리덴 왕국은 공도 반만이 아니라 아미도니아 공국 '전역'을 통치하에 두고 있으니까.

그러나 그것은 우리가 바랐던 일이 아니었다.

"물론 이 일에 관해서도 제대로 설명하겠지만, 그 전에 한마디만 하게 해 주시죠. 이번 일을 주도한 건 저희가 아닙니다. 오히려 상황은 본의가 아니라고 해도 되겠죠."

[……대체 무슨 일이 있었나요?]

"저희는 막판에 단 한 명의 소녀가 꾸민 계략에 당했습니다."

◇ ◇ ◇

계략에 당한 원인이 뭐냐고 묻는다면, 우리의 시야가 좁았기 때문이라고 할 수밖에 없겠지. 엘프리덴 왕국의 시선은 오직 반에만 쏠려 있었다.

반 및 그 주변 주민들의 구원 요청이라는 대의명분을 앞세워, 인류 선언에 위반되지 않는 형태로 공국의 수도 반을 다시 영유한다. 이것은 기정노선이었다.

본래 이전 전쟁으로 우리는 많은 배상금을 얻을 예정이었지만, 율리우스가 경영하는 아미도니아 공국에 그 배상금을 지불할 능력이 있다고 여겨지지는 않았다.

아미도니아의 재정 관료들은 아무래도 회전이 벌어지기도 전에 자취를 감춘 모양이고 율리우스가 복권한 뒤에도 모습을 드러내지 않았다나. 군사제일주의인 율리우스와 그 주위의 인재만으로는 지금의 아미도니아를 바로 세울 수는 없겠지.

또한 가이우스의 급사 때문에 권위 계승도 제대로 이루어지지 않아, 우리가 굳이 손을 대지 않더라도 나라가 황폐해지는 모습이 눈에 선했다. 제후는 율리우스를 깔보며 반항적이 될 테고,

배상금을 내놓기 위해 증세를 한다면 백성의 불만이 폭발한다. 내란 상태에 빠진다면 당연히 배상금을 지불할 여유가 없다.

그러니까 나는 반을 다시 영유할 수 있도록 움직인 것이었다.

이것으로 배상금을 갚지 못하게 되더라도, 그다지 이득은 없지만 승자로서의 체재는 지킬 수 있다. 카마인 및 바르가스 공령도 해체하여 국내 대상의 포상은 충분히 확보할 수 있었으니까 말이다. 이곳 반 주민들의 요청에 따른 것이기는 하지만, 본래라면 제국이 반환을 강요했을 때도 사용할 수 있었던 방법이었다. 반에 잠정적인 영주를 선택케 하고 엘프리덴 왕국으로 편입을 희망하게 만들면 그만이었던 것이다.

그럼에도 한 번 반환에 응한 것은 제국에 중재는 했다는 자세를 취하도록 만들기 위해서였다.

그 시점에서 인류 선언의 틈을 찔러 반 영유권을 인정하게 만든다면 제국의 얼굴에 먹칠하게 된다. 그러니까 한 번은 반환에 응하여 제국의 체면을 챙겨 주는 형태로 한 것이었다. 이러면 다시 영유하더라도 제국의 위신은 흔들리지 않겠지.

그런 이유로 왕국의 시선은 반에만 쏠려 있었는데, 예상 밖의 사태는 그보다 바깥쪽에서 벌어졌다. 반을 다시 영유한 왕국군은 곧 돌아올 율리우스의 공국군으로부터 반을 방어하고자 진을 쳤는데…… . 결론부터 말하자면 율리우스는 반으로 돌아오지 않았다. 백성의 폭동을 진압한 율리우스의 공국군이 재점령된 반으로 돌아오려고 했을 때, 새로운 정보가, 그것도 다수 들어왔다.

엘프리덴 왕국이 반으로 병사를 들인 것과 같은 시기, 아미도니아 공국 각지에서 동시다발적으로 분란이 발생했다는 소식이었다.

그 내용은 제각각이었다. 압정을 펼치던 영주에게 반발한 영민들이 폭동을 일으켜서는 영주 일족을 없애고 도시를 제압했다는 것.

율리우스의 역량을 가벼이 여긴 대귀족이 자리를 빼앗고자 반란을 일으켰다는 것.

율리우스가 북서부의 백성을 탄압했다는 사실이 마음 아팠던 귀족이, 피난 온 백성을 보호하며 율리우스에게 저항하는 자세를 내비친 것.

왕위를 계승할 때 여동생 로로아의 존재를 무시하고 즉위한 율리우스에게 로로아 파벌의 귀족이 반발하여 군을 일으킨 것……등등, 이유는 각양각색이었다.

그중에는 엘프리덴 왕국이 흘린 국왕 방송을 보고 반과 마찬가지로 자신들도 왕국에 병합되고 싶다며 자청하는 도시까지 있었다.

기묘하게도 밑바탕의 생각은 다양했지만 그것들이 마치 짠 것처럼 동시에 벌어진 것이었다. 정신이 드니 아미도니아 공국이라는 바둑판 위는 반란의 검은 돌로 넘쳐나고, 율리우스가 이끄는 공국군이라는 이름의 흰 돌은 '자충수'가 되어 몰려 버렸다.

이미 누가 아군인지도 알 수가 없어서, 율리우스의 공국군은 공국령 안에 있으면서도 사면초가(자국령 안이니까 어떤 의미로는 당연하지만)에 빠져 버렸다.

　이런 사태에 빠져 버려서야 왕국군과 싸우지도 반란군을 진압하지도 못한다. 율리우스의 공국군 안에서는 탈주병이 잇따르고 반란군의 발소리가 가까워졌다.

　결국 공국군은 뿔뿔이 흩어지고, 율리우스는 소수의 종자들만 데리고 제국으로 망명했다나. 이리하여 아미도니아는 한때 주인 없이 분열된 상태에 빠졌다.

　왕국의 입장에서 보면 반은 다시 영유할 수 있었고 적성 국가는 분열된 것이었다. 예상 밖의 사태이기는 하지만 여기까지는 바라마지 않던 전개였다. ……그렇다, 여기까지는.

　그러나 그런 분열 상태도 오래 이어지지는 않았다. 아니, 이어지지 않게 됐다.

　──────외적이 아미도니아를 침공했기 때문이다.

　움직인 국가는 아미도니아의 북쪽에 있는 '루나리아 정교황국'과 남쪽에 있는 '톨기스 공화국'이었다. 서쪽의 '용병국가 제므'는 영세중립을 표명하고 있기에 침공하는 모습을 보이지는 않았지만 두 나라에 용병을 파견했으리라 여겨졌다.

　루나리아 정교황국은 달의 여신 루나리아를 섬기는 루나리아 정교의 총본산이고, 그 종교의 교황이 나라를 다스리는 신정일치의 종교 국가다. 루나리아 정교는 이 대륙에서는 성룡 산맥에 사는 마더 드래곤을 모시는 모룡 신앙과 어깨를 나란히 하는 2

대 종교로 손꼽힌다.

교리로는 박애, 상호부조, 관용을 주창하지만 열성적인 신도 가운데는 다른 종교를 상대로 공격적인 사상을 지닌 사람도 많은 듯했다. 지구의 감각으로는 유대교나 기독교, 이슬람교에 가까웠다. 참고로 다종족 국가인 엘프리덴 왕국은 신앙에 규정은 없어서 각자가 원하는 종교를 믿는다. 그렇기에 다신교 국가로 취급된다.

이야기를 다시 되돌리자. 그런 루나리아 정교황국은 이 분쟁에서 아미도니아 공국 안의 루나리아 정교도 보호라는 명분을 앞세우며 아미도니아의 국경선 부근으로 군을 전개했다.

아미도니아에서 도망친 교도를 보호하고 여차할 때는 구출을 위해서 공국 안으로 진군하겠다는 자세를 드러낸 것이었다. 다만 그 움직임 자체는 둔했다. 반 주위에는 왕국군이 전개한 상태이기에 이들과 충돌하는 사태를 피하고자 우선은 상황을 지켜보던 거겠지.

실제로 국경선을 넘은 국가는 남쪽의 톨기스 공화국이었다.

이 대륙은 남쪽으로 갈수록 추워진다. 최남단인 톨기스 공화국은 극한의 땅이었다.

특히 남부의 반도 부분은 1년의 대부분이 눈과 얼음 때문에 고립되고 상공은 와이번도 추락할 정도로 난기류가 몰아친다. 그런 지독한 자연 앞에서는 전성기의 제국군마저 이 나라에 손을 대지 못할 것이라고들 했다. 이 나라의 병사는 이 나라에만 서식하는 거대한 야크 같은 생물을 타고, 한랭지 전투에서는 그야말로 무적의 힘을 발휘한다고 한다.

그런 톨기스 공화국이 국내로 쳐들어왔다는 정보는 금세 공국 전역으로 알려졌다. 지금의 공국은 통일되지 않고 제멋대로 뿔뿔이 나뉘어 움직이는 상태였다.

톨기스가 북상해 준다면 모든 이익을 빼앗기기 전에 루나리아도 움직이겠지. 그렇게 된다면 아미도니아는 붕괴하고 분할 통치를 당하게 된다.

다행히도 톨기스 공화국군의 진군은 남부의 방어도시 네르바의 영주이자 백전연마의 노장 헬먼의 분전으로 저지됐다. 분할 통치를 당할 바에야 차라리 의지가 되는 인물에게 나라를 통째로 맡겨 버리는 편이 낫지 않을까. 공국민이 그렇게 생각했을 때, 국왕 방송에 비치던 이웃나라 국왕의 환한 표정이 떠올랐다. 공도 반을 문제없이 통치하고 끝까지 공국에 충성하려고 했던 완다 장군마저 등용한 젊은 왕.

……뭐, 그러니까 바로 나였다나.

정신이 드니 엘프리덴 왕국에서 아미도니아 공국을 병합해 줬으면 한다, 톨기스나 루나리아에 대항해야 한다는 생각이 공국 안에서 주류가 된 상태였다.

그 과정에서 끝까지 아미도니아의 독립에 고집하는 인간(대부분이 율리우스에게서 나라를 빼앗고자 반란을 일으켰던 자들)은 병합파에게 구축당했다.

네르바에서 톨기스를 막고 있던 노장 헬먼 노이만과 그에게 신병을 의지하던 전직 재무대신, 개츠비 콜베르가 함께 병합파를 지지한 것도 컸다. 콜베르는 재정난을 버텨낸 명대신으로 국민들로부터도 신뢰를 받았다는 모양이었다.

그리고 공국 전역에서 보낸 병합 요청이 내 앞으로 전달되기에 이르렀다.

…………

……음. 어째서 이렇게 됐나, 그런 느낌이었다.

아미도니아 공국을 병합하는 메리트와 디메리트를 비교하면 디메리트 쪽이 컸다. 메리트는 인구가 늘고 장기적으로 보면 국력이 늘어나리라는 것.

또한 아미도니아 공국은 금 같은 희소한 광물 자원이 풍부하기에 왕국 내에서는 채굴되지 않았던 광물 자원이 안정적으로 보급되리라는 것 등이었다.

반대로 디메리트는 간신히 왕국 내의 식량 문제가 해결됐는데, 이번에는 아미도니아 영내의 식량난에 대응해야만 한다는 것이었다.

또한 얼마 전까지 적국이었던 장소이니 통치가 어렵다는 것도 있었다.

게다가 국경선이 변경되어, 이제까지는 동방 제국 연합, 아미도니아 공국, 톨기스 공화국의 일부하고만 인접한 상태였으나 앞으로는 아미도니아가 사라지는 대신에 용병국가 제므, 루나리아 정교황국과도 인접국이 된다는 것도 단점이었다. 인접하는 국가가 늘어나는 만큼 외교가 복잡해지니까 말이다.

그리고 처음부터 기대하지는 않았지만 전쟁 배상금이 지불되지 않는 것도 디메리트인가. 나라의 일부가 된 이상, 배상금을 지불하는 측과 받는 측의 구분이 사라진다.

이렇게 보면 아미도니아 병합에는 디메리트 쪽이 커 보였다.

그러나 우리에게 '거절한다'는 선택지는 존재하지 않았다.

왜냐면 '아미도니아를 병합하지 않는 디메리트' 쪽이 크기 때문이었다.

우선 '반은 주민들의 요청에 따라 왕국에 편입됐다.'는 대의명분이 흔들리고 만다. 반 편입만 인정하고 다른 곳은 하지 않는다면 "뭐야. 결국 왕국은 원하던 토지를 빼앗고 싶었을 뿐이었나."라며 뒤에서 손가락질을 당하게 된다.

또한 톨기스 공화국이나 루나리아 정교황국의 침략을 그대로 방치한다면, 결국 국경선을 접하는 숫자는 늘어나고, 식량난을 겪고 있는 아미도니아의 통치도 어려워진다. 두 나라가 통치에 실패하여 구 아미도니아 영내에서 기근과 내전이 벌어진다면, 그때는 우리 나라로 난민이 밀려들고 만다. 그렇다면 처음부터 전부 한꺼번에 맡아 버리는 편이 낫겠지.

지금은 고생할 테지만 장기적으로 보면 이익이 될 테니까.

결국 나는 아미도니아 전역의 왕국 편입을 인정하기로 하고 그 사실을 여러 나라에 통지했다. 그와 동시에 엘프리덴 왕국 남서부에 머무르던 엑셀 휘하의 해군 부대를 톨기스 공화국과의 국경선 부근으로 움직여서 언제라도 공세에 나설 수 있도록 조치했다.

공화국 측으로서는 주력이 네르바를 포위한 사이에 본국이 침공을 당해서야 버틸 수가 없다. 즉각 네르바에서의 철수를 결정, 공화국군은 썰물이 지듯 아미도니아에서 떠났다.

또한 국경 부근으로 군을 전개했던 루나리아 정교황국도 아미도니아가 정리되는 것을 보고 임전태세를 해제했다. 톨기스와는 달리 이쪽은 큰 움직임을 보이지 않았다. 그만큼 무슨 생각을 하는지도 알기 어려워서 꺼림칙하게 느껴졌다.

어쨌든 이것이 이번 아미도니아 병합의 경위였다.

톨기스 공화국의 철수 이후로 시간이 조금 흘렀을 무렵.

아미도니아 병합의 뒤처리를 위해서 공국 수도인 반 성으로 돌아온 나는 이날 톨기스 공화국군을 막는 데에 공을 세웠던 인물을 표창하기 위하여 알현실 옥좌에 앉아 있었다. 갑작스러운 일이었기에 그다지 많은 대신을 데려오지는 않았지만, 평소처럼 리시아, 아이샤가 내 양옆에 서고 하쿠야가 그 식전을 지휘했다.

이번에 표창하는 인물은 두 명. 쳐들어온 공화국군으로부터 네르바를 수호하고 동시에 아미도니아를 지켜낸 노장 헬먼 노르만과, 분열된 아미도니아를 헬먼과 함께 한데 모은 전 재무대신 개츠비 콜베르(이름을 부른다면 개츠비일 테지만, 전직 재무대신이다 보니 *콜베르라 부르고 싶어진다)였다.

---

* 콜베르 : 여기서는 루이 14세 치하의 프랑스에서 재상이 되어 국위 선양과 경제 강화에 힘쓴 인물인 장 바스티트 콜베르(1619~1683)에 빗대어 말한 것.

헬먼은 게오르그나 오엔과 마찬가지로 역전의 무인다운 풍격의 노장이고 콜베르는 20대 중반에 지성파인 미남이었다. 둘의 뒤에는 덮개가 씌워져 있어서 내용물까지는 알 수 없지만 무언가 산더미처럼 쌓인 게 두 무더기 있었다. 듣자니 우리나라에 바치는 헌상품이라나. 카펫 위에 공손히 앉은 둘에게 나는 "고개를 들어다오."라며 말을 건넸다. 두 사람이 고개를 드는 것을 보고 우선은 콜베르 쪽으로 말을 걸었다.

　"콜베르 경. 아미도니아의 백성들을 잘 이끌어 주었다. 귀공의 노력이 없었다면 혼란은 오래도록 이어져서 아미도니아의 백성은 도탄지고를 겪었을 테지."

　"과분한 말씀이십니다."

　콜베르는 그렇게 말하며 깊숙이 머리를 숙였다. 아무렇지도 않게 아미도니아 공국민을 우리 나라의 백성처럼 말해 봤는데 별다른 반응은 없었다. 뭐……내게 전부 떠넘긴 기분일 테니 당연한가. 콜베르는 고개를 들더니,

　"하온데 폐하. 받아 주시었으면 하는 물건이 있습니다."

　"뭐지?"

　그러더니 콜베르는 무더기 둘 중에서 하나의 덮개를 걷었다.

　나온 것은 산처럼 쌓인 서류다발이었다. 옆에 서 있던 하쿠야가 "과연."이라며 쓴웃음을 지었다. 뭐가 과연이라는 건지는 모르겠지만, 나는 콜베르에게 물었다.

　"그건?"

　"아미도니아 공국 내의 경상보고서와 권리 관계 서류입니다.

원래는 반 성 내부의 서고에 보관되어 있던 것입니다만, 전화로 분실될 것을 우려하여 전쟁이 일어나기 전에 옮겼사옵니다. 전쟁도 끝났으니 공도로 돌려놓고자 지참하였습니다."

아, 그러고 보니 아미도니아에서 담보로 서고 안의 서적을 받았을 때, 그와 관련된 서류들이 모조리 사라진 것 같다는 보고가 올라왔던가. 하쿠야가 쓴웃음을 지은 이유가 이건가. 하쿠야의 입장에서 보면 예상이 빗나간 모양새가 됐으니까.

"과연. 멋진 선물이로군. 통치가 편해지겠어."

"그리 말씀해 주시니 영광입니다."

"하지만 그건 귀공 본인의 손으로 가져가는 게 낫겠지."

"예?"

내가 수취를 거부하자 콜베르는 어안이 벙벙하다는 표정을 지었다.

흠, 이걸로 한 방 갚아준 걸까. 나는 싱글거리며 말했다.

"전 아미도니아 공국 재무대신 콜베르! 나를 섬길 생각은 있느냐!"

"아, 예!"

거의 조건반사처럼 콜베르는 대답했다. 좋았어, 언질은 받았다고.

"좋아. 그렇다면 아미도니아 당시와 같은 지위를 마련하지. 귀공은 앞으로 엘프리덴 왕국 및 아미도니아 공국의 재무대신으로서, 이 새로운 나라의 재정을 맡도록 하라."

"저, 저는 아미도니아 측의 인간입니다만……. 괜찮으시겠습니까?"

"상관없다. 쓸 수 있는 자라면 어떤 녀석이라도 쓴다. 출신이나 종족 따위에 구애해서야 언제까지고 나라를 재건할 수는 없을 테니까."

"예, 예에……."

이것 참, 정말로 이런 인재가 필요했거든.

나는 문과였으니까 계산이나 경제 관련의 판단은 서툴렀다. 나라가 풍요롭지도 않은데 군사비에 예산을 쏟아붓던 아미도니아 공국을, 그럼에도 재정 파탄에 이르지는 않도록 지탱했던 수완의 인재라면 당연히 어떤 방법을 써서든 손에 넣고 싶어진다. 우수한 재무대신이 낭비되는 지출을 아껴 준다면 이제까지 예산 문제로 할 수 없었던 '그런 정책'이나 '이런 정책'에도 예산을 돌릴 수 있을지 모른다. 후후후, 꿈이 커지네.

"재무대신 콜베르. 그 서류들은 그대에게 업무 도구가 되겠지. 가지고 돌아가서 아미도니아 지방의 재건을 위해 일해 다오."

"아……예! 삼가 받들겠사옵니다!"

콜베르는 또다시 머리를 조아렸다. 나는 고개를 끄덕이고 이번에는 헬먼 장군을 봤다.

"헬먼 경도 톨기스 공화국군을 잘 막아 주었다. 귀공의 분투가 없었다면 공화국군은 네르바를 넘어서 아미도니아 내륙까지 밀고 들어왔을 테지. 그리됐다면 우리 나라의 구원도 때를 맞추지 못하고 지금보다도 지독한 혼란에 휩싸였을 게야."

그리 감사를 표했지만 헬먼은 딱딱한 표정을 풀지 않았다.

"군인은 백성을 지키는 자. 주인이 없을지라도 그것은 변하지 않소. 본인은 그 본분에 따랐을 뿐."

거, 거북하네……. 직무에 충실한, 장인 타입의 인간이겠지. 오엔이 '앗핫하 영감'이라면 이쪽은 '고집쟁이 영감'의 느낌이었다. 음, 일본의 고전적인 츤데레 영감 같아서 호감이 생기는데. 조금 전의 대사도 "따, 딱히 널 위한 게 아니니까. 군주가 없으니까 어쩔 수 없이 지켜준 것뿐이야!" 같은 느낌인가.

그러자 헬먼은 일어서더니 덮개가 씌워진 다른 한 무더기 앞에 섰다.

"본인도 폐하께 헌상하고 싶은 것이 있소. 부디 받아 주시기를 바라오."

그리 말하며 헬먼이 덮개를 걷어 내자 그곳에는 롤케이크처럼 말린, 산더미처럼 쌓인 색색의 직물이 있었다.

"아미도니아 남부는 양모 생산이 왕성하여 양질의 울을 얻을 수 있소. 이것들은 그 양모로 짠 것. 부디 받아 주셨으면 하오."

"호오……. 가까이서 봐도 되겠나."

"원하시는 대로."

나는 일어서서 산더미 같은 직물까지 다가가 그중에 하나를 쓰다듬었다. 음, 좋은 감촉이었다. 이건 카펫인가? 품질 관련해서는 아는 게 없지만 그럼에도 재질이 좋다는 건 어찌어찌 알수 있었다.

"응? 카펫?"

선물로 카펫……이라. ……뭘까. 이 시추에이션 어디서 들어

본 것 같은데. 아마도 지구의 역사에서 이런 장면이 있었던 걸 같기도……?!

　"……헬먼 경."

　"왜 그러시오."

　"혹시 이 카펫 안에 여성이 숨어 있다든지?"

　그리 말한 순간, 헬먼의 표정이 굳었다.

　어, 정말로?! 그러자 산더미 같은 직물 가운데 하나가 꿈틀꿈 틀 움직이기 시작했다. 자객이라도 숨어 있었느냐, 대기 중이 던 병사랑 아이샤가 살기를 띠었을 때,

　"대체 뭐꼬! 일생일대의 서프라이즈를 우째 알아채는데!"

　움직이던 직물이 스르륵 풀리며 안에서 고등학생 정도로 보이 는 여자아이가 나왔다.

　긴 머리카락을 목덜미 즈음에서 둘로 묶은 트윈테일과 단정한 생김새에 동글동글한 눈동자가 사랑스러운, 그런 여자아이였 다. 소녀는 오른손은 목에, 왼손을 허리에 두고 살짝 몸을 비틀 어 모델 같은 포즈를 취했다.

　"부르지 않아도 튀어나와서 짜짜자잔~ ♪ 로로아데이~."

　그리 말하며 "훗훙 ♪" 아양을 떠는 로로아. 키는 리시아보다 도 조금 작고 굴곡이 빈약한 체형인 탓에 억지로 어른스럽게 행 동하는 소녀로밖에 안 보였다.

　으, 음. 뭐, 그런 동작도 자그마한 동물 같아서 귀엽다면 귀엽

지만……. 그보다도 로로아라면 분명히 율리우스의 여동생 이름이었지?!

갑작스러운 일에 어안이 벙벙해서 굳어 있자니 로로아는 귀엽게 화를 냈다.

"분위기 안 살게 이기 뭐꼬. 소마 오빠야."

"소마 오빠야?!"

그런 사투리를 제대로 듣는 건 처음이야……. 그게 아니라! 어, 뭐지?

가이우스도 율리우스도 살기등등하니 무서운 느낌의 사람이었는데, 어째서 이 아이는 이렇게나 프렌들리하지? 아미도니아 왕가는 엘프리덴 왕가를 증오하는 게 아니었나? 여러모로 혼란에 빠진 내 어깨를 로로아가 툭툭 두드렸다.

"그런데 말이지, 서프라이즈를 망치다니 대단하네. 나, 요 안에서 한 시간은 족히 들어가 있었다고? ……응, 예상 밖으로 더워가 힘들었다."

그야 양모를 말아 놓았으니…….

"그런데 우째 알아챘는데? 틀림없이 못 알아차릴 거라 자신했고마."

"아니, 내가 있던 세계에서 비슷한 짓을 한 여성이 있었거든."

"큭, 선수를 친 기가! 내 불찰이네~."

"참고로 그 사람은 알몸이었다는 모양이지만." (※다양한 설이 있음)

"그 여자는 대체 뭐꼬. 치녀 아이가."

"일단 콧대의 높이에 따라서는 역사가 바뀌진 않았을까, 그런 이야기가 있을 정도로 엄청난 사람인데 말이지……." (※이 역시 다양한 설이 있음)

자신의 살짝 빈약한 가슴을 가리듯 몸을 끌어안는 로로아를 보고 나는 한숨을 내쉬었다.

참고로 로로아는 제대로 옷을 입고 있었다. 아무리 그래도 알몸이었다면 이렇게 느긋이 대화를 나누지는 못했을 테지. 약혼자 두 사람도 뒤에서 보고 있으니까.

"저기…… 아미도니아의 공주님? 로로아라고 불러도 될까?"

"그래. 외모수려, 재색겸비, 물방울로 바위를 뚫는 아미도니아 제일의 미소녀, 로로아가 바로 내다."

"아, 정말이지. 어디서부터 짚어 봐야 되는지……."

"'짚어 본다'니, 내 어디를 뭘로 짚어 볼라고? ……화끈♪"

"자기 입으로 '화끈' 같은 소리 하지 마! 그리고 야한 이야기로 해석하지도 말고!"

"이것 참, 우리는 아직 막 만났을 뿐이잖아? 우선은 부부부터 시작할까?"

"그건 골인이잖아! 친구부터, 겠지!"

"너희는…… 처음 만나는데도 어째서 그렇게나 죽이 잘 맞는 건데."

로로아에게 성실하게 태클을 걸었더니 리시아가 싸늘한 시선으로 쳐다봤다. 앗! 그러고 보니 어째서일까. 로로아는 깔깔 웃고 있었다.

"괜찮네, 소마 오빠야. 태클이 제대로데이~."

"어째서 그렇게 태도가 가벼운 거야. 정말로 아미도니아의 공주님이야?"

"맞다. 뭣하면 제대로 인사할까?"

그리 말하더니 로로아는 표정을 공손하게 다잡고 인사했다.

"전 아미도니아 국왕 가이우스 8세의 딸, 로로아 아미도니아라고 합니다."

그런 태도를 취하니 신기하게도 공주님으로 보이기도 했다.

"……로로아 공주가 대체 어째서 이런 장소에?"

"그래. 그 이유가 말인데."

"벌써 말투가 무너졌는데?!"

"그렇게 신경 쓸 일도 아이잖아. 그게 나 말이지."

그리고 로로아는 최고의 미소로, 오늘 중에서도 최고의 폭탄 발언을 투하했다.

"소마 오빠야한테 시집갈라고 왔데이 ♪"

"잠깐만!"

로로아의 갑작스러운 신부 선언에 내 사고가 정지된 상태에서, 당황한 리시아가 달려와서는 로로아에게 따지고 들었다.

"당신은 아미도니아의 공주잖아?! 대체 무슨 소릴 하는 거야!"

"무슨 소리냐니, 언니랑 같은 걸 하는 거뿐인데."

"언니?!"

리시아를 상대로 로로아는 태연한 태도였다.

"언니는 엘프리덴 왕국의 공주님이잖아? 소마 오빠야한테 시집을 간 건, 처음에는 왕국을 통치하는 대의명분을 줄라던 거 아이가?"

"어떻게 그걸 아는 거야?!"

리시아가 놀라는 것도 당연했다. 로로아는 이쪽의 상황을 정확하게 파악하고 있었다.

"상인의 정보망을 얕보면 안 된다. 그라이까 뭐, 내도 마찬가지다. 내가 나라까지 싸 들고 왕국으로 시집을 가면, 소마 오빠야는 아미도니아 공국이랑 그 공국을 통치하는 대의명분을 얻지. 공국 측은 왕국이랑 하나가 되어 손해배상을 없앨 수 있고, 왕국에 편입되면 왕국령 쪽에서 식량지원도 받을 수 있지. 서로 이익이 되는 약혼이라고 생각 안 하나?"

이론을 바탕으로 로로아는 상호 이익을 강조했지만, 리시아는 여전히 떨떠름한 기색이었다.

"그건…… 확실히 처음에는 우리 약혼은 국익을 위해서였을지도 몰라. 하지만 지금은 순수하게 소마를 도와줬으면 좋겠다고 생각해. 호의도 품고 있고. 나도 아이샤도 주나 씨도, 스스로의 의지로 소마 곁에 있는 걸 선택했다고!"

고백 같은 소리를 그렇게나 크게 이야기하니 곁에서 듣고 있던 내가 놀랐다.

나를 이렇게까지 생각해 주는 여자아이가 있다. 그런 뜨거운 마음을 고백받으니 뺨이 뜨거워지는 것을 느꼈다.

로로아도 그런 리시아의 선언에 뺨을 붉혔지만 금세 이히힛, 웃었다.

　"아, 그렇다면 문제없네. 나, 소마 오빠야를 꽤 좋아하이까."

　시원스럽게 그런 소리를 꺼내니 이번에는 리시아가 어이없어 할 차례였다.

　"좋아한다니…… 오늘 처음 만났잖아?"

　"얼굴을 본 적이라면 있다. 잠복했을 때 음악 방송을 통해가. 이야, 그런 방법으로 쓰다니 획기적이었데이. 좀 더 응용할 수 있을 것 같고, 방법에 따라서는 한몫 별 수도 있겠더라."

　로로아는 즐겁다는 듯 손가락을 딱 튕겼다.

　"그렇지……. 왕가나 공가에는 '어용 상인' 제도가 있잖아? 헌상품 중에서도 품질이 좋은 물건에 조정에서 보증을 해 주는 제도 말이다. 그건 상품의 질을 보증하는 거랑 동시에, 보증됐다는 것만으로도 좋은 물건이라는 선전이기도 하지. 그라이까 그 국왕 방송에서 잠깐이라도 유료로 상품 선전을 하는 시간을 만들면 어떨까? 본인이나 상품을 선전하고 싶은 큰 가게라면 상당한 액수를 지불해서라도 의뢰하지 않을까?"

　"과연. 광고를 방송하는 건가. 그건 간과하고 있었네……."

　현재의 국왕 방송은 공공방송으로 진행하고 있기에 광고에 대해서는 전혀 생각하지 않았다. 텔레비전이라는 물건이 존재하지 않는 이 세계의 인간 중에 광고 스폰서가 되겠다고 생각하는 사람이 있을 줄은 몰랐으니까. 하지만 로로아의 말처럼 '어용 상인' 같은 식으로 선전을 장사에 이용하는 상인은 있다. 선전

장소만 준비되면 자금 역시 모일지도 모른다. 그걸로 방송 제작 비용을 벌 수 있다면 그만큼 국비도 아낄 수 있겠지.

그런 생각을 하자니 로로아는 허리에 손을 대고 싱긋 웃었다.

"소마 오빠야라면 왕국도 공국도 전부 다 지금보다 더 풍요로운 시대로 이끌어 줄 테니까. 게다가 같이 있으면 더더욱 재밌는 걸 볼 수도 있을 것 같으이. 어차피 시집을 갈 꺼라면 재밌는 사람한테 가면 좋겠다고 전부터 생각했거든."

"……네 생각은 알겠지만……. 로로아는 그래도 괜찮겠어?"

나는 로로아의 눈을 똑바로 바라보며 물었다.

"나는……네 아버지, 가이우스 8세의 원수라고."

내가 그렇게 말한 순간, 왕국 측이 긴장하는 기색이 느껴졌다.

로로아의 아버지인 가이우스 8세는 지난번 왕국과의 전쟁에서 목숨을 잃었다. 그리고 그때 왕국군을 지휘한 건 바로 나. 즉, 나는 이 아이에게 부모의 원수일 테지.

그러나 로로아는 전혀 개의치 않는다는 듯 어깨를 으쓱였다.

"그런 소릴 하자면, 내는 오빠를 나라에서 쫓아내뿟다. 상인의 정보망을 이용해서 동시다발적으로 반란이 일어나도록 조정해가 말이지."

"아니, 그건 네가 꾸민 일이었어?!"

폭동이 일어나도록 왕국이 선동한 것은 반 주변뿐이었다.

그 밖의 장소에서 벌어진 가신의 반란이나 민중의 봉기에는 전혀 관여하지 않았는데, 그건 이 아이가 꾸민 일이었을 줄이야……. 이 여자애는 대체 뭐란 말인가.

넋이 나간 나를 보고 로로아는 팔랑팔랑 손을 내저었다.

"아버지 일, 소마 오빠가 마음 아파할 필요는 없다. 아니면 이럴 때 '잘도 아버지를!' 같은 소릴 해가 원망을 쏟아내는 게 취향이가? 그런 내를 억지로 굴복시키가 '원수의 아이를 낳게 만들다니……' 같은 소리를 했으면 하나?"

"그런 새디스틱한 취향은 없어!"

"소마. 아무리 그래도 그건……."

"어째서 리시아가 꺼림칙한 표정을 짓는데! 로로아가 멋대로 상상한 거거든!"

아, 대체 뭔데? 아까부터 평소에는 지르지도 않던 큰 소리를 질러댄 탓인지 머리가 어질어질했다. 완전히 이 사이비 사투리 걸의 페이스에 말려들었다.

"하아……. 저기, 로로아."

"뭐꼬?"

"정말로 나를 상대로 별다른 생각도 없나? 전혀, 요만치도?"

"……뭐, 그렇게 물으면 아무것도 느끼지 않는 건 아이지만."

로로아는 가슴 앞쪽으로 팔짱을 끼고 눈을 감았다.

"그런 사람이라도 일단은 내 아버지이까. 하지만 아버지도 소마 오빠야를 죽이라고 했잖아? 전장에서는 베거나 당하거나 하는 기지. 그건 이미 어쩔 수 없는 일이다. 유해도 정중하게 보내준 모양이니까 내는 딱히 할 말 없다."

"…………."

"뭐……. 그걸로 넘어갈 정도로 우리 부녀는 안 맞았던 기다."

그리 말하더니 로로아는 아주 살짝 쓸쓸한 표정을 지었다.

"아버지나 오빠는 왕국에 복수하겠다는 생각에 사로잡히가 다른 걸 몬 봤다. 아미도니아는 가난한 나라데이. 희소한 광물 자원은 있지만…… 그뿐이다. 식량 자급률도 낮아. 지금 국민들을 괴롭히는 건 엘프리덴 왕국도, 왕국민도 아니지. 굶주림과 빈곤이야. 정말로 필요했던 건 일이랑 밥. 그리 생각해가 내랑 콜베르 같은 문관들은 필사적으로 돈을 짜냈재. 하지만 아버지 쪽은 그걸 금세 군사비로 털어 넣었고마."

그리 이야기하는 로로아의 눈빛은 차가웠다. 조금 전까지 우스꽝스러운 기색은 사라지고 육친에 대한 실망이나 체념이 배어나오는 것 같은 음색이었다.

"제대로 쓰면 굶주리는 사람도, 몸을 파는 여성도, 입을 줄이려고 팔려가는 아이도 다소나마 줄일 수 있었을 텐데 말이다. 왕국을 향한 증오를 부채질해서 불만을 억누르는 걸로는 오래 버티지 못하재. 언젠가 반드시 파탄이 난다 아이가. 그란데도…… 아버지 쪽은 그런 충고에 귀를 기울이지 않았다. 언제부터일까……. 그런 아버지랑 오빠를 가족이라고 생각하지 않게 됐다……."

"로로아……."

로로아는 마음을 다잡듯이 고개를 내젓더니 싱긋 웃었다.

"내한테 가족은 헬먼 할아범이랑 오빠야인 콜베르, 그리고 공국에 사는 거리의 아재, 아지매들이다. 내가 지키고 싶은 건 피가 이어졌을 뿐인 가족이 아이다. 내가 소중하게 생각하는 가족이지."

피가 이어졌을 뿐인 가족이 아니라 자신이 소중하게 생각하는 가족을 지키고 싶다, 인가.

전후 교섭 당시, 율리우스는 정적이 될 거라는 이유로 로로아를 버렸다.

그리고 지금, 로로아도 율리우스와 관계를 끊은 것이었다.

상황을 본다면 무승부일 터인데, 로로아 쪽에 친근감이 샘솟는 것은 어째서일까. 아마도 로로아는 율리우스와는 달리 가족의 소중함을 이해하고 있기 때문이겠지.

"하나만 더 묻고 싶어. 요전에, 아미도니아 공국 북서부에서 백성의 폭동이 일어나고 율리우스에게 진압됐지. 그것도 로로아가 뒤에서 움직인 건가?"

"그런 짓을 할 리가 없잖아!"

이곳에 온 뒤로 처음으로 로로아는 화를 냈다.

"오히려 그런 사태를 피하려고 같은 시기에 반란이 일어나도록 조정했다! 오빠를 단숨에 옴짝달싹도 못하게 해가 국민들을 탄압하지 못하도록! 그런 비참한 꼴을 당할 게 뻔히 보이는 봉기를 내가 허락할 리가 없잖아!"

비통한 목소리. 아무래도 거짓말은 아닌 듯했다.

"그럼 북서부의 반란은 자연 발생이었다?"

"그것도 아이다. 지리를 봐라. 폭동이 일어난 북서부 근처에 뭐가 있나? 거기서 수상하게 움직이는 게 없었겠나?"

"……! '루나리아 정교황국' 인가!"

아미도니아 북서부는 루나리아 정교황국과 인접한 상태다.

그리고 정교황국은 아미도니아 영내의 신도를 보호한다며 국경선 부근으로 군을 집결시켰다고 한다. 로로아는 분하다는 표정을 지으며 고개를 끄덕였다.

　"종교에 국경선은 없다. 그 지역은 정교황국에 가까워가 그런지 루나리아 정교 신도가 많아. 아마도 정교황국이 신도한테 교황의 칙명 같은 식으로 선동한 거겠지. 그리고 신도를 보호한다는 명목으로 군을 진군시킬라는 생각이었을 테고."

　"하지만 북서부는 풍요로운 지역이 아닐 텐데. 폭동이 벌어졌을 정도니까. 정교황국한테 그 지역을 얻는 의미가 있나?"

　"그 녀석들이 바라는 건 국토가 아이다. 사람이재. 신도 말이다. 경건한 신도라면 아무리 생활이 괴로워도 총본산을 배반하지는 않아. 곤경도 고난도 신이 부여한 시련이라 안 카나. 그라믄 나라는 국민의 생활 따윈 신경 안 써도 된다. 제사만 제대로 지내면 지지받지. 그라이까 그 나라한테 신도는 많으면 많을수록 좋은 기다."

　"성가시네……. 그보다도 로로아는 루나리아 정교를 싫어하는 모양인데?"

　"루나리아 정교 자체는 암만 상관읎다. 내가 싫어하는 건 종교를 정치에 이용해가 사리사욕을 채우거나 과격한 짓을 해가 주위의 관계없는 사람들을 상처 입히는 녀석들이재."

　"음. 그 점은 동의해."

　종교가 정치와 이어지면 성가셔지는 것은 이 세계도 마찬가지인 듯했다.

본래라면 사람의 마음을 치유하기 위한 종교가 자신들의 행위를 정당화하는 핑계로 사용된다. 교리의 해석은 속세의 권력자에게 맡겨져, 이교도니까, 자신들의 교리에 따르지 않으니까 하는 이유로 신의 이름을 들어서 단죄하려고 든다. 정말로 성가시기 그지없다.

　"가능하다면 평생 엮이고 싶지 않아."

　"그건 무리겠지. 그 나라는 반드시 소마 오빠야랑 접촉할라고 할 테이까."

　"어째서? 나는 신심이 깊지 않다고?"

　"그 나라는 성룡 산맥과 그란 케이오스 제국을 싫어하이까."

　"성룡 산맥은 어찌어찌 이유를 알겠는데, 제국도 말인가?"

　지혜 있는 드래곤들의, 사실상의 국가인 성룡 산맥.

　그곳에 산다는 마더 드래곤을 모시는 모룡 신앙은 이 대륙에서는 (마왕령 안의 신앙 사정이야 알 수 없지만) 루나리아 정교와 함께 2대 종교로 꼽히고 있다. 그러니까 정교황국이 모룡 신앙의 총본산인 성룡 산맥을 싫어하는 건 이해할 수 있다.

　하지만 어째서 그란 케이오스 제국을 싫어하는 거지?

　"제국의 여황제 마리아가 '성녀'라고 불리잖아? 그건 그치의 약자 구제 정책으로 도움을 받은 거리의 백성들이 멋대로 부르기 시작한 기다. 루나리아 정교에서는 '성인', '성녀'를 인정하는 건 교황의 권한으로 취급되지. 실제로 루나리아 정교 안에도 '성녀'라 불리는 여자는 있는 모양이고. 그라이까 루나리아 정교황국에서는 여황제 마리아가 성녀를 사칭하는, 용서할 수 없는 악녀로 취급된다."

"백성들이 멋대로 부르는 거라면 마리아에게 죄가 없잖아."

"그런 건 알 바 아닌 거겠지. 종교 국가한테 무엇보다도 크게 요구되는 건 카리스마야. 자연스럽게 생긴 성녀 따윌 인정해뿌면 체면이 서질 않쟤. 그러니까 아미도니아를 병합해서 국력이 늘어난 엘프리덴 왕국을 정교황국이 가만히 놔둘 리가 없다. 어딘가에서 반드시 접촉할 기다. 어쩌면 소마 오빠야한테 '성왕' 같은 적당한 이름을 줘가 제국이랑 분쟁을 벌이도록 끌어들이라고 할지도 모른다."

우와⋯⋯. 그럴듯해서 기분 나쁘네.

제국과의 비밀 동맹은 말 그대로 비밀이기에 다른 나라는 알아차릴 수 없다. 그보다도 알아차린다면 큰 문제가 될 터이기에 양국의 첩보 부대가 열심히 은폐하고 있다. 교회가 속세의 권력자한테 종교적인 지위를 주어 자신들의 권위를 흔들리지 않는 것으로 만들고자 하는 행위는 지구의 역사에서도 볼 수 있는 일이니까. 우리를 '신성 엘프리덴 왕국'으로 만들어서는 제국과의 분쟁에서 기수로 세우려고 할지도 모른다.

하지만 정교황국과 적대하는 행위는 되도록 피하고 싶다.

종교의 성가신 점은, 총본산을 뭉개거나 지도자를 제거해도 신도가 남는다는 사실이다. 신도는 탄압하면 할수록 결속이 강해지고 지도자가 죽을지라도 순교자가 되어 더욱 숭배받는다. 게다가 대부분의 신도는 교단 내의 책모와는 관계없는 일반 백성인 경우가 많다. 그런 신도마저도 근절하려고 든다면 이쪽이 대학살의 주범이 되겠지.

루나리아 정교황국…… 협력하기도 적대하기도 싫은 정말로 성가신 상대였다. 안 좋은 상상에 꺼림칙한 기분을 느끼자니 로로아가 분위기를 바꾸려는 듯이 짝짝 손뼉을 쳤다.

"뭐, 정교황국 이야기는 일단 넘어가자. 그보다도 결단해야만 하는 건 우리 결혼이다."

로로아는 동글동글한 눈으로 나를 똑바로 바라봤다.

"소마 오빠야……. 내를, 원하나? 아니면 안 원하나?"

"윽……."

말문이 막혔다. 그렇게 묻는다면 대답은 하나밖에 없었다.

"……원해."

그야 애가 탈 정도로. 고민할 여지마저 없었다.

누가 뭐래도 혼인의 메리트가 너무나도 크니까.

우선 로로아와의 혼인은 아미도니아를 통치하는 정당성을 보강해 준다. 로로아 본인이 공국민들에게 사랑받고 있기도 하고, 그녀가 왕국으로 시집을 와서 행복해하는 모습을 보면 왕국에 대한 공국민들의 불안도 줄일 수 있겠지.

또한 인재로서도 매력적이었다. 광고를 통한 수입 등을 생각해내는 선진적인 경제관념과 독자적으로 구축한 상인 네트워크는 훌륭했다. 그리고 나나 하쿠야가 자주 간과하는 귀족의 수법을 알고 있는 것 같다는 점도 좋았다. 딱 바라던 인재였다.

게다가…… 로로아의 사고방식에도 호감이 갔다.

거리의 상인 기질이라고 할까, "세상은 전부 돈이야."라는 현실적인 측면과 함께 의리와 인정은 확실히 터득하고 있었다. 가이우스 쪽 사람들 때문에 성과는 없었지만, 백성을 위해서 번 돈을 백성을 위해서 쓰려고 했다. 소중한 사람들을 위해서라면 친오빠와도 싸운다는 배짱도 있었다.

그러면서도 이렇게나 귀여운 여자아이라면 비로 맞이하기에 불만 따윈 없었다.

남은 문제라면……. 리시아가 어찌 생각하느냐. 오랫동안 적국이었던 나라의 공주님인데도 왕비라는, 이른바 동료로 맞아들일 수는 있을까.

"리시아는 어떻게 생각해?"

"소마가 필요하다고 판단했다면 그걸로 충분해."

리시아는 전혀 고민하는 기색도 없이 시원하게 승낙했다. 그렇게나 시원하게 OK해 버려도 괜찮나? 의외라고 생각하자니 리시아는 보란 듯이 어깨를 으쓱였다.

"내 눈으로 봐도 이 아이는 유능해. 비로 맞아들일 만한 가치는 있다고 생각해. 소마가 계승 문제만 제대로 관리해 준다면 그 이상 딱히 할 말은 없어."

"리시아……그게……고마워."

"물론 제대로 우리도 소중히 대해 줘야 하거든?"

"그건 물론이지."

정말로…… 좋은 여자다. 리시아가 약혼자라서…… 약혼자가 되어 주어서 정말로 다행이라고 생각한다. 어쩐지 좋은 분위기가 된 상황에서 로로아가 끼어들었다.

"어어, 두 사람의 세계에 빠져든 참에 미안하지만, 그런 부분은 걱정 안 해도 된다. 내는 아미도니아의 공왕 자리 따윈 아무래도 상관읍다."

"그런가?"

"응. ……그 대신에 달링한테 부탁이 있는데."

달링이라니……. 뭐, 상관없다. 그리고 로로아는 마치 졸라대는 어린아이처럼 애교를 부리며 내 눈을 올려다봤다.

"내는 내 상회가 갖고 싶다."

"상회?"

"그래. 내는 말이지, 달링. 자기 재능으로 번 돈으로 이 나라가 어떻게 변할지 보고 싶다. 달링의 정책은 선경지명이 있지만 매번 예산이 부족하지 않나? 리스크가 높은 경우도 있을 테고, 낭비로 여겨지는 일에 국고의 돈을 쓰기는 어렵기도 할 테지."

"그건……. 뭐, 그렇지."

국왕의 권력이 강화된 지금이라면, 예를 들면 유통을 활성화시키기 위해서 도로 정비나 신도시 건설처럼 유용성을 증명하기 쉬운 사업에는 비교적 간단하게 예산을 투입할 수가 있다.

그러나 당장 효과가 나타나지 않거나 얼핏 봐서는 의미가 없는 것 같은 사업에는 예산을 들이기가 어려운 건 여전했다. 전문 분야에 투입할 연구비라든지, "2위로는 안 된다."라는 걸 전문가는 알고 있더라도, 그것을 전문이 아닌 사람에게 말해 봐야 이해하지는 못하겠지.

"그래서 말이다. 달링이 뭔가 하고 싶은 정책이 있는데 거기에 예산을 못 대겠다면 내한테 말해 본나. 상회에서 번 돈으로 전면 백업해 줄게."

"그건 든든한 이야기지만……. 하지만 괜찮겠어? 왕비가 상인 같은 일을 한다면, 국민들이 보기에는 권위도 뭣도 없는 모습일 거라고 생각하는데."

"내는 뒤에서 움직일 테이까 그란 걱정은 필요읍다. 그라고…… 표면적인 대표는 내가 반에서 친하게 지내던 '은빛 사슴 가게'의 주인, 세바스찬한테라도 맡길게."

'은빛 사슴 가게'의 세바스찬……이라니, 아아! 주나 씨와 토모에랑 같이 갔던 그 가게인가. 그 이름을 듣고 집사가 아니냐고 생각했기에 인상에 남아 있었다.

그럼 세바스찬이 말했던 '새끼 너구리 같은 사랑스러운 단골 손님'이라는 사람은 로로아였나. 확실히 세바스찬은 유능한 상인이라는 느낌의 멋진 중년이었으니 상회의 대표 역할도 잘 해내겠지.

"그보다도 로로아랑 세바스찬은 연줄이 있었던 건가. 그렇다면 나를 떠본 거였나?"

"그야 뭐, 내가 시집갈 곳 정도는 조사해 둬야 하지 않겠나?"

"빈틈이 없네. 정말이지, 그렇게까지 하다니 대단하네."

확실히 새끼 너구리구나. 어리지만 너구리. 멋들어지게 속은 기분이었다.

"저기…… 앞으로 국고를 맡을 사람으로서 한마디 괜찮겠습니까."

그러자 콜베르가 곤란하다는 표정을 지으며 끼어들었다.

"뭐지?"

"그런 돈이 있다면 국고로 넣어주셨으면 합니다만."

　……응. 콜베르의 심정도 잘 알겠어. 왕국도 최근까지 절약 삼매경이었으니까.

""허나 거절한다.""

"어째서 갑자기 죽이 착착 맞는 겁니까?!"

"뭐, 괜찮다. 내가 개인의 자질로 벌어올게."

"예산이 있다면 좀 더 자유롭게 내정을 펼칠 수 있을 것 같으니까."

"하오나 폐하……."

"자자, 아버지 때처럼 낭비할 것도 아이니까. 지금은 역할분담이라는 걸로 하면 안 되겠나. 내는 번다. 콜베르는 아낀다. 그러면 되는 기다."

"……낭비가 너무 지나치다 싶으면 전력으로 막을 테니까요."

　콜베르는 떨떠름한 태도를 보이면서도 물러났다. 그는 이후로 나와 로로아가 쓸데없는 지출을 하지 않도록 눈을 번뜩이며 감시하게 된다. 로로아처럼 자금을 제공해 주는 인재도 소중하지만 콜베르처럼 절약해 주는 인재 역시도 귀중했다.

　그리고 로로아는 내게 다가오더니 스르륵 팔짱을 꼈다.

"그래서 말이지, 내랑 달링 사이에 아이가 태어나면 그 상회를 물려주는 기다. 우리 아이라면 아마도 왕위에 흥미는 없을 테이까."

뭐, 확실히 나(평온하게 살고 싶다)와 로로아(지루한 건 싫다)의 성격을 물려받아서 태어난 아이라면 귀찮은 일이 많은 국왕이 되고 싶어 하지는 않겠지.

……그보다도 그런 논리라면 왕위를 물려받는 건 책임감이 강한 리시아의 아이밖에 없잖아? 아이샤의 성격은 위정자에 맞지 않고, 주나 씨도 "자유로이 움직일 수 있는 게 좋습니다."며 측실이 되는 것을 희망하고 있으니까.

이거……. 계승권 분쟁은커녕 계승하고 싶지 않다며 분쟁을 벌이지는 않을까?

리시아는 힘내어 책임감 있는 후계자를 낳아 줘야겠는데. 리시아가 들으면 "남 일처럼 말하지 마!"라며 화를 낼 테지만.

"세바스찬네 집에서는 최근에 여자아이가 태어난 모양이니까, 남자아이를 낳는다면 데릴사위로 보내는 것도 괜찮겠네. 여자아이라면…… 그때가 되서 생각할까."

"너무 빠르잖아! 그보다도 이제 그만 소마한테서 떨어져!"

리시아가 떼어내려고 했지만 로로아는 내 몸을 방패로 삼아서 오른팔, 왼팔로 팔짱을 바꿔 끼며 계속 달라붙었다.

"쩨쩨한 소리 하지 말고. 언니는 이제까지 잔뜩 알콩달콩했다 아이가? 앞으로 한동안은 내 보너스 타임이라도 괜찮잖아."

"알콩달콩 안 했어! 너무 바빠서 그럴 틈도 없었다고!"

리시아가 발끈해서는 그리 말하자 로로아는 어리둥절한 표정을 지었다.

"……혹시 언니, 아직……."

"아직이야! 그게 잘못이야?!"

그 말을 들은 로로아가 내게 차가운 시선을 보냈다.

"달링……. 아무리 그래도 그건……."

"왜 나한테 따지는 건데?!"

"그래! 소마가 '잘' 안 하니까 이런 거잖아!"

"그렇지 그렇지."

화난 표정의 리시아와 장난꾸러기 같은 미소로 놀리는 로로 아. 어째서 둘이 이렇게 죽이 잘 맞는 건데?! 그러자 등 뒤에서 지켜보던 아이샤도 내 소맷자락을 붙잡았다.

"저기…… 제게도, 그러니까……. '잘' 해 주셨으면 해요."

윽……. 어느샌가 형성된 약혼자 3인의 포위망. 식은땀이 멈 추질 않는 나를 가신들은 약간의 쓴웃음과 함께 어쩔 수 없다는 느낌으로 보고 있었다."

그로부터 며칠 뒤, 아미도니아 공국을 병합한 엘프리덴 왕국 은 새로운 국가 '엘프리덴 및 아미도니아 연합왕국'(통칭 '프 리도니아 왕국')이 됐다.

이 무렵부터 나는 '즉위하고 1년도 안 됐음에도 판도를 넓힌 위대한 왕'으로 '프리도니아 대왕'이라 불리게 됐다. 이 '대 왕'이라는 호칭 말인데, 나는 별로 좋아하지 않았다. '대왕' 오 징어나 '대왕' 구족충의 인상이 강해서……. 그리고 *데데데 대왕도.

---

* 데데데 대왕 : 닌텐도 플랫폼의 게임 '별의 커비' 시리즈에 나오는 캐릭터.

또한 병합한 아미도니아 공국의 공녀 로로아를 아내로 맞아들였기에 '소마 왕은 아내를 맞아들일 때마다 강해진다(판도가 늘어단다)' 느니, '공주를 원하여 적국을 멸망시킨 호색한' 이느니, 그런 소문이 돌게 됐다. 정말이지, 어째서 이렇게 됐는지…….

◇ ◇ ◇

"……그런 일이 있었지요."

[그건 참……뭐라고 할까……푸흡.]

간이 수신기 너머, 마리아가 손으로 입가를 가리고는 어깨를 들썩들썩 움직였다. 아무래도 제대로 터진 모양이었다. 일단 회담을 나누는 자리니까 웃지 않도록 참으려는 듯했지만, 내 기분으로는 차라리 크게 웃어 버리는 편이 더 나았다.

[후후후……. 소마 님도 멋들어지게 예상이 틀어졌군요.]

"예. 새우로 도미를 낚으려고 했더니 상어가 걸린 기분이에요."

[낚은 고기는 잘 돌보도록 하세요.]

"그냥 방생하면…… 안 되겠지요."

마리아는 한동안 쿡쿡 웃었지만 이윽고 진지한 표정을 지었다.

[그리고 루나리아 정교황국이 암약했다는 이야기는…….]

"로로아의 이야기로는, 성녀를 자칭하는 마리아 폐하를 싫어한다던가."

[사실이에요. 성녀를 자칭하지 않도록 요청…… 이라는 이름

의 항의를 자주 보내고 있어요. 그렇게 말해도 제가 자칭하는 것도 아니니까 어떻게 할 수도 없지만요.]

"민중에게 성녀라고 불리지 말라고 하는 것도 이상한 이야기니까요. ……그렇다면 정교황국은 앞으로도 제국에 잠재적인 적이겠군요. 이쪽과 접촉하려고 들지도 모르겠네요."

[소마 님은…… 정교황국의 권위가 아깝지 않나요?]

속을 떠보는 듯한 시선을 보냈기에 나는 단호히 고개를 가로저었다.

"말도 안 되는 이야기예요. 지금부터 시대를 움직이려고 하는 상황에서 신권 정치의 시대로 퇴보하다니, 그런 건 사양이에요."

우리 나라에 *지롤라모 사보나롤라는 없다. 내가 확실하게 부정했다는 사실에 마리아도 안도한 모습이었다.

[정교황국 쪽은 제국에서도 골치가 아픈 문제예요. 루나리아 정교의 신도는 제국 내에도 다수 존재하고, 정교 집단을 상대로는 '인류 선언'도 의미가 없죠. 오히려 소마 님이 지적하신 빈틈을 파고들 우려가 있어요.]

국내의 신도가 집결하여 독립을 선언한다, 그런 느낌일까. 일단 신도들이 집단을 이루어 버린다면 근절하기는 어렵다. 종교는 탄압하면 할수록 불타오르는 법. 대책이라면 집단이 되기 전에 독립을 꾀하는 자를 하나하나 검거하는 정도밖에 없다.

---

* 지롤라모 사보나롤라(1452~1498)는 이탈리아 출신 도미니크회의 수도사이자 종교개혁가. 민주정치에 신앙을 혼합하는 방식으로 이탈리아 피렌체를 통치하려고 했으나 실패. 화형당했다.

'인류 선언'이라는 기치는 사람을 끌어당기기도 하지만 이런 식으로 구멍도 컸다.

"그럼에도 제국은 '인류 선언'의 맹주 역할을 포기하지 않는 건가요?"

[예. 지금은 인류가 하나가 되어야 할 때예요. 그에 앞장서는 역할이 필요하다면 제국이 그 역할을 맡겠어요. 정교황국도 그건 알고 있을 테죠. 인류끼리 다투느라 마왕령의 위협에 대처하지 못한다면 이도 저도 안 되겠죠. 지금은 아직 그들도 이상한 짓은 하지 않을 거라 생각해요.]

"……어떨까요."

이 문제는 그렇게까지 낙관시할 수는 없을 듯했다.

시대가 혼돈에 빠지면 빠질수록 종교는 진가를 발휘한다. 그 근원에 있는 것은 '구원받고 싶다'고 바라는 인간의 마음이다. 사회나 시대 앞에서 절망하는 사람들이 종교에 이끌린다. 마왕령의 위협이 있는 현재, 일부에서는 이미 종말사상도 발생했을 테지.

지금 이대로 사회에 절망이 만연한다면, 정교황국은 그 절망을 양식으로 언젠가 터무니없는 세력이 될지도 모른다.

그것을 막으려면…… 사람들에게 희망의 빛을 보여줄 필요가 있다.

세계는 멸망하지 않는다, 언제 어느 때라도 내일은 반드시 온다, 그리고 미래는 지금보다 더욱 멋질 것이라고 사람들이 믿게 만들 필요가 있다. 그를 위해서는…….

"마리아 폐하."

[예.]

"당신들 그란 케이오스 제국이 인류가 하나 된다는 이상을 앞세우는 한, 저희 프리도니아 왕국은 제국과 함께 걷겠습니다."

제국은……마리아는 인류에게 희망의 빛이 되어 주었으면 한다.

그동안 왕국은 착실히 시대를 움직여 앞으로 나아가자. 사람들이 절망하지 않도록, 절망해도 신에게 매달리지 않고 스스로의 힘으로 일어설 수 있도록.

"두 나라가 서로 부족한 것을 메워 준다면 어떤 사태에도 대처할 수 있을 거라고, 저는 믿고 있습니다."

[예. 모쪼록 이 맹약이 언제까지고 이어지도록.]

저 높은 곳, 이상만 보고 있다가는 발밑의 돌부리에 걸려 넘어지고 만다.

그렇다고 낮은 곳, 현실만 보고 있다가는 목적지를 잃는다.

그렇기에 함께 걸어가는 것이다.

우리는 화면 너머로 얼굴을 마주 보며 함께 고개를 끄덕였다.

새우로 도미를 낚으려고 했더니 상어가 걸렸다

✦ 종 류 속담

✦ 의 미 ①작은 노력으로 대박을 노렸다가 예상을 벗어나 실망함.
②(맛없는 상어라도 지느러미는 비싸다는 점에서)
실망스러운 일에도 뜻밖의 이익이 있다.

✦ 유 래 아미도니아 공국의 수도만 병탄하려고 했더니,
가난한 아미도니아 본국이 통째로 따라오는 바람에
실망한 소마 대왕이 이 말을 꺼낸 것에서.
②의 경우, 지느러미는 로로아 공주에 해당한다.

✦ 유의어
(지구) ①떡 줄 사람은 생각도 없는데 김칫국부터 마신다
②진흙 속 진주

현실주의 용사의 왕국 재건기

♛ 제 3 장 ✦ 요상한 노예상

──────대륙력 1546년 11월 30일, 왕도 파르남

아미도니아 공국 병합에 따른 혼란이 수습되고 국민들의 분위기가 다시 차분해졌을 무렵.

완전히 겨울이 찾아와 침대의 온기에서 벗어나기 싫어진 아침. 문을 거칠게 덜컹 닫는 듯한 소리에 눈을 뜬 나는 반쯤 졸음이 남은 머리로 꿈틀거렸다. 으으…… 추워. 그리고 머리가 어쩐지 무거웠다. 감기라도 걸린 걸까. 집무실의 간이침대에 비치한 모포를 늘려야겠어. 나중에 메이드들한테 부탁해 두자.

그런 생각을 하며 몸을 뒤척이자니 머리에 부드러운 무언가가 닿았다.

"아항♪"

그와 동시에 묘하게 요염한 목소리가 들렸다. ……뭔가 이상하다.

머리가 점차 맑아지면서 내가 처한 상황을 깨달았다. 우선 내 머리가 단단히 고정되어 있었다. 아무래도 누군가에게 머리를 꽉 안긴 것 같았다. 머리가 무겁다고 느낀 것은 이 때문이었나.

감기가 아니라서 다행이네…… 아니, 그게 아니지! 내 이마는 누군가의 가슴에 꽉 짓눌린 상태였던 것이다. 그곳이 살짝 부드럽다는 건…….

"으억?!"

당황한 나는 홀드에서 억지로 벗어났다.

그러자 눈앞에는 기분 좋게 잠든 로로아의 얼굴이 있었다. 살짝 침을 흘리기는 했지만 그 부분은 못 본 걸로 해주자.

'어, 뭐지? 이 상황……. 어째서 로로아가 내 옆에서 자고 있는데?!'

방은……틀림없이 왕도 파르남의 집무실이지. 간이침대가 틀림없었다. 그럼 어째서 나는 로로아랑 동침하고 있지? 옷은…… 제대로 입고 있었다.

그보다도 둘 다 잠옷차림이 아니라 평상복 그대로였다.

'어라, 어제 대체 무슨 일이 있었더라?'

필사적으로 머리를 굴려서 어제 일을 떠올리려 하는데…….

"소마? 지금 뭘 하는 걸까?"

머리 위에서 그런 싸늘한 목소리가 쏟아졌다. 기기긱…… 기름이 떨어진 로봇 같은 움직임으로 내가 몸을 옆으로 향하자, 리시아가 마치 귀신의 오라가 보이는 것만 같은 미소를 짓고 서 있었다.

그 뒤에는 어째선지 눈물이 그렁그렁한 아이샤도 보였다.

"아……. 안녕. 리시아, 아이샤."

"안녕, 은 무슨!"

그리 말하더니 리시아는 내가 덮고 있던 이불을 홱 걷어냈다. 로로아는 추운지 태아처럼 몸을 둥글게 말았지만 아직 깨어날 것 같지는 않았다. 리시아는 허리에 손을 대며 말했다.

"이건 대체 어떻게 된 거야! 아이샤가 울상이 되어서는 내 방으로 뛰어왔기에 무슨 일인가 싶어서 이야기를 들어봤더니 '폐하를 깨우러 갔는데, 로로아 씨랑 같이 주무시고 계셨어요!' 라고 그러잖아!"

"어째서 공주님이나 저보다 먼저 로로아 씨한테 손을 대시는 건가요! 납득할 수 없어요!"

아이샤가 울상을 지으며 그렇게 외쳤다.

저기, 부탁이니까 큰소리로 그런 이야기는 하지 말아 줘. 성 안에서 일하는 사람들이 들었다가는 "이런, 수라장인가."라며 화제가 되어 버릴 테니까!

"진정해, 아이샤! 나도 로로아도 옷을 입고 있잖아? 아마도 둘이 생각하는 그런 일은 없었……을 거야."

"어째서 확실하게 단언하지 않으시나요?!"

"아니, 잠들었을 때의 기억이 안 떠올라서……. 애당초 우리는 어째서 평상복 그대로 같이 침대에서 자고 있지?"

"……정말로 무슨 일이 있었던 거야? 어젯밤 일을 한번 되짚어 봐."

리시아의 말에 어젯밤 일을 차례차례 되짚어 봤다.

분명히 아미도니아 병합 뒤처리로 세금 관련의 조정(아미도니아 공국은 왕국과 비교하여 인구가 적어서, 그만큼 1인당 부담하는 조세는 높았다는 모양이다.)을 위해서, 로로아나 콜베르를 포함한 양국의 재정 관료들과 밤늦게까지 회의를 진행했다.

그 논의는 그저께부터 계속되어 이미 하룻밤을 새웠다. 중간에 휴식을 취해 가며 계속된 것이었다. 결국 어느 정도 해결의 실마리가 잡힌 시각은 날짜가 바뀐 오늘 오전 세 시 정도였을 터. 그때는 다들 이미 빌빌거리는 상태였다.

콜베르나 관료들은 좀비 같은 발걸음으로 돌아가고, 나는 집무실에 설치된 내 침대에 옷을 입은 채로 다이빙해서…… 잠든 것이었다. 그리고 지금에 이르렀는데……. 혹시 로로아는 자기 방으로 돌아가지 않고 여기서 잠든 걸까.

나는 여전히 잠에 빠져들려 하는 로로아의 어깨를 흔들었다.

"이봐, 로로아. 일어나."

"으응……. 뭔데? 달링……. 내, 아직 졸리다."

졸린 눈을 비비며 로로아는 상반신을 일으켰다.

"뭔데, 가 아니라. 어째서 로로아가 여기서 자고 있는데."

"좀 봐도. 어제, 회의 끝나고 엄청 졸리더라. 도저히 방까지 돌아갈 기력이 없어가꼬 그냥 달링 이불에서 잤다."

그리 말하며 로로아는 크게 기지개를 켜더니 휘청휘청하는 발걸음으로 침대에서 일어났다. 눈은 아직 멍하니 초점이 맞지 않는 그대로였다.

"이런. 아직 졸리다. 내 방에서 좀 더 자야굿다~."

"정말이지……. 아이샤, 부탁할게. 이 아이를 방까지 데려다 줘."

보다 못한 리시아가 멍하니 있던 아이샤에게 그리 부탁했다.

"예! 알겠습니다. 공주님."

"그리고, 공주님이라 부르지 말라고 그랬잖아?"

"아, 알겠어요. 공…… 리시아 님."

제2정실 후보가 되어 리시아와 가까운 입장이 되기도 했기에, 리시아는 아이샤에게 '공주님'이 아니라 이름으로 부르라고 이야기했다. 아직은 자꾸 실수하지만.

아이샤는 졸려서 비틀거리는 로로아를 부축하며 집무실을 나갔다.

그런 두 사람을 지켜본 뒤, 나는 쭈뼛쭈뼛 리시아를 봤다.

"저기……. 사정이 이러니까 이번에는 용서해 주지 않을래?"

어쩐지 바람둥이 남자의 변명처럼 들리는데, 이건 남자의 슬픈 천성이겠지.

"정말이지……."

리시아는 살짝 입술을 삐죽이며 침대에 털썩 앉았다.

"여기에 침대가 있으니까 이런 일이 벌어지는 거야. 부숴 버릴까?"

"그건 좀 참아 줘. 그럼 나는 어디서 자라고."

"기껏 자기 방을 만들었잖아? 아니면 우리 침대에서 잘래? 날마다 바꿔 가면서."

리시아가 내 눈을 지그시 바라보며 물었다. 날마다 바꿔 가면서 리시아, 아이샤, 주나 씨, 로로아의 침대에 자러 가는 건가…….

"……긴장해서 못 잘 것 같으니까 그건 좀."

"정말이지. 나는 마르크스한테 '빨리 후사를!'이라며 엄청 독촉을 당하고 있는데?"

"으……. 조금만 더 기다려 줘. 일단 나도 생각이 있으니까."

"생각?"

나는 침대에서 일어나서 크게 기지개를 켰다.

"이제야 왕국의 내부 상황이 탄탄해졌어. 제국과도 비밀 동맹을 맺었고, 주위에 불온한 나라는 있지만 당분간은 안정될 거야. 뭐, 마왕령이 어떻게 되느냐에 달려 있기도 하겠지만."

"그러네……."

"그리고……. 나 자신이 왕이 된다는 것을 스스로에게 납득시킬 수도 있었어."

"그건 결의했다고 표현해 줬으면 좋겠는데."

"결의는……했던가? 각오는 다졌지만."

"그 차이를 잘 모르겠어."

"내 앞을 가로막는 건 아무것도 없어. 그러니까."

나는 자신만만하게 보이도록 가슴을 펴고 말했다.

"앞으로는 내가 원하는 대로 하겠어. 이제까지는 정권 안정이 제일이라 너무 크게 사회를 움직이게 될 정책은 피했어. 지나치게 갑작스러운 정책을 진행해서 국내에 쓸데없는 혼란을 부르면 적대하는 녀석들만 이득일 테니까. 하지만 이제 그럴 걱정은 없어. 이 나라를 착착 바꿔 나가야지."

그런 식으로 힘차게 선언했는데도 리시아의 눈빛은 여전히 차가웠다.

"그건 좋지만……. 그거랑 우리한테 손을 안 대는 거랑, 대체 무슨 관계인데?"

"…………."

대충 얼버무리는 데에는 실패한 듯했다. 화제를 피할 수 있을 거라 생각했는데.

말해 두겠는데, 이들과 그런 걸 하는 게 싫지는 않다. 아니, 오히려 알콩달콩하고 싶다. 지금 상태는 여러모로 애매모호하니……. 하지만 그 전에 완수해야만 하는 일이 있다. 이 아이들을 위해서라도.

"……어, 뭐, 조만간 알게 될 거야."

"그냥 얼버무리려는 거 아냐?"

내 얼굴을 들여다보려는 리시아에게서 전력으로 등을 돌렸다.

"역시 인재가 부족해."

나는 리시아, 아이샤, 주나 씨, 그리고 다시 잠이 들었다가 깬 로로아까지 다섯이서 탁상난로를 둘러싸고 점심을 먹고 있을 때 그런 이야기를 꺼냈다.

이곳은 하쿠야가 "이제 그만 본인의 방을 만드시죠."라고 재촉한 결과 성안에 만든 내 방이었다. 사실 방 자체는 훨씬 예전에 주어져서 무사시 도련님의 보관 창고로 사용하고 있었지만 어차피 쓸 거라면 그냥, 그런 생각에 대개조를 진행했다.

그것도 이제까지 용도가 없이 쌓여 있던 국왕의 생활비(급료)

를 사용해서 상당히 취향에 맞춘 대개조를 진행한 결과…….
세상에나.

세 평 정도의 작은 방 두 개를 실내의 문으로 이어서 오갈 수 있게, 마치 일본의 아파트 같은 모습으로 만들었다.

한 방에는 바닥에 카펫이 깔렸고 페달식 재봉틀이나 작업대가 놓여 있다. 완전히 내 취미인 의복이나 무사시 도련님 같은 인형 제작에 몰두하기 위한 방이었다.

그리고 평범한 생활공간인 방은 장인(나)의 멋진 디자인을 통해 완전한 일본식 방으로 바뀌었다. 구두룡 제도에는 다다미 문화가 있다고 듣자마자 바로 몇 장을 주문해서 이 방에 깔았다. 또한 방 한가운데에는 원형으로 오목한 부분이 있고, 그 위에는 다리와 판 사이에 이불을 끼운 원형 테이블이 놓여 있었다. 그 오목한 부분에는 더욱 오목한 부분이 있고, 그 밑에는 지냐에게 아이디어를 제공하여 개발토록 한 온열 장치가 놓여 있었다.

즉 '입식 탁상난로'를 재현한 것이었다.

다리를 넣는 오목한 부분에는 돔 모양으로 철창을 설치하여 안으로 다리를 넣어도 온열장치에 닿지 않도록 개량했다. 겨울은 따뜻하고 여름은 이불을 걷으면 통풍이 잘돼 멋진 공간. 그 야말로 장인(나)의 철학이 담긴 멋진 공간이라고 할 수 있겠지.

……뭐, 내 방은 그런 느낌으로 만들었는데, 리시아를 포함한 내 약혼자들은 이게 무척 마음에 들었는지 눌러앉기에 이르렀다. 특히 탁상난로가 모두에게 인기를 끌었다. 제대로 추워졌으니까 말이지.

아미도니아 병합 후에는 "권위를 유지하기 위해 모쪼록 이해해 주시길."이라며 하쿠야에게 성내의 일반 식당 이용을 금지당하고 말았기에, 아침저녁의 식사(점심은 대부분 집무실)는 대부분 이곳에서 다른 이들과 식탁에 둘러앉게 됐다.

대부분의 요리는 성의 요리사가 만들어 주지만, 오늘은 왠지 일식이 먹고 싶다는 생각이 들 때는 가끔씩 직접 만들기도 한다. 쌀도 간장도 된장도 있으니까. 내가 만드는 요리는 진귀해서 그런지 다른 이들에게는 호평이었지만 하쿠야나 마르크스 같은 사람은 떨떠름한 표정을 지었다. 맛이 아니라 내가 겉보기에 소박한 요리를 직접 만들어서 그걸 약혼자들에게도 대접하고 맛있다는 듯이 먹는 모습이 전형적인 국왕의 모습과는 너무도 동떨어졌기 때문이라나.

딱히 먹는 것까지 국왕다울 필요도 없다고 생각하는데……

본디 나도 다른 이들도 사치를 즐기는 타입이 아니었다. 나랑 주나 씨는 원래 서민이고, 리시아는 물자가 한정된 군 생활을 했고, 아이샤는 숲에서 자라 맛있는 거라면 뭐든지 먹는다. 로로아도 "달링 세계의 요리, 유행시키면 엄청 잘 팔릴지도?"라며 흥미진진한 듯했다. 게다가 겉보기는 소박하게 보일지도 모르겠지만 그다지 보급되지 않은 쌀 등의 재료를 사용했으니 엥겔 지수는 높을 텐데 말이지.

참고로 오늘 점심 메뉴는 닭고기 달걀덮밥과 된장국과 장아찌였다.

"아이 언니, 거기 장아찌 좀 도~."

"우물, 우물우물, 호호아 히(예, 여기요, 로로아 씨)." (←입 안에 음식이 가득)

"잠깐만, 로로아. 밥알 묻었어."

"응, 고맙다 시아 언니."

로로아의 입가에 묻은 밥알을 떼어 주는 리시아. 게걸스럽게 밥을 쓸어 넣는 아이샤를 흐뭇하게 바라보는 주나 씨. 다 같이 탁상난로에 둘러앉은 이 풍경만 떼어 놓고 본다면 정말로 평범한 가족의 단란한 장면이었다.

"아이샤 님. 된장국 더 드시겠어요?"

"으음. 머, 먹을게요. 세리나 경."

"주나……님. 밥도 더 있다, 입니다요."

"후후, 그렇게 딱딱하게 굴 것 없어요. 카를라 씨."

"소, 송구스럽습니다."

……정정, 일부 이상한 부분도 있다.

방 한구석에는 초등학교 급식 담당일 때 사용하는 배식대 같은 것이 놓여 있고, 그곳에 메이드인 세리나와 카를라가 배식 담당으로 서 있었다. 저건 미스매치구나.

"그보다……. 다들 내 이야기 듣고 있어?"

"응~. 물론 듣고 있다~."

"명백하게 무성의한 대꾸인데……."

"듣고 있다. 인재가 부족하다 그기지?"

로로아가 그렇게 말하자 리시아가 미간을 찌푸렸다.

"아직 더 모으는 거야? 이제는 인재가 많이 모였다고 생각하는데……."

"인재는 많으면 많을수록 좋아. 뭐, 지금 바라는 건 조금 다르지만."

"어떻게 다른데?"

"으~음……. 그다지 칭찬받을 행동은 아니겠지만, 인재에 S, A, B, C, D, E로 랭크를 매긴다면, 지금 필요한 건 B, C랭크의 인재. 그런 인재가 대량으로 필요하려나."

"미안. 무슨 소릴 하는지 잘 모르겠어."

나는 옆에서 숟가락을 물고 있는 로로아의 머리에 손을 얹었다.

"예를 들자면 로로아의 경제 센스는 비범해. 거금을 다루고 자금을 짜낼 수 있으면서 더더욱 이익을 올릴 수 있지. 인재로 치자면 S랭크야. 하지만 로로아 혼자서 나라를 꾸릴 수는 없잖아? 로로아의 손발이 되어 일하는 관료 조직. 그리고 그 밑에서 일하는 '계산이 가능한 인간'이 필요해. 부족한 인재는 바로 그 '계산이 가능한 인간'이야."

이 세계는 문해율도 낮고 산술을 다룰 수 있는 것도 귀족, 기사 계급을 제외하면 상인 정도밖에 없다. 즉, 글자를 쓸 수 있고 숫자를 다룰 수 있는 인재는 이 세계에서 B, C랭크의 인재라는 의미였다. 지금 이 나라에는 그런 인재가 부족했다.

"그런 거라면 매상이 안 나오는 가게의 상인이나, 그런 신분에서 무슨 이유가 있어서 노예로 전락한 사람을 대용하는 건 어떠나?"

로로아가 그리 제안했지만 나는 고개를 가로저었다.

"그건 이미 시도해 봤지만 안 되더라고. 조금이라도 유능한 인간은 귀족, 기사 계급이 쓸어 갔어. 뭐…… 그것도 내가 원인일 테지만."

머리를 벅벅 긁자니 리시아가 고개를 갸웃거렸다.

"소마가 원인이라니, 그게 무슨 소리야?"

"공적을 평가하는 방법을 바꿨어."

이 나라에서 귀족, 기사란 간단하게 말하면 '영지를 가지고 있는' 신분이다. 영지를 가진 무관을 기사, 문관을 귀족이라 부르는 것에 불과했다. 그러니까 귀족 가운데 공작이니 자작이니, 그런 구분은 없고 그저 큰 영지를 가진 사람에게 '공(公)'을 붙여서 부르는 정도였다.

귀족에는 수도나 지방 도시로 나와서 관료로 일하며 영지는 대리에게 맡기는 '관료 귀족'과 자신의 영지에 머무르며 경영에 힘을 쏟는 '지방 귀족' 등이 있다. 가까이서 예를 들자면 하쿠야나 마르크스는 관료 귀족, 아르토믈라의 영주 와이스트 등은 지방 귀족으로 분류된다. 그들의 역학 관계는 가지각색이라, 하쿠야처럼 국정에 종사하는 관료 귀족도 있고 유력한 지방 귀족의 도시에서 일하는 시골의 관료 귀족 등도 있다.

반면, 기사는 군에 소속되는 대신 영지를 관리하는 대리인을 둔다. 다만 이쪽 역시 절대적인 것은 아니라서 와이스트처럼 은퇴한 기사가 귀족이 되는 경우도 있고, 종군 의무를 자식에게 맡기고 자신은 영지를 경영하는 기사도 있다.

그런 귀족, 기사 계급의 승격, 강등(바꾸어 말하면 소유 영지의 증감) 말인데, 이제까지는 기사의 경우에는 전장에서 무훈을 세우고 군에서의 계급이 올라가면 승격, 성과가 나쁘거나 군령 위반, 작전 실패 등이 있다면 강등되는 형태였다.

　즉, 영지의 경영 상태를 따지지는 않았던 것이다. 경영 상태가 악화된 책임은 대리에게 있으니 그를 자른다면 기사 본인의 책임은 묻지 않았다. 다만 그럼에도 같은 사태가 몇 번이고 계속된다면 역시나 처벌의 대상이 되기는 하지만.

　그리고 귀족의 경우에는 관료 귀족이 되어 수도나 지방 도시에서 일하고 출세하는 것으로 승격될 수 있다. 국정에 참가하고 싶다는 강한 의지를 지니지 않은 사람이라면 어느 정도 소유 영지가 늘어난 참에 지방 귀족으로 바뀌어 영지 경영에 힘을 쏟는 것이 일반적이었다. 그러는 편이 이득이니까. 또한 출세욕이 없는 귀족도 현재의 영지만으로 만족한다면 지방 귀족으로 지내는 경우가 많았다. 다만 지방 귀족이 된다면 영지의 경영 악화는 책임을 따지게 된다.

　자, 그럼 귀족, 기사 계급의 평가 방침을 내가 어떻게 바꾸었느냐면,

　"이제까지의 방침에 더해 영지의 경영 수완에 무게를 두도록 했어."

　간단하게 말하자면, 이제까지의 평가 방침에 추가로 '소유 영지의 통치 상황이 좋다면 가중', '나쁘다면 감봉 혹은 몰수'라는 평가 방법을 도입하겠다는 취지를 발표한 것이었다.

직속 첩보 공작 부대 '검은 고양이'를 감시자로 파견하여, 선정을 펼치는 귀족, 기사에게는 영지를 늘려 주고 악정을 펼치는 귀족, 기사 계급은 감봉 혹은 몰수한다.

이것은 시대극에서 볼 수 있을 법한 악덕 영주나 부패한 관료가 있다면 단속하여 영주에게 영민과 적극적인 커뮤니케이션을 취하고 거리를 좁히도록 만드는 것이 목적이었다. 선정을 펼치려면 영민이 무엇을 바라는지를 알 필요가 있으니까.

그리고……. 그 결과 무슨 일이 일어났느냐면, 이제까지 영지를 대리인에게 맡겨 놓았던 귀족, 기사들이 황급히 자신들의 영지로 눈길을 주기 시작했다.

대리인이 유능하거나 평범하다면 문제없지만, 무능할 경우에는 자신들의 출세에 영향이 미친다. 관료를 포기하고 자신의 영지로 돌아가 진지하게 경영에 나서기 시작한 귀족도 있었다. 그러나 자신에게 통치 능력이 없는 대부분의 기사들이나 관료로서 출세의 길이 남아 있는 귀족들은 황급히 유능한 대리인과 그 휘하에 둘 유능한 인재를 찾기 시작한 것이었다.

그렇게 설명하자 주나 씨가 입가에 손가락을 대고서 무언가 떠올랐다는 듯이 말했다.

"그리고 보니 엄청 혼란스러웠다고 대모님이 그러셨어요. 한때는 귀족, 기사들이 '인재~, 인재~.'라며 걸신들린 것처럼 거리를 헤맸다나."

"……응. 나도 솔직히 성급했나 싶었어."

인재를 찾는 귀족, 기사들의 열의는 내 예상을 아득히 뛰어넘어 필기, 산술이 가능한 인간이라면 일반 시민일지라도 마치 현자를 맞이하는 것처럼 정중하게 맞이했다나. 권력을 이용하여 강제로 연행하면 처벌 대상이 되니까. 또한 노예(죄를 범해 노동형에 처해진 노예는 제외)나 창부, 빈민가 사람 등의 경우에도 필기, 산술이 가능한 사람이 있다면 신분을 끌어올리면서까지 맞이하기도 했다고.

필기, 산술이 가능하다는 것만으로도 이런 취급인데, 하물며 그게 특기라는 사람이 있다면 엄청난 사태가 벌어졌다. 대리인으로 삼고 싶다! 하지만 대리인으로 삼기에는 신분이 안 맞아!

그렇지, 인척으로 만들어서 억지로 신분을 높여 버리자!

그런 귀족들의 발상 때문에 본래라면 있을 수 없는 수준의 출세를 이룬 시민이나 노예도 있었다든지. 큰 변혁은 반발을 낳을 터이니 노예 해방은 천천히 진행해야 한다고 제국의 마리아에게 이야기해 놓고, 막상 우리 신분 제도 쪽이 붕괴하는 거 아냐?

"이걸 이용해서 잘하면 노예 제도를 유명무실하게 만들 수 있지 않을까……."

"아, 노예라고 하니 생각났다."

그러자 로로아가 손뼉을 짝 쳤다.

"파르남에 '은빛 사슴 가게 2호점'을 오픈한 세바스찬한테서 얻은 정보인데, 듣자 하니 이곳 파르남에 요상한 노예상이 있다는 모양이야."

"요상한 노예상?"

그리 되묻자 로로아는 이히힛, 장난스럽게 웃었다.

"어디까지나 예상이지만 달링이 좋아할 만한 인재라든지. 우후후, 다음에 내랑 같이 왕도를 돌아댕기면서 그 인물이랑 만나러 가는 건 어떨까?"

"음……. 그건 데이트 아닙니까. 치사해요."

아이샤가 살짝 삐친 표정을 지었지만 로로아는 팔랑팔랑 손을 내저었다.

"듣자 하니 내 말고는 다들 달링이랑 데이트했다고 그라든데. 내도 모처럼 약혼도 했으이까 달링이랑 알콩달콩 러브러브하고 싶다."

"저는 호위로 따라갔을 뿐이지 데이트 자체는 안 했어요!"

"그럼 아이 언니도 같이 가게 해 주꾸마. 어차피 호위는 필요하다 안 카나."

"그렇다면 문제없어요."

같이 가도 된다고 그랬더니 아이샤는 시원스럽게 물러났다. 참고로 리시아랑 주나 씨는 "이번에는 로로아에게 양보하지."라고 그래서, 나랑 로로아랑 아이샤까지 셋이서 파르남 거리를 둘러보기로 결정됐다.

요상한 노예상인가. 어떤 녀석일지 조금 기대되는데.

내 이름은 진저 카뮤. 17세.

엘프리덴 왕국…… 아, 지금은 '프리도니아 왕국' 이었던가.

프리도니아 왕국의 왕도 파르남에서 가게를 운영하는 노예 상인이다. ……응. 노예 상인이지.

그다지 좋은 직업은 아니다. 인간이 인간을 사고파는 거니까. 뭐, 죄를 저질러서 노예가 된 인간을 제외하면 대부분은 돈이 없으니까 먹고살려고, 혹은 돈이 필요하니까 몸을 팔아 노예가 된 재산 노예니까 어떤 의미로는 사회 보장의 일환이라고 못할 것도 없겠지만……. 대범한 성격이 아니고서는 버틸 수 없는 직업이겠지.

나? 소심하거든? 아주 콩알 수준이거든? 매일 속쓰림과 싸우고 있다.

그런 내가 어째서 노예상 같은 걸 하느냐면, 노예상이었던 할아버지가 돌아가셨기 때문이다. 부모님은 이미 타계하셨고 할아버지가 남자 혼자서 나를 길러 주셨는데, 무슨 일을 하는지는 그야말로 죽을 때까지 가르쳐 주지 않았다.

장례를 마치고 할아버지의 유산을 정리하자니, 그중에 이 가게와 보유 중인 노예들이 있더라고. 무리! 이런 걸 남겨 봐야 어떻게 해야 할지 모르겠어!

차라리 모두 다른 노예상한테 팔아치우고 나는 규모가 작아도 되니까 새로운 장사를 시작하자고 생각했는데……. 실제로 자산인 노예들을 보고 나는 말을 잃었다.

"어음……."

한자리에 모인, 상품인 노예들. 어린아이부터 중년까지 성별, 종족도 제각각인 노예들이 스무 명 정도 모여 있었다. 누더기 같이 조잡하고 얇은 옷을 입고서 다들 불안하고 겁먹은 눈빛이었다. 뭘 그렇게 겁내는 걸까.

"모르시겠습니까? 상점 주인님."

그런 가운데, 혼자서만 강한 눈빛의 소녀 노예가 걸어 나왔다.

나이는 나보다 조금 위 정도. 의연한 생김새에 삼각형 귀와 두껍고 긴 줄무늬 꼬리를 가진 아름다운 수인족 소녀였다. 얇은 옷이라서 상당히 스타일이 좋다는 것도 알 수 있었다.

"……요리(妖狸)── 너구리족?"

"세웅(洗熊)── 라쿤족입니다."

찌릿 노려봤다. 인간족인 나로서는 차이를 잘 모르겠지만, 너구리와 라쿤은 겉모습이 무척 닮아서 그런지 서로가 상대로 오인당하는 걸 싫어하는 모양이었다.

"미, 미안해……. 너는?"

"실례했습니다. 노예인 산드리아라고 합니다."

"그럼 산 씨구나. 잘 부탁해."

"어, ……아, 예."

내가 내민 손을 산 씨는 눈을 동그랗게 뜨며 잡았다. 왜 놀란 건지는 모르겠지만, 그녀라면 지금 이 가라앉은 분위기의 원인을 알 것 같았다.

"산 씨. 왜 다들 겁먹은 거야?"

"그건 상점 주인님의 할아버님께서 돌아가셨기 때문이에요."

"노예인데도 할아버지의 죽음을 슬퍼해 주는 거야?"

"할아버님은 일반적인 노예상과 비교하면 노예에게 잘 대해 주셨으니까요."

산 씨가 말하길, 노예상에 따라서 노예를 다르게 취급한다나.

일단 이 나라에서 재산 노예는 최소한 죽지는 않도록 하기 위한 사회 보장의 측면이 있기에 주인의 폭력적, 성적 학대는 금지되어 있다. ('성교 가능'이라는 옵션을 붙여서 자신을 두 배이상의 가격으로 파는 방법도 있다.)

그러나 그것이 어디까지 지켜지는지, 혹은 처음부터 지켜지는지의 여부는 그 지역의 치안이나 주인의 도덕관념에 따라 차이가 컸다.

예를 들자면 젊은 여성 노예가 주인이 된 귀족에게 강간당하여 그것을 고발해 귀족이 처벌을 받는다고 해도, 그 여성에게 재산은 없는 이상 결과적으로 또다시 노예상 밑에서 새로운 주인에게 팔리는 것을 기다릴 수밖에 없다. 그렇다면 차라리 (목숨의 위험이 있다면 다른 이야기지만) 참는 편이 낫다고 생각해 버리겠지. 남성 노예 같은 경우에는 육체 노동력으로 팔려가는 경우가 대부분이었다. 과로로 쓰러질 때까지 일을 시키더라도 그것을 학대라고 증명하는 것은 어렵다.

그런 어두운 이야기가 만연한 노예의 세계. 노예상 또한 각양각색이었다.

동물로 취급하여 제대로 된 식사를 주지 않는다. 목줄만 착용시키고 추운 밤에 천 쪼가리 하나 주지 않는다. 병에 걸려도 방치. 특수한 성벽의 귀족과 전속 계약을 맺어 그에게 넘긴 여자노예가 어찌 되는지는 아무도 모른다…… 등등. 그런 뒷소문이도는 노예상도 아직 상당수 있다나. 뭐, 새로운 국왕 폐하는 그런 상황을 우려하여 상당수가 적발됐다고 하지만, 지방이나 도시의 알려지지 않은 곳에는 아직 남아 있는 거겠지.

그런 가운데, 할아버지는 노예를 괜찮게 취급한 모양이었다. 조잡하기는 하지만 옷도 음식도 제대로 주었고, 학대하지도 않고, 병에 걸리면 간호해 주고, 너무 이상한 손님에게는 팔지도 않았다. 지극히 성실한 노예상이었다고 한다.

할아버지는 내게 이런 장사를 한다는 사실이 알려지기를 바라지 않았던 모양인데, 내 마음속의 다정한 할아버지 모습과 별로 동떨어지지 않았기에 솔직히 안도했다.

"하지만 이야기를 듣자 하니, 그리 기꺼이 받아들일 수 있는 정도는 아니었던 것 같은데?"

"그래도 노예들에게는 충분했어요. 적어도 이상한 처우를 당할 걱정은 안 해도 됐으니까요. ……하지만 앞으로는 어떻게 될지 모르겠네요."

"어?"

"상점 주인님의 할아버님은 생전에, 당신에게는 이 일을 물려주지 않겠다고 말씀하셨어요. 심약하고 너무도 다정한 손주에게 이 일은 그저 무거운 짐에 불과할 거라고."

아아…… 그래서 나한테는 가르쳐 주지 않았나. 내가 마음 아파할 거라고 생각해서 숨겼던 거겠지. 그렇게 생각하는 동안에 산 씨는 내게 계속 이야기했다.

"하지만 그리된다면 저희는 다른 노예상에게 팔려가겠죠. 이 정도 숫자를 한꺼번에 매입할 수 있는 노예상은 없어요. 저희는 뿔뿔이 흩어질 거예요. 여기에는 부부나 자매 노예도 있는데, 그런 건 고려되지 않겠죠. 애당초 인수하는 노예상이 상점 주인님의 할아버님처럼 성실한 분이라는 보증도 없어요."

"그건……."

"그리고 여기에는 어린 자식이 있는 사람도 있어요. 현 국왕이신 소마 폐하는 열두 살 이하의 어린 노예의 소유를 금지하셨죠. 그러니 어린아이는 노예가 아니지만 사는 쪽에서 부모밖에 필요가 없다고 그러면 고아원에 맡겨지게 돼요. 그러니까 다들 할아버님의 죽음을 슬퍼하는 거예요."

과연. 할아버지의 죽음보다도 자신들의 처지를 슬퍼하는 건가……. 그런 거겠지. 나는 노예가 아니다. 그러니까 그들의 고통도 모른다. 하지만 어떤 밝은 미래도 상상할 수 없다는 것은, 아마도 생각하는 것 이상으로 괴롭겠지.

내가 말을 잃은 사이, 산 씨는 내게 어떤 물건을 건넸다.

그것은 말 엉덩이를 때리는 데에 사용하는 채찍이었다. 어째서 이런 걸, 그런 생각을 하자니 산 씨는 내게 등을 돌리고는 갑자기 입고 있던 옷을 벗었다. 그리고 아래쪽 속옷 하나(상반신 알몸) 차림이 되더니 앞쪽을 입고 있던 옷으로 가리며 마치 참회하는 것처럼 무릎을 꿇었다. 완만한 등과 폭신폭신한 꼬리가 눈앞에 드러났다.

"아니, 산 씨?! 뭘 하는 거야?!"

"노예 주제에 건방진 소리를 했습니다. 벌을 주세요."

"그러니까 대체 왜?!"

"상점 주인님께 항의를 하다니, 노예에게는 있을 수 없는 행위. 죽이신대도 괴롭히신대도, 최악의 경우에는 이대로 팔아치우셔도 불평할 수는 없습니다. 그건 저도 싫으니 모두의 앞에서 채찍을 맞는 것으로 부디 용서해 주시길."

"아니, 그렇다고 해서……."

"괜찮습니다. 그 채찍은 특별한 물건으로, 때린 상대에게 상처 하나 없이 고통을 줄 수 있어요. 제 상품 가치가 떨어지지는 않습니다."

"그런 소릴 하는 게 아니잖아!"

나는 채찍을 내던지고 산 씨 앞으로 가서 몸을 웅크려 시선을 맞추었다.

"산 씨는 맞으면 기뻐하는 변태야?"

"……그렇지는 않습니다만."

"그럼 어째서 얻어맞을지도 모르는데 그런 소릴 한 거야?"

되도록 온화한 말투로 묻자 산 씨는 고개를 숙였다. 앞머리가 흘러내려 표정이 보이지는 않았지만, 그녀의 목소리에는 오열이 섞여 있었다.

"이 가게를 정리하시더라도…… 조금이라도 저희를 생각해 주시도록……. 적어도 가족만이라도 함께 있을 수 있는 거래처를 찾아주셨으면…… 해서……."

"여기에 산 씨의 가족은 있어?"

산 씨는 고개를 가로저었다. 가족이 없으면서도 이런 행동을 했나…….

노예들을 둘러봤다. 어린아이를 가슴에 품으며 불안하다는 듯 나를 바라보는 여성 노예가 있었다.

자매처럼 보이는 열일곱 살 전후의 소녀 노예가 손을 잡고 있었다.

온화하지만 굳은 의지가 엿보이는 아이(언니?)가, 억센 눈동자를 불안감에 떨고 있는 아이(여동생?)를 달래듯 단단히 잡고 있었다.

산 씨는 그런 그녀들을 위해서 이런 위험한 짓을 한 거겠지.

"산 씨는 동료들을 아끼는구나."

"…………."

"일단 옷을 입겠어?"

"! 하지만."

"됐으니까."

거듭 재촉하자 산 씨는 떨떠름한 태도로 옷을 다시 입었다.

그때 모양 좋게 출렁거리는 것이 보이고 말았기에 나는 전력으로 고개를 돌렸다. 산 씨가 진정되기를 기다려, 나는 노예들에게 이야기했다.

"당신들의 사정은 이해했어요. 그렇다고 제가 이 가게를 물려받을 생각은 없어요. 노예상이 되다니, 제게는 무리예요."

"…………."

"하지만 이곳에 있는 여러분이 팔릴 때까지는 이 가게를 존속할 생각이에요. 물론 이상한 손님에게 팔 생각은 없고요. 그건 제가 책임을 지고 알아볼게요. 가족은 되도록 함께 있을 수 있는 거래처를 찾을게요."

혹시 내가 부자였다면 모두를 풀어주고 가게를 접을 수도 있겠지. 하지만 지금의 내게 그런 힘은 없었다. ……하지만 가능한 범위에서는 어떻게든 해 주고 싶었다. 내 말을 듣고 노예들이 안도한 표정을 짓는 가운데, 나는 멍하니 있는 산 씨를 향해 미소를 지었다.

"이게 최선이에요. 괜찮은가요?"

"……과분합니다. 사람이 너무 좋으시네요. 상점 주인님."

"그 호칭은 어떻게 좀 안 될까? 나는 진저 카뮤야."

"알겠습니다. 진저 님."

그리고 나와 산 씨는 굳게 악수를 나누었다.

"뭐야, 형씨. 아름다운 노예를 데리고 있네."

"얼마나 했어? 혹시 집안에 돈 좀 있나?"

"아, 그게……뭐…….."

날아드는 노점 주인의 상인 사투리에 애써 미소로 답하며, 나와 산 씨는 짐을 품고서 한낮의 왕도 상점가를 걷고 있었다. 짐은 대부분 식량과 비누, 그리고 새로운 옷을 만들 깨끗한 새 천이었다. 여기까지 이야기하면 알 수 있을 텐데, 이것들은 대부분 노예들을 위한 물건이었다.

"이것 참, 좋은 천을 잔뜩 얻었네요. '은빛 사슴 가게 2호점'

이라는 가게는 참 좋네. 주인 분도 미중년이지, 용도가 노예 의복을 새로 만드는 거라는데도 싫은 기색 하나 없이 이렇게나 저렴하게 잔뜩 팔아 주셨으니."

"참 고마운 일이에요."

"아……. 미안해요, 산 씨. 짐 가지러 가는데 따라와 달라고 해서."

"노예한테 그렇게 마음 쓰실 필요는 없어요. 뭐든 명령해 주세요."

차분한 표정으로 그렇게 말하는 산 씨. 나보다 조금 더 큰 키에 몸을 곧게 펴고서 걷는 모습은 노예라는 생각이 들지 않을 정도로 당당했다. 어쩌면 좋은 집안 출신일까?

"그런데 말이지, 가게인데도 주인하고 노예밖에 없다는 건 좀 어쩌려나."

"노예에게 예속의 목걸이가 있는 한 절대로 복종해요. 일도 시킬 수 있으니까 일반적으로는 다 이런 게 아닐까요."

"그렇구나."

"그보다도……. 어째서 진저 님은 팔아넘길 노예한테 충분한 식량을 주고 새로운 옷을 주려고 하시는 건가요?"

"……청결한 것과 더러운 것, 어느 쪽이 중히 다루어질 거라 생각하나요?"

"그건……. 청결한 거라고 생각하는데……."

"그렇죠. 그거랑 마찬가지예요."

사람을 물건처럼 말하는 건 조금 어쩌려나 싶지만, 물건처럼 취급되고 마는 것이 노예였다.

　그렇다면 적어도 중히 다루어지는 물건으로 만들어 주고 싶지 않나. 그것이 기만이라는 건 알고 있지만 지금의 내가 할 수 있는 것 정도는 해 주고 싶었다.

　"청결하고, 혈색이 좋고, 깔끔한 옷을 입은 노예 쪽이 고급스러운 느낌이 있네요. 단순한 노동력으로 혹사시키려는 사람은 떼어놓을 수 있지 않을까 싶어요."

　"……장사는 결국 팔아서 많이 벌어야 되는 거예요. 그런 자세는 장사꾼으로서 좀 어떨지."

　"그러니까 나는 노예 상인 같은 건 못 된다니까."

　"그럴까요? 의외로 좋은 노예상이 되실 것 같은데요?"

　"몇 초 전에 한 말이랑 정반대인데요?!"

　"노예의 헛소리에요. 흘려들으시길."

　그리 말하며 산 씨는 장난스럽게 미소 지었다. 큭, 이건 틀림없이 놀리는 거겠지.

　"화나셨다면 채찍으로……."

　"안 때린다니까!"

　"하지만 한번 때리면 무언가에 눈을 뜨실지도 모른다고요?"

　"그런 거 없으니까! 그보다도, 얻어맞고 기뻐하는 변태가 아니라면서요?!"

　"그건 누구한테 맞느냐에 따라서 다르지 않을까요?"

　"예?! 아니, 그건……."

　"후후후, 농담이에요."

산 씨는 즐겁다는 듯이 미소 짓더니 나를 내버려두고 척척 걸어가 버렸다. 나는 한순간 어리둥절했지만 황급히 그 뒤를 쫓았다.

이래서는 누가 소유물이고 누가 소유자인지 모르겠네…….

─────며칠 뒤.

"자, 여러분. 그럼 3단을 해 보죠. 삼일에!"

"""삼일에 삼, 삼이 육, 삼삼은 구……."""

내 호령에 노예들이 구구단 3단을 합창하기 시작했다.

그 옆에서는 다른 노예들이 널빤지에 물로 적신 붓으로 글자를 쓰는 연습을 하고 있었다. 종이와 잉크는 비싼 탓에 그걸로 대용하는 것이었다. 사실은 마련해 주고 싶었지만……. 아무리 그래도 그렇게까지 여유가 있지도 않으니까 말이지. 그런 생각을 하자니,

"……이번에는 뭘 하시는 건가요?"

부탁한 심부름을 마치고 돌아온 산 씨가 어이없다는 듯이 말했다.

"응? 모두한테 필기랑 계산을 가르쳐 줄까 싶어서."

"……어째서?"

"생각해 봤는데 말이지. 도구도 부가가치가 붙어 있는 쪽이 안 붙은 것보다 중히 다뤄지잖아? 그럼 인간한테 붙일 수 있는 부가가치는 뭘까 생각해 봤더니 '교육'이려나~, 싶더라고."

슬프지만 노예는 값싼 노동력이자 쓰고 버리는 물건이라 생각

하는 녀석도 있다.

그건 뭐 극단적인 이야기지만, 그냥 노예라면 육체노동으로 혹사시키는 것밖에 쓸모가 없는 것도 사실이었다. 하지만 계산이나 필기를 배운 노예라면 어떨까. 읽고 쓰고 계산할 줄 아는 노예라면 육체노동으로 소모하는 게 아깝지는 않을까.

실제로 그런 교육을 받은 사람이 노예 신분으로 전락했을 경우, 통상적인 노예보다 비싸게 팔리고 쓰임새도 육체노동 전문인 노예와 비교하면 폭넓다. 상점의 점원이라든지 귀족의 고용인이나 비서로 채용되는 경우도 있다.

그렇다면 모든 노예에게 필기랑 계산을 가르쳐 주면 되겠다고 생각하겠지만, 그러기에는 효율이 나쁘다. 노예 교육에는 시간이 걸리니 그만큼 유지비도 올라간다. 게다가 노예상을 찾는 사람들 중 다수가 원하는 것은 육체노동 요원이다. 교육을 받은 노예를 사는 인간은 한정되어 있어서 많이 준비해 봐야 미처 못 팔고 남아 버리거나 육체노동 요원으로 싸게 팔아치우게 된다면 의미가 없다. 어디까지나 이건 장사니까.

다만 그런 건 지금 내게는 상관없는 이야기였다.

나는 이 일을 계속할 생각이 없다.

할아버지가 남겨 준 저금을 어느 정도 쓰더라도, 지금 여기에 있는 사람들을 되도록 좋은 판매처에서 매입해 주면 그걸로 충분하다고 생각한다. 설령 돈벌이가 안 되어도 괜찮다고 여겨지는 거래처에는 적극적으로 팔고, 모두의 앞날을 지켜본 뒤에 가게를 접으려는 생각이었다. 그것이 내게 가능한, 할아버지에게 보내는 작별 인사라고 생각하니까.

"나는 할아버지한테 그런 교육은 받았으니 모두에게 그걸 가르쳐 주는 정도는 가능하니까. 산 씨도 배워 볼래?"

"……괜찮아요. 제 본가는 상점이었으니까 필기도 계산도 가능해요."

본가가 상점? 그런데도 노예가 됐다니…….

"저기……이유를 물어봐도 될까?"

"별것 아닌 이야기예요. 다른 사람한테 속아서 빚을 진 주인이, 가게와 가족을 지키기 위해서 딸 하나를 팔아치울 수밖에 없었다. 그것뿐이에요."

"그것뿐이라니……."

"자주 있는 이야기예요. 이런 건……흔한 불행이죠."

나라가 풍요로워도, 정치가 바로잡혀도, 치안이 안정될지라도 사람의 악의가 사라지는 것은 아니었다. 이런 일은 적잖이 발생하고 만다. 자신은 그에 걸려들었을 뿐이라고, 산 씨는 싸늘한 눈빛으로 말했다. 마치 모든 것을 포기한 것처럼.

"뭐, 기껏 가진 능력이니까 저도 모두에게 가르쳐 주죠."

"……잘 부탁해."

노예에게는 어려운 일일지도 모르겠지만 산 씨도 희망을 가져 주었으면 좋겠다. 어린 노예에게 문자를 가르치는 산 씨를 보며 나는 절실하게 생각했다.

……그렇다고는 해도, 노예들을 사는 곳은 좀처럼 없었다. 아니, 전혀 팔리지 않았다. 하하하…… 어쩌면 좋을까…….

"손님은 오신 모양인데, 어째서 팔지 않으셨나요?"

카운터에서 머리를 부여잡고 있자니 차를 가져온 산 씨가 그렇게 물었다. 응, 확실히 몇 명인가 우리 노예를 사고 싶다는 손님은 왔다. 하지만 실제로 면접을 해 보니 도저히 팔 수가 없는 상대들뿐이었다.

"……나는 말이지, '사람을 보는 눈' 만큼은 자신이 있어."

"진저 님의 눈으로 보면 불합격이었다고?"

"어느 사람이든 노예를 쓰고 버리는 도구로밖에 안 보더라고. 설령 아무리 신사적으로 행동할지라도. 마음의 더러운 부분은 그리 간단히 숨기지 못해."

"그런가요……."

"모두에게는 신뢰할 수 있는 구매자를 찾아 주겠다고 약속했으니까. 엄선해서 찾아야지."

"그런 이야기를 하시다가, 당신이야말로 빚 때문에 노예로 전락해 버릴 거라고요?"

"그건 곤란하지만……. 옛날에 할아버지가 장사꾼의 마음가짐에 대해서 이렇게 말했어. '물결은 언젠가 끝나고 흐름은 갑자기 바뀐다. 그러니까 어떠한 때라도 포기하지 말고 차분히 찬스를 기다려, 그때가 온다면 놓치지 말고 붙잡으라' 고."

그러니까 지금은 아무리 괴로워도 참고 견디자. 언젠가 찾아올 찬스를 놓치지 않기 위해서. 그런 생각을 하자니 산 씨가 쿡

쿡 웃었다.

"신기하네요……. 진저 님이랑 있으면 노예 신분인데도 미래에 희망을 가질 것 같아요."

편안한 웃음이었다. 이 웃음을 위해서라면 더더욱 노력할 수 있을 것 같았다.

'괜찮아. 틀림없이 찬스는 온다. 아마도…… 아니. 반드시!'

스스로를 타이르며 우리는 계속 기다렸다. 그리고…….

─────그 기회는 그로부터 한동안 시간이 지난 어느 날. 갑자기 찾아오게 된다.

어느 날 아침. 평소와 마찬가지로 가게를 열자.

"실례합니다! 여기에 필기랑 계산이 가능한 노예는 없습니까!"

"정말 급하게 필요해! 부르는 대로 낼 테니까 나한테 줘!"

"우리도 부탁할게! 요구사항이 있다면 뭐든 말해도 되니까!"

갑자기 수많은 사람들이 가게 안으로 밀려들었다. 그것도 다들 나름대로 신분이 괜찮은 사람들뿐이었다. 주인의 종자라는 사람이 많았지만 그중에는 귀족님이나 기사님 본인이 사러 오는 케이스도 있어서, 나도 산 씨도 그저 어안이 벙벙할 따름이었다.

"저기……. 저희 노예들은 다들 필기도 계산도 가능합니다만……."

"정말인가?!"

"제발! 제발, 나한테 팔아 주시게!"

"본인이 먼저네! 영지가 큰일이야!"

"지, 진정하세요! 이건 대체 무슨 상황인가요?!"

산 씨랑 다른 노예들에게 모두가 마실 차를 준비시키며 손님들에게 사정을 물어봤다.

아무래도 일의 발단은 젊은 새 국왕인 소마 폐하가 내놓은 귀족, 기사 계급에 대한 평가 방침의 전환에 있는 듯했다. 선대 국왕으로부터 왕위를 물려받은 뒤로 그의 활약상은 눈부셔서, 반발하던 삼공을 굴복시키고 쳐들어온 아미도니아 공국을 물리치더니 얼마 전에는 아예 왕국에 병합해 버렸다. 이제는 확고한 지위를 구축했다고 한다.

그런 국왕이 갑자기 '앞으로는 기사, 귀족 계급의 승격과 강등을 평가하는 방침에 영지의 통치 능력도 추가할 테니까, 잘 부탁할게.' (이렇게 거리낌 없는 말투는 아니었을 것 같지만)라고 이야기를 꺼냈다나. 그 말에 그다지 자기 영지를 돌보지 않고 통치를 대리인에게 맡겼던 귀족, 기사들이 당황했다고 한다. 도시로 나와 있는 관료 귀족은 국정에 참가하는 것이 출세의 길이라 믿었고 기사는 전투에서 공을 세우는 것이 승격의 길이라 생각했다. 그러니까 자기 영지의 통치 능력을 따지는 순간, 황급히 우수한 대리인과 그 밑에서 일할 관료를 찾기 시작한 것이었다.

지방 관료에게 요구되는 능력은 글을 읽고 쓸 수 있는가와 계산이 가능한가 뿐이었는데, 이 나라에서 양쪽을 겸비한 사람은 아직 적었다. 어느 쪽이든 교양이라 그런 것을 익힐 수 있는 (반대로 말하면 익힐 필요가 있는) 인간은 사회 구조의 위쪽으로 한정된다. 상인이라면 가능하겠지만 자기 가게가 있으니 그 벌이에 상응하는 보수를 주지 않고서는 등용할 수 없겠지. 즉, 굳이 지방 영지의 관료가 되어 줄 만한 인간은 정말로 한정된다는 말이다.

신분은 낮으면서도 언젠가 도움이 될 거라며 독학에 힘쓸 법한 인재에게 가장 먼저 제의가 들어왔다. 그러나 그런 인재도 더욱 좋은 조건을 제시할 수 있는 유력한 귀족, 기사가 등용해 버린다. 이 때문에 신분이 낮은 귀속, 기사 계급은 곤란에 처했다. 인재는 필요하다. 하지만 걸맞은 조건을 제시할 수 없다. 그런 그들은 마지막으로 노예에 매달렸다.

그러고 보니 노예 중에는 다양한 신분이었던 사람들이 있었다. 필기나 계산이 가능한 노예도 통상보다는 가격이 비싸지만 팔지 않던가.

그런 생각에 이른 귀족들이 노예상에게로 달려온 모양이었다. 큰 노예 상점에 있던 필기, 계산이 가능한 노예는 모두 팔려 버리고 지금은 중소 규모의 노예 상점을 돌고 있다나. 그리고 우리 가게에도 밀려든 것이었다.

"으음……. 사정은 알았습니다. 조건 등도 따져보고 면접을 하겠습니다."

그리하여 나는 구입을 희망하는 사람들을 일일이 면접했다.

중시한 것은 구입 금액보다도 구입 후에 노예를 어떻게 대우

하느냐, 였다. '관료로 등용하고 싶으니까 노예 신분에서 해방시켜도 된다.' 라는 사람도 상당수 있었기에, 그런 사람들을 우선적으로 노예와 대면시켰다. 내 눈으로 봐서 악의가 있을 법한 사람에게는 팔지 않고, 친인척은 될 수 있는 한 한꺼번에 팔기로 했다. 어린아이를 데리고 있던 어머니 노예는,

"노예에서도 해방할게! 아이도 같이 가도 돼! 그러니까 부디 우리 영지로 와 줘!"

……라고 울먹이며 부탁하는 여기사님께 판매했다. 듣자 하니 늠름한 리시아 공주님을 동경하여 기사가 됐는데, 무예에만 매진하느라 영지 경영에는 전혀 관여하지 않았다나. 그래서 황급히 인재를 찾았다고 한다. 근본은 좋은 사람 같으니 이 사람이라면 괜찮겠지.

그런 느낌으로 노예들을 팔 곳을 차례차례 발견했는데…….
가장 놀란 것은 자매가 함께 노예인 소녀들이었다.

어느 젊은 귀족님이 자매를 마음에 들어 하며, 자유민으로 만들어 주는 것은 물론 둘 다 아내로 맞아들이겠다고 한 것이었다. 게다가 이 귀족님, 아무래도 상당히 큰 가문의 사람이라는데.

"대리인이나 관료를 찾으신 게 아니었나요?"

"물론 그럴 생각이었는데, 그 아름다움과 총명함에 반했거든. 우리 가문은 조금 사정이 있어서 지금 다른 가문과 인척 관계를 맺지 않는 편이 나은 상태니까 말이야. 폐하께서도 내가 일반 백성을 아내로 맞아들이는 편이 안심할 수 있으시겠지. 게다가 앞으로 가야 하는 임지를 생각하면 다른 가문의 아가씨한

테 아내가 되어 달라고 하지도 못하겠고."

이 귀족님의 이름은 필트리 사라센.

이 나라에서도 상당히 이름 높은 가문인 사라센 가문의 젊은 가주라고 한다. 열혈한에 겉모습 그대로인 호청년으로 보였다. 이런 분이 어째서 노예 따위를 바라는 걸까. 아마도 상황이나 임지 운운이랑 관계가 있을 테지만.

"저기, 너무 위험한 곳으로는……."

"걱정할 것 없어. 한동안 외국으로 나가야만 하는 것뿐이야. 뭐, 아내가 되는 이상, 내가 목숨을 걸고서라도 지키겠어. 두 아내가 나보다 먼저 떠날 일은 없을 거라고 여기서 맹약해도 돼!"

"아, 예……. 일단 두 사람의 의견을 들어보죠."

열의에 떠밀리는 형태로 필트리 경을 자매 노예들과 대면시켰더니, 아무래도 자매들 역시 이 호청년이 마음에 든 모양이었다. 미남에다 호청년이고 신분 상승이라는 참으로 파격적인 조건에, 무엇보다도 둘이서 같이 간다는 게 결정적이겠지.

필트리 경이 앞으로 가게 된다는 임지가 다른 나라인 그란 케이오스 제국이라는 사실에는 조금 겁을 먹었지만, 그래도 함께 가겠다고 둘이서 결정한 듯했다.

'뭐, 좋은 사람이라는 건 확실해 보이니 본인들이 좋다면 그걸로 됐나.'

그 후에도 노예의 대우에 상당한 조건을 붙였음에도 불구하고 구매자는 매일같이 찾아와서, 며칠이 지났을 무렵에는 내 수중에는 산 씨만 남았다. 산 씨가 마지막까지 남은 이유는 나를 도와주었기 때문이었다. 그만한 인원을 나 혼자서 처리하는 건 무리였기에 산 씨한테는 무척 도움을 받았다.

물론 미인이고 몸매도 좋은 산 씨는 안즈, 시호 자매에 뒤지지 않는 좋은 조건으로 사고 싶다는 사람도 많았지만 산 씨 본인이,

"다른 사람들이 제대로 팔릴 때까지는 진저 님을 도울게요."

그렇게 말해 주었기에 그 호의에 기대고 만 것이었다. 개점 전의 가게 안. 카운터에 앉은 나는 곁에서 차를 건네는 산 씨에게 시선을 보냈다.

"산 씨는……."

"왜 그러시나요? 진저 님."

"아……그게……. 아무것도 아냐."

"?"

노예들을 위해서, 그리고 나를 위해서 열심히 일해 준 산 씨. 그 모습을 보고 생각하는 바가 없지는 않았다.

다행히도 모두를 데려간 귀족분들 덕분에 자금으로도 여유가 생겼으니, 이대로 산 씨를 노예에서 해방해 주고 둘이서 새로운 가게를 연다면……. 그런 생각이 떠오르고 만다.

'……하지만 산 씨라면 좀 더 좋은 구매자가 나오겠지.'

내가 시작할 새로운 장사가 성공한다는 보증은 없으니 그러는 편이 산 씨에게는 행복한 길이 아닐까. 그렇게 생각하고 있는데 'Close' 표시를 걸어두었을 터인 문이 열렸다. 뭔가 싶어서 보

니 청년 하나가 들어왔다.

"부탁이야. 그 노예를 팔지 않겠나."

청년은 이국의 여행자 같은 차림새였다. 갓을 깊숙이 눌러쓰고 여행용 도롱이를 걸쳤다. 저 복장은…… 구두룡 제도 사람일까.

"저기, 아직 개점 전입니다만……."

"이런, 실례했군. 그 라쿤족 노예한테 반해 버려서 도저히 참을 수가 없었네. 부디 내게 그 노예를 넘겨 주지 않겠나? 물론 상응하는 이상의 대금은 지불할 생각이야. 산 뒤에 그녀를 노예 신분에서도 해방시켜 주겠어."

"대금은 얼마나 생각하시나요?"

"산 씨?!"

멋대로 이야기를 진행하려는 산 씨의 모습에 놀라서 쳐다보니 그녀는 싱긋 미소 지었다.

"진저 님께서는 노예들에게 잘 대해 주셨어요. 남은 건 저뿐이에요. 그러니 마지막 봉사로 비싼 가격에 팔리고 그 차액만큼은 진저 님께 드릴게요. 새로 시작하는 장사의 자금으로 써 주시길."

"무슨 소릴 하는 거야!"

산 씨는 그런 생각을 하고 있었나?

그러자 이국풍 청년은 작은 주머니를 책상 위에 턱 내려놓았다.

"이 안에 대금화가 10개, 금화가 50개 있어. 이 액수면 괜찮겠나?"

대금화가 10개에 금화가 50개라니……. 100만G?! 노예 하나의 평균적인 가격은 10만~20만G가 적정인데, 그런 거금을 턱하니 내놓는 거야?!

'이 청년……. 뭔가 이상한데.'

하는 행동은 부자가 돈의 힘으로 제멋대로 군다는 느낌인데, 눈앞의 청년에게서는 그런 꺼림칙한 느낌이 들지 않았다. 그렇다고 자매를 맞아들인 필트리 경처럼 정말로 산 씨에게 반했다는 느낌도 아니었다. 오히려……. 그의 의식은 내 쪽으로 쏠린 것 같았다. 대금을 앞에 두고 내가 어찌 움직이는지를 관찰하는 것 같이…….

"충분해요. 잘 부탁드립니다."

내가 경계하는 동안에 산 씨는 청년을 향해 머리를 숙였다.

"그러니까 멋대로 결정하지 말라고!"

나는 일어서서는 두 사람 사이로 끼어들어, 내려놓은 주머니를 들어서는 청년에게 휙 돌려줬다.

"죄송합니다만 그 사람은 팔지 않습니다. 그 사람에게는 제가 새로이 상회를 시작할 때 종업원으로 일해 달라고 부탁할 생각이라."

"진저 님……."

그녀는 놀라서 눈을 크게 떴다. 이건…… 내가 멋대로 정한 것이었다.

"미안해, 산 씨. 어쩌면 이 사람한테 팔리는 편이 당신에게는 행복일지도 몰라. 재력도 상당한 모양이고, 내 장사가 성공한다는 보증도 없어."

하지만, 안 돼. 산 씨를…… 빼앗길 뻔하고서야 처음으로 깨달았다. 나는 이렇게나 산 씨를 잃기 싫다고 생각한다는 것을.

"하지만 나는 그러고 싶으니까, 당신을 놓아주고 싶지 않아."

"진저 님……. 주제넘은, 짓을, 했습니다……."

눈물을 글썽이며 그리 말하는 산 씨. 그리고 내 곁으로 다가오더니 머리를 숙였다.

"부디, 저를……. 진저 님 곁에 두어 주세요……."

"응. 물론이야."

나는 산 씨를 다정하게 끌어안았다. 잠시 그런 뒤, 우리는 이 국풍 청년을 내팽개쳐 두었다는 사실을 떠올렸다. 쳐다보니 그 청년은 겸연쩍다는 듯이 쓴웃음을 지으며 서 있었다. 나는 산 씨에게서 떨어져 청년에게 머리를 숙였다.

"죄, 죄송합니다!"

"아니, 그게……. 나도 미안하네. 그저 시험해 볼 생각이었는데, 설마 갑자기 사랑 고백이 시작될 줄은 몰랐거든……. 저기, 축하해."

"가, 감사……합니다."

부, 부끄러워. 일련의 대화를 떠올리자 얼굴에서 불이 날 것 같았다.

……아니, 어라? 시험해 본다? 지금 이 사람은 시험해 봤다고 그러지 않았나?

그러자 청년의 뒤에서 후드가 달린 로브를 뒤집어쓰고 사랑스럽게 머리를 땋아서 늘어뜨린 여자아이가 가게 안으로 들어왔다. 여자아이는 유쾌하다는 듯이 웃으며 청년 옆에 섰다.

"그렇지? 세바스찬이 말한 대로 재미있는 노예상이잖아?"

"정말이네. 세상에는 무슨 일이든 있는 법이구나. 등잔 밑이 가장 어둡다고 할까, 왕도에도 아직 이런 인재가 숨어 있었을 줄이야. 이러니까 인재 탐색은 그만둘 수가 없어."

그리고 청년은 갓을 벗었다. 그의 얼굴은…… 국왕 방송으로 본 적이 있었다!

"소, 소마 폐하?!"

그곳에 있는 것은 소마 카즈야 폐하였다.

그리고 그 옆에 있는 소녀는 전 아미도니아 공국의 공녀이자 요전번 국왕 방송에서 소마 폐하와의 약혼이 발표된 로로아 공주잖아! 나랑 산 씨는 황급히 무릎을 꿇었지만 폐하께서 "아, 지금은 암행 중이니까 그러지는 말고."라며 말렸다.

"저기, 폐하께서는…… 어째서 이곳에?"

여전히 머릿속이 혼란스러운 상태에서 그리 묻자 소마 폐하는 싱긋 웃었다.

"네 평판을 들었어. 듣자 하니 노예에게 필기와 계산을 가르치고 대우가 좋은 곳으로 팔려갈 수 있게 해 줬다던데. 지금은 왕도 안의 노예상들이 너를 흉내 내서 노예한테 교육 혜택을 받게 해 줬다지. 대우도 좋아지고 있다는 모양이야."

"아, 예……."

"……그 태도를 보니 자신이 얼마나 굉장한 위업을 이루어냈는지 모르는 것 같네. 뭐, 그만큼 겸손한 녀석이니까 해낼 수 있었을지도."

소마 폐하는 무언가 납득한 듯 고개를 끄덕였다.

"진저. 너는 사회적인 약자를 상대로 직업을 주어 대우 개선을 꾀했어. 그 결과, 노예가 더는 노예가 아니게 됐지. 이건 나나 마리아 폐하처럼 한 국가의 수장이 바랄지라도 좀처럼 이룰 수 없는 위업이거든? 그걸 현장에서 네가 해낸 거야."

"세상에……. 저는 그저…… 거기에 있던 사람들만이라도, 지켜 줘야겠다고 필사적으로……."

"나는 바로 그럴 수 있는 인재를 찾고 있었어."

그리 말하더니 폐하는 카운터 위에 양손을 올렸다.

"나는 앞으로 국내의 노예 상점을 공영화할 거야. 노예상은 공무원으로, 제대로 심사를 거칠 거고. 그러는 편이 관리하기 편하니까 말이야. 그리고 노예들이 그저 육체노동으로 소모되지 않도록, 직업 능력을 길러 주는 직업 훈련소도 만들 생각이야. 동시에 노예로 전락하지 않도록 직업 알선소도 만들 생각인데."

"그건……."

"그래. 네가 한 일이랑 똑같아. 그걸 나라가 하는 거지."

그건 굉장한데! 그렇게 한다면 틀림없이 산 씨 같은 사람을 좀 더 구할 수 있겠지. 그리 생각하자니 폐하는 내게 손을 내밀었다.

"그리고 그 직업 훈련소의 초대 소장으로 너를 등용하고 싶어."

"저, 저를 말씀이신가요?!"

"너는 스스로 생각해서 실적을 올렸어. 나는 너야말로 그 자리에 어울린다고 생각해. 아까 그 돈은 준비 자금으로 삼아도 돼. 그 돈으로 그녀를 자유롭게 해 주고 둘이서 사업을 시작해 보지 않겠어?"

나는 산 씨를 봤다. 산 씨는 생긋 웃는 얼굴로 고개를 끄덕이더니 그 말을 꺼냈다.

" '물결은 언젠가 끝나고 흐름은 갑자기 바뀐다'."

……응. 그래 맞아. 산 씨, 할아버지. 지금이 바로 그 찬스야. 나는 산 씨를 향해 고개를 끄덕이고는 소마 폐하가 내민 손을 붙잡았다.

"할게요! 시켜 주세요!"

"고마워. 네 솜씨를 기대할게."

단단히 악수를 나누었다. 이것으로 계약은 성립됐다.

'할아버지, 나는 국왕을 모시게 됐어. 그러니까 걱정 안 해도 되니까 말이지.'

천국으로 갔을 할아버지를 향해 내가 눈을 감으며 보고하는 동안, "이야기는 마무리된 모양이네."라며 로로아 님이 소마 폐하의 팔을 끌어안았다.

"그럼 오늘 일은 여기까지 하고, 지금부터는 우리랑 데이트 타임이면 되겠지? 그치, 아이 언니?"

로로아 님이 문 쪽으로 말을 건네자 늠름하면서도 아름다운 다크엘프 여성이 들어왔다. 이 사람은 분명히 소마 폐하의 제2 정실 후보인 아이샤 님이잖아?! 요전 음악 방송에서 소마 폐하와 사회를 보던 모습을 본 적 있어!

아이샤 님은 조금 부끄러워하며 로로아 님과는 반대쪽 팔을 끌어안았다.

"그, 그러네요. 꼭 그렇게 하죠."

"저기요, 여러분? 사람들 시선이 있는 곳에서는 좀 조심해 주었으면……."

"싫다.""싫어요!""

"……아, 예."

두 사람이 입을 모아 거부하자 소마 폐하는 어깨를 풀썩 떨어뜨렸다.

겉보기에는 양손의 꽃 상태인데도 마음고생이 눈에 훤히 보이는 듯했다. 아미도니아 공국을 격파한 국왕님이라고 해도 반려가 될 여성에게는 약한 듯했다.

"나도 좀 조심해야 하려나……."

"지금 뭐라고 하셨나요? 진저 님?"

그러자 산 씨가 두 사람을 흉내 내는 건지 내 팔을 끌어안고 싱긋 미소 지었다. 그 미소를 보는 것만으로도 충족된 기분이 들어, 더는 아무 말도 할 수 없었다.

————사랑하는 여성에게 고개를 못 드는 것은 국왕도 서민도 마찬가지인 모양이었다.

♔ 제 4 장 ✦ 왕도의 박물관

진저 카뮤라는 예상 밖의 인재를 찾은 날, 정오를 지난 시각.

스카우트를 마치고 진저의 가게를 뒤로한 나와 아이샤, 로로아 세 사람은 그대로 파르남 성 아래 거리를 돌아다니기로 했다. 로로아의 말로는 데이트라나. 나는 두 사람과 팔짱을 낀 양 손에 꽃 상태로 거리를 걷고 있었다.

"뭐, 데이트 분위기하곤 영 다른 차림새지만 말이지~."

로로아가 불만스레 입을 삐죽였다.

나는 평소 암행용으로 쓰는 구두룡 제도 연합의 여행자 패션 (일본 전래동화의 승려 스타일)이고, 오늘 두 사람은 평소 복장 위에 후드가 달린 로브를 걸치고 있었다. 셋 다 얼굴이 알려져 버렸기에 소동이 벌어지지 않도록 이런 차림새를 한 것이었다.

"어쩔 수 없잖아요. 들키면 그야말로 더 이상 데이트고 뭐고 없으니까요."

아이샤가 그리 말하자 로로아는 혀를 날름 내밀었다.

"그렇지. 내 경우에는 입장도 있고, 게다가 얼굴도 알려져 있으이까. 아미도니아 공국을 싫어하는 사람도 있을 기고."

로로아는 농담처럼 말했지만, 그런 사람은 분명히 있을 거라 생각한다. 최종적으로는 서로의 이익이 합치한 평화적인 병합이었다고는 해도, 엘프리덴 왕국과 아미도니아 공국은 오랫동안 적대 관계였다. 그 불화가 쉽게 사라지지는 않겠지.

내가 무어라 형용할 수 없는 기분에 빠져 있자니 로로아가 대담한 미소를 띠었다.

"뭐, 내는 사랑받는 타입의 여자니까 왕국민의 마음을 사로잡는 것도 시간문제겠지. 내보다 달링이 더 걱정이다. 붙임성 없이 굴다가는 공국민이 미워한다 안 카나."

"……그렇겠지."

나쁜 분위기를 순식간에 날려버리는 로로아의 밝은 성격은 멋지다고 생각한다.

"나는 로로아처럼은 못할 테니까, 수수해도 견실한 치세로 공국민의 생명과 재산을 확실하게 지켜주면서 국왕이라고 인정받겠어."

"후후. 그리고, 내랑 러브러브하면 공국민도 안심하겠지?"

그리 말하며 안겨드는 로로아를 아이샤가 떼어냈다.

"기, 길 한복판이에요. 여기서 이러면 어떻게 해요!"

"음, 데이트니까 괘안타. 아이 언니도 같이 러브러브하지?"

"하고 싶은 마음은 굴뚝같지만……. 데이트하는 걸 허락해주신 제1정실님을 생각하면 지나치게 신을 낼 수도 없잖아요."

아이샤는 제2정실 후보이고 로로아는 제3정실 후보였다.

기사, 귀족 계급 이상의 가문이라 부농, 거상 등에서는 일부다처제가 주류(소수지만 일처다부도 있다)인 이 나라에서는 장래의 집안 소동을 피하려고 이처럼 왕비 사이, 아내 사이의 서열을 항상 의식해야 하는 듯한데, 로로아는 불만인 것 같았다.

"말은 그래도 달링이랑 리시아 언니가 약혼하고 반년 정도 지났잖아? 얼라 만들기는 아직이라고 그라지만 키스 정도는 했다 아이가?"

로로아의 시선을 받고 나는 노골적으로 눈을 피하는 처지가 됐다. 나랑 리시아가 약혼자답게 행동한 거라면 무릎베개, 뺨에 키스, 그리고 곁에서 함께 잔 것 정도일까. 내 태도에 상황을 얼추 헤아렸는지 로로아는 차가운 시선으로 바라봤다.

"……달링. 설마 그것마저도 안 했나?"

"아니, 그게……. 이래저래 바빠서……."

"아무리 그래도 그라면 시아 언니가 불쌍하다 아이가?"

"로로아 씨도 그렇게 생각하는군요!"

아이샤마저도 로로아의 의견에 찬동했다.

"처음에는 서로가 멋대로 결정된 약혼이었으니까. 폐하께서 리시아 님께 조심스럽게 행동했다는 건 알아요. 하지만 지금은 이제 옆에서 봐도 알 수 있을 만큼 서로를 연모하고 계시잖아요. 저희 입장에서는 리시아 님을 제쳐놓고 총애를 받을 수는 없으니까, 좀 더 솔직하게 알콩달콩해 주세요."

……끽소리도 할 수 없었다. 아이샤는 초창기부터 나랑 리시아의 관계를 지켜봤으니까. 로로아도 팔짱을 끼고서 음음, 고개를 끄덕였다.

"그래 그래. 그래야 우리랑도 마찬가지로 알콩달콩 러브러브할 수 있지 않겠나."

"……나도 알아. 그때가 온다면 '잘' 할 테니까."

"응, 약속했다. 잘해라."

완전 거만하게 말하는 로로아. 자기보다 세 살 어린 여자아이 한테 혼나는 나……. 조금 한심하게 느껴져 침울해졌는데 로로아가 냐하하 웃으며 내 손을 잡았다.

"하지만 뭐, 기껏 우리랑 데이트하는 긴데 좀 더 즐기야지."

"그러네요. 리시아 님도 오늘은 즐겁게 보내고 오라고 그러셨으니까요."

아이샤도 그리 말하며 고개를 끄덕였다. ……그도 그러네.

"기왕 생긴 휴일이니까. 두 사람은 어디 가고 싶은 데가 있어?"

"아, 그렇다면 저는……."

"참고로 밥집은 나중에."

"선수를 당했어?! 어, 어째서죠?"

아이샤는 기다려, 를 당한 치와와 같은 눈으로 말했다.

"아이샤랑 같이 식사를 하면 배가 빵빵해져서 그 다음에 움직이질 못한다고. 밥집은 나중에 꼭 갈 테니까, 우선은 어디 좀 다녀오자."

"아, 예. 그런 거라면……."

"그래 물어도 내는 왕도에 온 지 얼마 안 됐잖아. 어디에 뭐가 있는지 모른다."

로로아가 고개를 갸웃거렸다.

"달링이 추천하는 데이트 명소 같은 데는 어디 없나?"

"데이트 스폿이라······."

원래 있던 세계라면 영화관, 유원지, 동물원, 수족관, 노래방이나 오락실 등등 여러 선택지가 있을 테지만, 이 세계에 그런 건 없다. 그런 오락이 적다 보니 국왕 방송의 오락 프로그램이 인기를 끄는 거고.

그럼 오락 이외의 데이트 명소라면, 어디······아.

"거기라면 괜찮을지도."

"뭔데뭔데? 괜찮은 데 생각났나?"

"얼마 전에 오픈한 시설인데, 거기에 가면 이것저것 진귀한 걸 볼 수 있을 거야. 뭐, 오락 시설이라기보다는 나라의 교육 기관이지만."

"데이트인데 교육 기관? 거긴 뭐라 카는데?"

고개를 갸웃거리는 로로아를 향해 나는 웃으며 말했다.

"'파르남 국립박물관'이야. 특별할 것도 없는 이름이지만."

"크다?!"

파르남 국립박물관 입구 앞까지 왔을 때, 로로아는 그곳에 전시된 것을 올려다보며 감탄을 흘렸다. 우에노의 국립과학박물관 바깥에 전시된 커다란 거라면 흰긴수염고래인데, 파르남 국립박물관 앞에 있는 것은 전체 길이 10미터는 넘을 거대한 골격 표본이었다.

"이건 무슨 뼈고? 도마뱀 같은 걸로 보이는데······."

"왕도 지하공간에 숨어 있던 샐러맨더야."

"샐러맨더는 이렇게 커다래지나? 아미도니아 지방에도 살기는 하지만 고작해야 2미터 정도인데……. 아니, 이런 게 왕도 지하에 있었다고?!"

"……정말로 놀랐다고."

이 샐러맨더는 파르남 지하에 있는 탈출용 지하미로를 상하수도에 이용하고자 모험가 길드에 조사와 정착한 야생동물 구제를 의뢰했을 때 발견된 것이었다. 아니, 발견한 건 디스랑 유노네 파티이고 나도 무사시 도련님 너머이기는 해도 그 순간에 함께 싸웠다. 나라도 길드도 설마 이런 말도 안 되게 커다란 게 왕도의 지하에 있을 줄은 몰랐으니 주의 환기를 태만히 하여 그들을 위험에 처하게 만들어 버렸다. 어떻게든 무사히 철수할 수 있었으니 다행이지만, 최악의 사태가 벌어졌을지도 모른다고 생각하면 크게 반성해야겠지.

그런 샐러맨더를 유노네 파티에게 보고받은 후, 나는 곧바로 금군의 부대를 파견하여 토벌에 나섰다. 유노네 파티가 고전한 것은 샐러맨더의 약점인 수 속성 얼음 마법을 사용할 수 있는 사람이 없었기 때문이기에, 그런 마법을 쓸 수 있는 사람을 중점적으로 배치하니 쉽게 토벌할 수 있었다.

토벌된 샐러맨더는 해체하여 골격 표본으로 만들었다.

"뭐, 이것 자체는 실물의 뼈를 본떠서 만든 모형이지만."

나는 그 골격 표본을 탁탁 두드리며 말했다. 실물을 야외에 전시하면 도난이나 분실이 무서우니까. 옆에는 제대로 '실제 크기의 모형이니 직접 만져 보면서 크기를 확인해 보세요.' 라는 간판이 세워져 있었다.

"이런 거……. 뭐라고 할까요, 모험심을 자극하네요."

아이샤가 눈을 반짝이며 말했다.

"남자아이들이 본다면 기뻐할 것 같아요."

"으~응……. 정서 교육에 도움이 되지 않을까 싶어서 시험 삼아 왕성에 보관 중이던 실물을, 탁아소에서 맡고 있는 로우 군(토모에의 친동생)이랑 다른 애들한테 보여 줬더니 엉엉 울 음을 터뜨려 버렸지만……. 나는 그 후에 리시아한테 실컷 설 교를 들었다고."

"뭐하는 기고……."

로로아가 어이없다는 표정을 지었다. ……응, 대상 연령은 중 요하지.

"그건 그렇고, 골격 표본에만 우선 시선이 빼앗기긴 하지만 이 건물 자체도 크고 멋지네요. 마치 대귀족의 저택 같아요."

아이샤가 건물을 보며 말했다. 상당히 예리한 지적이었다.

"마치고 뭐고 실제로 대귀족의 저택이었던 걸 개축해서 만들 었으니까 말이지."

"그런가요?"

"응. 왜, 그 전쟁이 끝난 뒤에 부패 귀족을 움직이거나 아미도 니아 공국과 내통하던 유력 귀족을 처단했잖아? 이 건물은 그 귀족의 소유물이었어."

정말로…… 무지막지하게 큰 저택이었다.

본관은 역사 있는 대학의 교사는 될 정도의 크기와 넓이를 자랑하고, 역시나 커다란 별관이 두 개 존재했다. 구석구석 공들여 관리한 정원도 있어서, 당시에는 재정난이었던 왕국에서 잘도 이렇게까지 재산을 모았구나 감탄했다. ……뭐, 하쿠야가 조사한 바에 따르면 부정부패를 저질러서 사욕을 채운 귀족이니까 잔뜩 뒷돈을 챙겼던 모양이지만.

어쨌든 가주였던 귀족이 처단되어 빈집이 된 이 저택을 파르남 박물관으로 개축했다. 이만큼 크고 훌륭하니 다른 가신에게 주어 거처로 삼는다면 쓸데없는 시기를 살 테고, 그렇다고 해체하는 데에도 비용이 들 테니까 말이지. 딱 적당했다.

"뭐고, 그 말을 들으이까 귀족의 원념이 서려 있을 것 같아서 기분 나쁜데……."

로로아가 입가를 움찔움찔 떨며 말했다.

"아, 아하하……. 응, 뭐, 전시 중인 갑옷이 밤이 되면 멋대로 움직인다…… 같은 소문은 이미 있는 모양이더라."

"역시 그런가."

"하지만 말이지, 우리 나라는 사람이든 물건이든 이용할 수 있는 건 뭐든 이용하니까."

"나중에 유령의 집으로 이용되는 꼴이 되지 않았으면 좋겠는데……."

……아, 응. 그건 진짜로 좀 싫은데.

"일단 안으로 들어가자. 내부도 꽤나 굉장하니까."

나는 둘을 재촉해서 박물관 안으로 들어갔다. 책임자에게 이야기를 하면 안으로 들여보내 줄 테지만, 일반인과 함께 다니기 위해 입구에서 제대로 세 사람 몫의 입장료를 지불했다.

안으로 들어간 우리를 가장 먼저 맞이한 것은 죽 늘어선 갑옷이었다. 이건 왕성 안에 보관되어 있던 역대 근위병들의 갑옷이었다. 이제는 사용되지 않아 먼지를 뒤집어쓰고 있던 물건이었기에, 이걸 기회로 끄집어내어 이 박물관에 기증했다.

무인으로서 흥미를 느꼈는지 아이샤가 "호오." 소리를 내고 감탄했다.

"낡은 갑옷이지만 이만큼 늘어서 있으니 장관이네요."

"그보다도 달링, 애당초 박물관이라는 게 뭐꼬?"

"어라? 그것부터 이야기해야 하나?"

그러고 보니 이곳 파르남 국립박물관을 설립할 때 하쿠야가,

'처음 들었습니다만 흥미진진한 시설이로군요. 저도 꼭 보러 가고 싶습니다.'

……그렇게 말했던가. 즉, 이곳이 왕국 안에 만들어진 최초의 박물관이니 아내들이 모르는 것도 당연했다. 어쩌면 제국에는 있을지도?

"박물관이라는 건 간단히 말하면 다양한 물건을 모으고 학술원에서 그것을 연구하며, 전시품이라는 형태로 방문한 일반인도 볼 수 있도록 만든 시설이야. 수집된 물건의 연구나 방문한 사람들의 교양을 넓혀 주는 게 목적인 시설인데, 단순히 진귀한 걸 보면 즐거우니까 말이지. 내가 있던 세계에서는 데이트를 목적으로도 찾고는 했어."

"흐~응……. 성의 보물 창고를 일반인한테 개방했다, 그런 느낌?"

"그래. 딱 그런 느낌이겠네. 소장품은 역사적인 문물이나 미술품, 그리고 동물의 뼈나 박제 같은 자연과학 분야에 해당되는 것도 있으려나."

그런 이야기를 나누는 사이, 갑옷들 가운데 자주 보던 갑옷이 있다는 사실을 깨달았다.

"이건 근위기사단장이 입는 갑옷 아닌가요?"

아이샤도 알아차렸는지 그런 말을 꺼냈다. 확실히 뒷모습이기는 하지만 그 백은색 갑옷은 루드윈의 갑옷과 무척 비슷했다. ……그런데 이상하네. 여기에 전시된 물건들은 국가에서 근위병에게 지급한 물건밖에 없을 터. 내가 알기로 루드윈의 갑옷은 본인이 소유한 유일무이한 물건일 텐데……. 그런 생각을 하자니 갑자기 그 갑옷이 이쪽으로 몸을 돌렸다.

"헉."

"아, 죄송합니다……. 아니, 어라? 혹시 폐하이십니까?"

그리 말하며 돌아본 것은 루드윈 본인이었다. 어, 실물?! 예상치 않은 본인의 등장에 놀란 사이, 그 뒤에서 지냐가 얼굴을 빼꼼 내밀었다.

"뭐하는 거야, 루 오빠."

"아니, 지냐도 있었나. 혹시 데이트 중?"

내가 묻자 루드윈은 "아닙니다."라며 피곤한 표정으로 말했다.

"폐하께서 이곳 경비를 근위병이나 위사들에게 맡기시겠다고 하셨기에 교대 순번을 논의하려고 왔습니다."

"아, 그랬던가. ……어쩐지 미안하네."

이곳에는 상당한 가치가 있는 물건도 있었다. 그 때문에 경비도 대폭으로 강화했었다. 물론 경비하는 측도 신용할 수 있는 자들이어야만 했으니 수비와 경계가 본업인 근위병이나 위사에게 맡기기로 한 것이다.

"그리고 나는 루 오빠의 부탁으로 방범 장치를 설치하러 왔어. 다가가는 것만으로도 부여 마법이 작동하는 장치도 있으니까 이상한 곳으로 들어오지는 않도록 해 줘."

"그건 무섭네……."

오버 사이언티스트 지냐의 방범 장치인가. 무슨 일이 일어날지 예상도 할 수 없는 점이 무서운데. 내 생각일 뿐이지만, *피ㅇ고라스위치 같은 연쇄적인 장치로, 마지막에는 입구 근처로 내동댕이쳐지는 장치를 상상해 버렸다.

"그런데 폐하께서는 데이트 중이십니까?"

"그렇지. 달링이랑 내랑 아이 언니 셋이서 말이다."

로로아가 그리 말하며 팔을 끌어안았다. 그러자 루드윈이 고개를 갸웃거렸다.

"셋? 하지만…… 앗! 그, 그렇습니까. 즐거운 시간 되시길."

그리 말하더니 루드윈은 지냐를 데리고 총총히 떠났다. 도중에 무언가 말하려던 것처럼 보였는데……. 기분 탓일까?

---

* 피타고라스위치: NHK 교육 채널에서 방송 중인 어린이 교육 프로그램으로, 방송 마지막에 나오는 복잡한 연쇄 장치가 특히 유명하다. 일본 외에서는 만화가 루브 골드버그가 상상한 장치에서 바탕이 되어 '골드버그 장치'라는 호칭이 일반적이다.

"일단, 갈까."

나는 둘을 재촉해서 앞으로 향했다. 도중에 아이샤가 몇 번인가 걸음을 멈추고 돌아보던데, 뭔가 신경 쓰이는 물건이라도 있는 걸까?

"…………."

"아이샤?"

"……아뇨, 아무것도 아니에요."

아이샤는 달려오더니 내 팔을 끌어안았다. 설마 정말로 갑옷이 멋대로 움직인다는 사실을 아이샤가 겁을 먹었다……는 건 아니겠지? 불안해져서 물어보려고 했을 때, 로로아가 내 소매를 잡아당겼다.

"저, 저기 달링. 어째서 여기는 뼈만 전시되어 있는데?"

로로아가 꺼림칙하다는 목소리로 묻기에 앞을 보니, 그곳에는 유리 케이스 안에 다양한 생물의 뼈가 조립된 상태로 진열되어 있었다. 현대인의 감각으로 본다면 자연과학 분야의 박물관에서 자주 볼 수 있는 광경이지만, 이 세계 사람들의 눈에는 이질적으로 비치는 듯했다.

"뭔가 수상쩍은 의식이라도 시작할라는 분위긴데."

"하하하, 아니야. 이 본관에 수장되어 있는 건 역사적인 물건이나 서적, 아니면 생물의 뼈나 박제 같은 자연과학 분야의 전시품이야. 그리고 이곳에 있는 건 침전지를 만들려고 했을 때 발굴된 뼈들. 연구가 끝난 물건을 이렇게 전시하는 거지. 동물 이외에 마물의 뼈 같은 것도 있어."

"마물의 뼈라니…… 괜찮나? 뼈만 있는 마물도 있잖아?"

"으음……. 연구원의 이야기로는 그런 마물의 뼈에는 마력이 필요하다 그리고, 마력이 전부 빠져나간 건 이제 단순한 뼈라는 모양이야. 나도 잘은 모르겠지만."

뭐, 마법의 프로가 감정해서 괜찮다고 그랬으니까 괜찮겠지. ……아마도.

"그건 그렇고 다양한 뼈가 있네요. 이건 거대한 사슴일까요."

큰뿔사슴 화석을 더욱 크게 만든 것 같은 생물의 화석을 보며 아이샤가 감탄의 한숨을 흘렸다.

"이만큼 거대한 사슴은 신호의 숲에서도 본 적이 없어요. 이 생물이 예전에는 왕도 주위에 살았다는 거니까 놀랍네요."

"그래. 그런 식으로 상상력을 자극하는 게 박물관의 묘미지."

"아, 그건 왠지 알 수 있을 것도 같다."

로로아는 거대한 물소 같은 생물의 화석을 응시하며 말했다.

"이 생물은 가격이 얼마나 나갈까? 고기는 상당히 얻을 수 있을 테지만 별로 맛이 없으려나……. 그래도 이런 사이즈라면 농경용으로는 안 맞을 테니까 역시 육용……."

"그런 상상?! 어떻게 팔아치울까, 그런?!"

"고기인가요…… 츄릅."

"위험해. 아이샤의 상상까지 완전히 통구이가 되어 버렸어."

어, 뭐, 같은 걸 보고 모두가 같은 상상을 하는 것도 아니고, 이렇게 저마다 신나게 말하며 감상하는 건 즐겁네. 아니 뭐, 조용히 해야 한다지만.

"……어라?"

고대인으로 여겨지는 뼈 앞에 섰을 때, 나는 무언가가 마음에 걸렸다. 그곳에는 인간족의 뼈와 수인족의 뼈를 나란히 전시하여 구조의 차이를 알 수 있도록 되어 있었다. 수인족 쪽에는 꼬리까지 뼈가 있고 송곳니도 길었다.

"무슨 일이신가요, 폐하."

아이샤의 질문에 나는 스스로도 잘 모르는 상태로 설명했다.

"아니, 이렇게 전시된 뼈를 보니까……. 신기하다 싶어서."

"신기하다고요?"

"그래. 어떻게 진화를 하면 이런 생물이 되는 걸까 해서."

문과였다 보니 생물학은 잘 모르지만, 진화론 정도는 알고 있었다. 인류는 원숭이 같은 생물에서 진화했고, 그 원숭이는 생쥐 같은 생물에서 진화했다던가.

그럼 이 세계에 있는 각양각색의 수인족이나 엘프 같은 종족은 무엇에서 진화한 걸까. 그보다도 애당초 이 세계에 진화론은 적용되는 걸까. 아직 별로 조사를 진행하지 않기도 했지만, 지구를 기준으로 말한다면 공룡 같이 1억 년 전 생물의 화석은 발견되지 않은 모양이니 또 다른 과정이…….

"달링, 달링."

사고의 바다에 빠져든 참에, 로로아의 말에 정신을 차렸다.

"어, 아, 무슨 일이야? 로로아."

"정말이지. 모처럼의 데이트인데 여자를 내비리두고 혼자 생각에 잠겨 있으면 안 되잖아."

"아....... 미안해."

확실히 아이샤랑 로로아를 내버려 두고 생각을 하는 것도 경우는 아니겠지. 어차피 판단할 거리 자체가 너무 적어서 결론이 나올 것 같지도 않고.

"자, 다음으로 갈까."

로로아에게 손을 붙들려, 나와 아이샤는 쓴웃음을 지으며 걸어갔다.

생물들의 전시 공간을 빠져나가 계단을 올라가니, 다음은 여러 문명의 이기들이 나타났다. 이 세계의 옛날 사람들이 사용했던 도구 같은 것들이었다. 고대 무기, 방어구, 농기구 등부터 노랗게 바랜 낡은 종이까지 있었다.

"여기에는 어떤 게 있는데?"

"전에 제국에 보낼 지원금과 국정 개혁의 자금을 짜내기 위해서 성의 보물 창고를 정리한 적이 있었거든. 그때 보물을 '역사, 문화적으로 가치가 있는 A급', '역사 문화적 가치는 없지만 자산 가치가 있는 B급', '마법 관련 등 취급에 주의를 요하는 C급'으로 분류해서 B급만 팔아치웠는데, 이곳에 수장되어 있는 건 나머지 A급 물품이 대부분이야. 그러니까 '역사 전시 공간'이라는 느낌일까."

그런 식으로 설명했는데 로로아는 미간을 찡그리고 있었다.

"역사, 문화적으로 가치가 있구나....... 이 바랜 종이도?"

"물론. 그건 옛 국왕이 가신에게 보낸 편지야. 편지라는 건 사람들의 삶과 밀접한 거니까 해당 시대의 생활상을 알 수 있는 중요한 자료거든."

"귀하다는 건 알겠지만 굳이 보러 와야겠다는 생각은 안 드네."

"그럼 이쪽에 있는 건 어때? 옛날의 어느 귀족이 마음에 둔 사람에게 보낸 감미로운 러브레터랑, 그걸 넌지시 거절한 여성이 보낸 답신인 모양인데."

"그건 신경 쓰이지만……. 그 귀족은 저세상에서 울고 있지 않을까?"

"……그럴지도 모르겠네."

학술적으로 귀중한 것이라고는 해도 본인에게는 흑역사 같은 물건이 전시되고 있는 거니까. 그리고 로로아는 팔짱을 끼며 "으~음." 하고 신음했다.

"하지만 서간이나 도구나, 그런 수수한 것들뿐이네. 좀 더 사람을 모을 수 있을 만한 괜찮은 전시물은 없나?"

"……그렇다면 아껴 둔 게 있지."

나는 로로아와 아이샤를 어느 전시물 앞으로 안내했다. 그걸 본 두 사람은,

""후앗?!""

저도 모르게 숨을 삼켰다. 그것은 백은에 금으로 장식된 멋지면서도 아름다운 갑옷 세트였다. 가로등에도 사용되는 발광이끼로 빛을 밝혀 놓아 눈이 부실 정도로 빛나고 있었다. 건틀릿이나 부츠, 칼이랑 방패까지 똑같은 장식으로 통일됐고, 흉부와 방패에는 이렇게까지 하느냐 싶을 만큼 자기주장이 격렬한 형태로 엘프리덴 왕가의 문장이 새겨져 있었다.

"이게 이 박물관의 최고 전시물. '초대 용사왕의 장비 세트' 입니다."

나는 버스 가이드처럼 손바닥으로 가리키며 말했다.

나와 마찬가지로 다른 세계에서 소환되어 엘프리덴 왕국을 건국했다는 초대 용사왕이 사용했던 갑옷 세트가 눈앞에 떡하니 있었다. 참고로 실물입니다. 이걸 모형으로 만들자니 원본과 비교해서 영 초라해질 테고 돈도 들 것 같으니까 말이지.

그 위용에 아이샤도 로로아도 눈을 크게 떴다.

"이 어찌나 아름다운 장비일까요……."

"정말이네……. 아니, 이건 진짜 국보 아이가?!"

"뭐, 국보라면 국보겠지."

"그런 걸 이런 곳에 장식해 놔도 되나?"

로로아가 관자놀이를 누르며 그리 말했지만 나는 웃음으로 얼버무렸다.

"조사해 봤는데, 이 장비에 부여된 마술은 마법 내성이 엄청나게 높아지는 정도로 끝이라는 모양이야. 제국 마장갑 병단의 갑옷 같은 거겠지. 용사왕의 갑옷이라면 내가 아니라 다른 사람이 사용하는 것도 문제가 있을 테고, 그렇다고 내가 사용할 만한 기회도 별로 없을 거야. 보물 창고에서 그냥 썩을 바에야 이렇게 전시하는 편이 좋은 활용 방법이라고 생각했거든."

이걸 목적으로 오는 방문객이 늘어난다면 이 박물관의 운영비에도 도움이 될 테니까. 경비는 무척 큰일이지만, 이를 위해 금군의 정예부대에 이곳의 경비를 맡겼으니 문제없다.

자신만만하게 단언하는 나를 보고 로로아는 한숨을 내쉬었다.

"정말이지……. 시아 언니가 들었다면 화내는 거 아이가?"

아……. 그건 틀림없을 테지. 나라의 간판이라고도 할 수 있는 물건이니.

"어, 뭐, 팔아치운 것도 아니니까. 제대로 유효하게 활용하는 거니까 굳이 리시아한테 이야기할 필요는 없지 않을까……."

"저기……. 아마도 이미 늦었다고 생각하는데요?"

아이샤가 면목 없다는 듯이 그리 말했을 때, 내 어깨에 손 하나가 턱 올라왔다.

"어?"

"소~마?"

돌아보니 억지로 붙여놓은 듯한 미소의 리시아가 서 있었다. 그 뒤에는 "죄송해요."라는 느낌으로 손을 맞대고 있는 주나 씨의 모습도 있었다.

"두, 둘 다 어째서 여기에?"

"오늘은 로로아한테 양보하겠다고는 했지만, 몰래 따라오지 않겠다고는 안 했거든."

"죄송해요. 사실은 몰래 지켜보기만 할 생각이었는데……."

잔뜩 힘이 들어간 리시아의 말을, 주나 씨가 미안하다는 듯이 보충했다. 둘 다 계속 따라왔던 거야?! 그러자 아이샤가 알겠다는 표정으로 고개를 끄덕였다.

"역시 그 기척은 두 분이었군요."

"아이샤?! 알아차렸다면 가르쳐 줘도……."

"소마!"

"아. 예!"

그 후로는 한동안 리시아의 설교 타임이 펼쳐졌다. 전시장에서는 다른 손님에게 폐가 될 거라며, 중앙정원의 구석으로 이동해서 잔디밭에 무릎을 꿇고 설교를 당했다. 국보를 대체 뭐라고 생각하느냐, 다른 사람도 아니고 용사로 소환된 내가 용사의 장비를 구경거리로 만드느냐, 좀 더 국왕으로서 자각을 이러쿵저러쿵. 리시아는 고지식한 성격이니까 이런 건 제대로 말해 두지 않으면 마음이 풀리질 않는 것이었다.

"저기······리시아 님. 폐하께서도 나쁜 의도로 그러신 게 아니니까요."

"일단 이 나라를 위한 사업이니까 좀 참아도."

"오늘은 로로아 님의 데이트 날이니까 설교도 그 정도로······."

다만 아이샤, 로로아, 주나 씨가 말려주었기에 설교는 비교적 짧게 끝났다. ······예, 평소의 설교는 좀 더 깁니다.

"정말이지, 이번에는 모두를 봐서 용서해 주겠지만······. 알겠지, 소마? 권위를 의식하는 귀족 중에는 이런 걸 싫어하는 사람도 있어. 그러니까 이런 걸 할 때는 나랑 상의해 줘. 엘프리덴 왕족인 내가 허가하면 귀족들에게 필요 없는 반감을 사지 않고 넘어갈 수 있으니까."

"······예. 잘못했습니다."

너무도 정론이라 찍소리도 나오지 않았다. 리시아의 설교가 길어지는 건 나를 걱정하기 때문이었다. 그걸 알고 있으니 나도 기꺼이 받아들이는 것이었다.

　설교가 끝난 참에 로로아가 손뼉을 짝짝 쳤다.

　"자, 그럼 슬슬 데이트를 재개해도 되겠지?"

　"아, 미안해, 로로아. 양보해 주겠다고 해 놓고는 따라와서."

　"으음. 뭐, 시아 언니네 기분도 모를 건 아니니까. 이미 따라왔으니 어쩔 수 없네. 지금부터는 같이 돌까?"

　그렇게 말하고 로로아는 응석을 부리듯 리시아의 품에 안겼다.

　"사람이 이만큼 있으니 쇼핑이라도 갈까?"

　"괜찮네. 소마는 모두의 짐을 드는 벌을 줄까."

　"저, 저는 슬슬 배가 고픈데요."

　"후훗, 그럼 먼저 카페 로렐라이에 가지 않겠어요?"

　"""찬성."""

　…………어느새 미처 끼어들 틈도 없이 오후 일정이 결정됐다.

　이 파워풀한 아가씨들 앞에서는 국왕이고 용사고 아무 소용없었다.

　"자, 소마. 빨리 가자."

　"더더욱 실컷 즐겨야지, 달링 ♪"

　리시아와 로로아가 내 손을 붙잡았다. 뭘까. 두 사람에게 이끌리며, 나는 장래의 파워 밸런스를 깨달은 기분이 들었다.

　참고로 용사 장비 건은 그 후에 논의를 거쳐, 1년에 한 번, 정해진 기간에만 전시하기로 결정됐다. 경비 부담도 줄어들고 특별한 느낌도 줄 수 있을 테니 그것도 괜찮겠지.

♚ 제 5 장 ✦ 향수와 미래의 저울질

───────대륙력 1546년 12월 중순

왕도는 완전히 겨울다운 공기로 뒤덮여, 슬슬 눈이라도 내리지 않으려나 싶을 정도로 추운 날이 이어지고 있었다. 그렇게 좀처럼 이불 밖으로 나가지를 못하던 아침.

"오늘은 중요한 일이 있어서 성 아래에 갈 건데……."

나는 평소처럼 약혼자 넷과 아침을 먹고 있을 때 그런 이야기를 꺼냈다.

"여성이 같이 있어 주면 고맙겠어. 누가 같이 좀 와 주지 않을래?"

"그건 일이야? 놀러 가는 느낌은 아닌 것 같은데."

모두를 대표해서 리시아가 물었기에 나는 쓴웃음을 지으며 고개를 끄덕였다.

"안타깝지만 말이지. 이번 일은 중요한 안건이니까 내가 직접 나가고 싶어."

"그래……. 나는 갈 수 있어. 너희는?"

리시아가 다른 세 사람에게 이야기를 돌렸다. 이미 왕비들을 통솔하는 제1정실의 관록이 드러나는 것 같았다. 그러자 가장 먼저 로로아가 머리 위로 × 마크를 만들었다.

"안타깝지만 내는 못 간다. 달링이 상인 길드랑 교섭을 부탁했거든."

"노예상을 공무원으로 만든다는 이야기?"

"그래. 달링은 예전에 고물상을 공무원으로 만들어가 '리사이클 담당'이라는 일을 시켰다고 카드네, 이번에는 그리 간단하게는 안 될 기다. 원래 고물상은 쓰레기를 뒤지는 것 같은 직업이니까 길드에 소속되지는 않았데이. 하지만 노예상은 천하게 보이는 건 마찬가지지만 제대로 상인 길드에 등록되어 있다. 그걸 길드에서 분리해가 나라의 관리 하에 둘라는 건, 사실상 노예상을 '전매'로 만들라는 기니까."

그리 말하고 로로아는 테이블에 놓인 소금이 담긴 병을 손에 들었다.

"소금이나 철이라면 모를까, 노예 전매 같은 이야기는 처음 들었다. 노예는 해당 지역에서 발생하면 해당 지역에서 소비하는 그런 게 아이니까. 당연히 다른 나라에서도 들어오지. 노예상을 공무원으로 만든다 카는 거는, 그렇게 다른 나라에서의 유입을 막는다는 의미이기도 하데이. 공무원이 되면 수입은 안정되겠지만 크게 벌지는 못한다 아이가. 그라이까 단디 벌고 싶은 노예상은 다른 나라로 가삘 기다. 반발도 있을 테고."

"다소의 반발은 각오하고 있지만……."

범죄 노예가 노동형에 처해지는 건 딱히 상관없지만, 식솔을 줄이려고 여자나 아이가 팔려나가거나 노예의 자식은 당연히 노예라는 시대는 냉큼 끝내고 싶다. 인도적인 관점만이 아니라 이 나라 전체를 더욱 풍요롭게 만들기 위해서라도.

그러나 교섭을 맡긴 로로아의 표정은 험악했다.

"노예 제도의 축소가 달링의 바람일 테지만……. 국내의 범죄 노예랑 재산 노예만으로 수요를 충족할 수 있을지 모르겠네. 진짜 힘들겠어."

"……역시 어려울까?"

그리 묻자 로로아는 "아니."라며 고개를 가로저었다.

"할게. 나는 달링한테 들은 노예제의 다음 세계를 보고 싶다. 모두가 돈을 벌고, 모두가 돈을 쓸 수 있고, 모두가 경제에 참여하는……. 그런 세계를."

현명한 로로아에게는 내가 있던 세계의 경제사를 일부 가르쳐 주었다.

기술 혁명이 일어나서 물건이 대량 생산되자 그것을 판매하는 시장이 필요해지며 재산을 가지지 않은 노예를 시장으로 바꾸기 위해 노예 해방으로 흘러가는 그 시대의 이야기를, 말이다. 물론 인간은 평등한 권리를 가졌다는 사상 아래에서 싸운 사람들이 있다는 사실은 알고 있다. 자유를 얻기 위해서 노예 자신들의 노력이나, 그들의 자유를 바란 사람들의 노력을 부정할 수는 없다.

다만 어떤 제도이든, 결국 시대에 맞느냐 아니냐의 문제다.

남북전쟁은 노예 해방 전쟁처럼 일컬어지지만, 오히려 북군은 노예 농장주가 많은 남군에 지지 않고자 지지를 모으려고 '노예 해방'을 앞세웠다는 것이 실정인 듯했다. 이상을 앞세워도 실현할 수 없었던 상황이 실정과 합치되는 순간에 달성되어 버린다. 반대로 어떤 훌륭한 이상도 시대에 맞지 않는다면 짓밟히고 만다.

결국에는 시대에 따라 달라지는 것이다. 노예 제도가 끝나도 다음 시대에는 자본가와 노동자의 다툼이 기다릴 테니. 하지만 로로아는 내 이야기에서 신세계를 본 것 같았다.

"다소 억지스럽지만, 제국과 발을 맞춘다면 할 수 있다. 대륙의 인류 측 세력권 절반이 노예 축소로 움직인다면 반발하기도 어려워지겠지. 그리고 부족해지는 노동력은, 달링의 이야기와는 순서가 반대이기는 하겠지만 기술의 진보로 보충할 수밖에 없다."

"그래. 그쪽은 전망이 보여. 나한테 맡겨 줘."

"기대할게. 내는 내가 할 수 있는 걸 할 테이까."

"믿고 있어."

"음후후. 좀 더 말해 봐라."

우리는 팔짱을 단단히 꼈다. 경제 쪽에서 로로아는 정말로 의지가 된다.

자, 로로아는 못 온다면 아이샤나 주나 씨는 어떨까?

"죄송하지만 다음 음악 방송의 회의가 있어서 함께할 수는 없어요."

"저, 저도 신병 훈련에 참가해 달라는 부탁을 받아서……. 물

론 폐하께서 반드시 함께 가 달라고 하신다면 다른 용무 따윈 집
어치우고서라도 따라가겠습니다만.

"아니, 억지로 그럴 건 없어. 음⋯⋯. 하지만, 그러네⋯⋯."

이번 건은 그렇게 많은 인원이 가기를 바라는 건 아니니까.

다수를 데리고 가면 상대도 경계할 테니까. 그렇다고 호위하
는 인원이 없는 것은 역시나 불안하다. 리시아도 함께 있으니
까. ⋯⋯하지만 어설픈 호위보다도 리시아 쪽의 전투력이 더
높겠지. 검은 고양이 부대는 현재 각국의 첩보 임무를 맡긴 탓
에 호위로 인원을 쪼갤 수는 없을 테고. 가능하다면 개인 전투
력으로는 최강인 아이샤나 첩보 활동도 할 수 있는 주나 씨 중에
누구라도 와줬으면 했다. 그러자,

"폐하. 진언을 허락해 주시겠습니까."

벽 쪽에 서 있던 메이드장 세리나가 가뿐하게 몸을 꾸벅 숙였
다.

"세리나? 뭔가 의견이 있나?"

"예. 호위를 찾으신다면 추천하고 싶은 인물이 있습니다."

"누구지?"

"폐하의 교육 담당인 오엔 경입니다."

"으⋯⋯. 오엔 영감인가⋯⋯."

제베나 가문의 가주인 귀족이자 노장이기도 한 오엔 제베나.

지나치게 뜨거울 정도로 근엄하고 올곧은 성격과 직언을 척척
건네는 점을 높이 평가하여, 현재는 내 조언자 겸 교육 담당이
된 으핫핫 느낌의 영감이었다.

확실히 그 영감이라면 무술 실력은 있고, 내가 자리를 비우면 직무도 한가할 테지만……. 평소부터 원체 요란스러운 사람이라 잠행에는 걸맞지 않은 인재라고 생각하는데.

　그렇게 생각에 잠긴 사이, 세리나가 다시 말했다.

　"그리고 메이드 중에서 카를라 씨를 데려가도 괜찮겠죠."

　"예엣?! 저 말인가요?!"

　세리나 옆에 있던 카를라가 놀라서 외쳤다.

　"카를라 씨는 메이드 부대에 재적 중이지만 그 신분은 폐하의 노예입니다. 이럴 때야말로 고기 방…… 노새처럼 혹사시켜야 하지 않을까 합니다."

　"지금 고기 방패라고 하시려던 거 아닌가요?! 그보다도 기껏 고쳐서 말한 노새도 너무하다고 생각하는데요!"

　카를라가 항의했지만, 세리나가 메이드 조교용 채찍을 슥 꺼내자,

　"아, 예! 최선을 다해서 임하겠습니다!"

　황급히 척 경례를 했다. 완전히 길들여졌구나…….

　"일단, 카를라. 잘 부탁해."

　"아, 알겠습니다. 주인님."

　일단 이걸로 나, 리시아, 오엔, 카를라까지 넷이서 성 아래로 내려가는 것이 결정됐다. ……이걸 결정하는 것만으로도 엄청 지친 기분이었다.

그리고 도착한 파르남 성 아래 마을.

한낮의 상점가를 나, 리시아, 오엔, 카를라 넷이서 걷고 있었다. 잠행으로 행동하는 거라서 마차 따위를 쓰지는 않고 도보로 이동하는 중이었다.

"앗핫하! 호위로 본인을 지명해 주시다니 기쁩니다! 폐하!"

"쉬잇! 오엔……. 이런 거리 한복판에서 폐하라 부르지 말라고 몇 번이나 말했잖아."

"이런, 실례했습니다."

전혀 주눅 든 기색도 없이 웃음을 터뜨리는 오엔을 보니 머리가 아팠다. 오엔은 호위로 지명되어서 기분이 좋은지 평소보다도 더욱 들떠 있었다.

"이번 일은 암행이니까 말이지……. 제발 좀 부탁할게."

"물론 알고 있다마다요."

정말? 그보다도 암행일 텐데 이 집단은 묘하게 눈에 띄었다.

최근에는 암행 복장으로 완전히 정착이 된 전래동화의 승려 같은 여행용 복장인 나, 처음 성 아래 마을에 나왔을 때처럼 학생복을 입은 리시아, 메이드복 차림인 드래고뉴트 카를라와 모험가 분위기의 경갑옷을 장비한 마초맨 영감이 나란히 걷고 있는 상황이었다. 통일감이라고는 없는 이 모습들은 대체 뭐냐. 지나치는 사람들이 무심코 돌아보는 것도 무리는 아니겠지.

"임시로 짠 모험가 파티도 이것보다는 더 통일감이 있을 텐데……."

"소마가 지난번처럼 학생복을 입었으면 됐잖아? 오엔 경의 복장은 실기 선생님으로 보이기도 하니까."

"그런 식이라면 리시아가 모험가 느낌의 복장을 입었다면 파티로 보였을 텐데."

그렇게 다투며 우리는 둘이서 함께 뒤를 걷는 드래곤 메이드를 봤다.

"뭐, 뭔가요?! 둘이서 저를 보다니."

"……어차피 카를라는 붕 뜰 것 같네."

"……노출이 심한 메이드 드레스니까 말이지. 어떤 조합이든 붕 뜰 것 같아."

"제가 좋아서 입은 것도 아닌데 너무하시잖아요?!"

카를라가 크게 항의했지만…… 하지만 메이드 드레스인걸. 물론 갈아입게 하는 방법도 있었지만, 그건 세리나가 단호하게 받아들이지 않았다. 카를라의 메이드복은 일반적인 롱스커트의 클래식 타입과는 달리 하늘하늘한 드레스 타입(좀 더 말하자면 메이드 카페 타입)이었다. 그런 복장으로 거리를 걸어가게 만들다니 세리나 씨 진짜 엄청 S. 카를라도 아까부터 부끄러워서 얼굴이 새빨갛잖아…….

"그런데 폐……카즈라 경. 정말로 이대로 가도 괜찮겠습니까?"

오엔이 조금 곤란하다는 듯 물었다.

"응? 그런데……. 무슨 문제라도 있나?"

"아뇨, 본인의 기억이 맞는다면 이대로 가면……."

"앗! ……그러네. 이대로 가면……."

리시아도 무언가를 깨달은 듯 말끝을 흐렸다. ……아아, 그런 거였나.

"이대로 가면 옛 빈민가로군."

"그렇습니다. 카즈야 님이나 공주님을 모시고서 가고 싶은 장소는 썩 아닙니다만."

왕도 파르남에도 어두운 부분은 있다. 인구가 많은 만큼 사업에 성공하는 사람이 있다면 평범하게 버는 사람도 있고 실패하는 사람도 있다. 그런 식으로 실패한 사람들이 흘러들어, 노예까지 전락하지 않게끔 일당을 벌며 어떻게든 살아가는 장소.

그곳이 빈민가였다. 판잣집 같은 집이 많고 위생 환경도 나빠질병이 만연하며 출신이 명확치 않은 자들이 모여서 범죄도 많다. 그런 장소였다.

"뭐, 그것도 옛날의 이야기지만."

"지금은 달라?"

"직접 보는 편이 빠르겠지. 뭐, 빈민가의 미래를 검토했을 때,"

나는 손에 무언가 호스 같은 것을 드는 동작을 하며 말했다.

"오물은 소독이야~ 라며 묘하게 힘이 넘치던 녀석이 있었으니까."

"어라?"

"으음?"

옛 빈민가에 도착했을 때, 리시아와 오엔은 나란히 고개를 갸웃거렸다.

그런 둘의 모습을 보고 카를라도 고개를 갸웃거렸다.

"뭔가 이상한 점이라도 있어? 리시아."

카를라가 노예로 전락한 뒤에도 리시아는 그녀에게 이제까지 처럼 평범하게 이야기하도록 강제했다. 두 사람은 지금도 좋은 친구 사이 그대로였다. 뭐. 공적인 자리에서는 문제가 되겠지만, 리시아의 사적인 부분까지 참견할 필요는 없겠지.

리시아는 어리둥절한 표정 그대로 카를라에게 대답했다.

"어…… . 아, 응. 빈민가에 온 적은 없었지만, 소문으로 들은 이미지랑 무척 달라서 놀랐다고 할까…… ."

"이미지?"

"어둡고 축축해서 곰팡내 나고 치안도 나쁘다…… . 본인도 그렇게 들었습니다."

오엔이 그리 보충했다. 확실히 옛 빈민가는 그런 느낌이었다고 했지.

"확실히 살풍경하지만 상당히 산뜻하게 보이는데?"

카를라의 말대로 지금 우리 앞에 보이는 것은 하얗고 사각형인, 마치 두부 같은 집이 늘어서 있을 뿐인 풍경이었다.

현대인이 알기 쉽도록 표현하자면 지진 뒤에 피해 지역에 늘어선 가설주택 무리를 떠올리면 되겠지. 살풍경하기는 하지만 햇살도 잘 들어서 밝고 통풍도 잘되어 축축하지는 않았다. 겨울이라 건조해서 그런 측면은 있을지도 모르겠지만. 그래도 어린아이들이 땅바닥에 그림을 그리며 놀고 있는 광경을 보면 치안이 나빠 보이지도 않았다.

"여기서 정말로 그 빈민가야?"

"그래. 꽤 좋아졌지?"

리시아의 질문에 나는 가슴을 펴고 말했다.

"도시의 위생 문제를 해결하려고 했을 때, 열심히 정비했으니까 말이야."

"위생 문제라면, 마차는 대로에서만 탈 수 있도록 했을 때나 상하수도를 정비했을 때도 그렇게 말했지. 이곳 빈민가를 정비한 것도 그 일환이야?"

"기억력 좋네. 그래. 어둡고 축축하면서 통풍도 나쁜 곳에는 병원균이 쉽게 증식해. 덧붙여서 가난하다 보니 주민들의 영양 상태도 나빠서 쉽게 병에 걸리지. 한번 돌림병이 유입된다면 순식간에 번져 버릴 밑바탕이 있다는 거야."

"병원균…… 들어본 적은 있는 것도 같은데."

다른 사람들은 '뭐야, 그게. 먹는 건가?' 같은 표정이었다.

"어라? 지난번에는 설명하지 않았던가?"

……아, 그러고 보니 침전지 이야기를 했을 때 병원균이라는 단어는 꺼냈지만, 그에 대해서 자세한 설명하지는 않았던가. 그렇다면……. 애당초 병이라는 게 어째서 발생하는지 설명해야 하나.

"어디……. 이 세계에는 눈에 보이지 않은 작은 생물들이 공기 중이나 땅속, 몸 안까지 모든 곳에 무수히 많이 존재해. 그런 작은 생물들이 사물을 부패하게 만들거나 병을 일으키는 거야.

반대로 식품의 발효를 돕거나 좋은 영향을 주는 것도 있지만."

빈약한 이과 지식(문과였으니까)을 어떻게든 짜내어, 나는 그들에게 세균이나 미생물에 관해 설명했다. 그다지 잘 전해진 것 같지는 않지만, 그래도 내 지식이 부분적으로 이 나라의 학문을 능가한다는 사실을 아는 그들은 "소마가 그렇게 말한다면 그런 거겠지."라는 정도로는 납득해 준 모양이었다.

이 세계의 의학, 위생학 자체는 그다지 발전하지 않았다.

그 이유로 광 속성 마법의 존재도 크겠지. 광 속성 마법은 몸의 치유 능력을 높여서, 부상이라면 중상이라도 치료해 버린다. 그야말로 곧바로 처치만 한다면 절단된 팔을 붙이는 것도 가능할 정도였다.

그래서 의학, 위생학은 발달하지 않은 듯했다. 그러니까 이 세계에서 세균이나 미생물 같은 것들의 존재를 아는 사람은 지극히 '소수'였다.

그 광 속성의 마법도 자연 치유력을 활성화시키는 것뿐이라서, 감염증이나 치유 능력이 떨어진 노인의 부상을 치료할 수는 없다는 단점이 있었다. 그래서 감염증 치료에 관해서는 최근까지 원료가 불명인 약이나 수상쩍은 민간요법이 만연했다. 나는 위생 문제를 해결할 때 이 현상은 시급히 어떻게든 해야만 한다고 생각했다.

그러려면 우선 눈에 보이지 않는 세균, 미생물의 존재를 인식케 해야만 한다.

"근데 눈에 안 보이는 걸 어떻게 사람들에게 인식시킬 거야?"

"이 세계에도 세균이나 미생물의 존재를 아는 사람······이라고 할까, 종족이 있거든. 그 종족이 가진 '제3의 눈'을 사용하면, 보통은 보이지 않을 정도인 미생물의 모습을 포착할 수가 있다나봐. 그런 그들의 협력을 얻어냈어."

"서드 아이······. 혹시 '삼안족(三眼族)' 말이야?"

리시아의 물음에 나는 고개를 끄덕였다.

삼안족. 글자 그대로 눈이 세 개인 종족이었다.

왕국 북부의 온난한 지역에 살며, 일반적인 양쪽 눈에 더해 미간 조금 위에 제3의 눈, 서드 아이가 있는 것이 특징이었다. 천○반이나 샤라쿠○스케를 떠올리면 되겠지만 그렇게까지 명백하게 안구가 있는 건 아니라서, 그 눈은 붉고 작기에 얼핏 보면 보석이 박힌 것처럼만 보였다. 리시아는 한숨을 내쉬었다.

"잘도 협력을 얻어냈네. 다른 종족과의 접촉을 싫어하는 종족이라고 들었는데."

"······그렇게 배타적이었던 이유도 서드 아이가 원인이었던 모양이야."

삼안족에게 보이는 것이 다른 종족에게는 보이지 않는다. 그것이 삼안족을 배타적으로 만든 이유인 듯했다. 삼안족은 서드 아이를 통해서 위생, 비위생을 단번에 알 수 있다. 그러니까 자연스럽게 결벽스러워지고 다른 종족과의 접촉을 최대한 피하게 된 모양이었다.

덧붙여서 삼안족은 그 서드 아이 때문에 세균의 존재를 알고 있었다. 그것이 광 속성의 마법으로도 치유할 수 없는 질병의 원인이라는 것도. 하지만 삼안족이 아무리 그것을 호소해 봐야, 그것을 볼 수 없는 다른 종족들은 믿어 주지 않았다. 미신이 퍼진 세상에서는 올바른 소리를 해도 수상쩍은 언동으로 세상을 어지럽히려는 것으로 보이고 만다.

그래서 삼안족은 다른 종족과의 접촉을 꺼리고 종족 내에서만 독자적인 의학, 의술을 발달시켰다. 특히 감염증에 관한 연구는 이 세계의 의학 수준을 수백 년은 앞설 정도였다. 인간족, 수인족이 60년만 살아도 장수했다고 여겨지는 이 세계에서, 원래는 마찬가지였을 터인 삼안족의 평균 수명은 80세를 넘어섰다.

"그래서 그들의 말이 진실임을 알고 있는 나는, 그들과의 회담 자리를 마련해서 협력을 의뢰했어. 그리고 그들의 능력을 증명하려고 다른 종족도 미생물이나 세균을 볼 수 있게 해주는 장치를 만들게 했지."

바로 광학현미경이었다. 이 세계에 렌즈는 이미 있었다. (안경도 있으니까.) 그리고 내가 어렴풋한 기억을 바탕으로 현미경의 구조를 그림으로 그렸더니 학자랑 장인들이 완성해 주었다. 이 광학현미경 덕분에 삼안족의 주장이 옳았다는 사실이 증명된 것이었다.

"그건 그렇고 진짜 어마어마하더라고, 삼안족. 설마 이미 항생물질까지 만들었을 줄은 몰랐어."

"항생물질?"

"아까 설명한 세균의 증식을 억제하기 위한 물질이야."

페니실린이 유명하겠지. 문과인 나도 알고 있을 (만화 쪽 지식

이지만) 정도니까. 그건 아마도 푸른곰팡이에서 추출된 거였던
가?

삼안족의 경우에는 비위생적인 환경에서도 살 수 있는 특수한
점액질 생물로부터 추출했다고 한다. 이 점액질 생물은 젤린의
아종으로 외톨이 ○라임 같은 모양이었다. 이름이 없었지만 이
걸 기회로 '젤메딕'이라고 명명했다. 효능을 듣기로는 항생물
질이 틀림없었지만, 페니실린과는 비슷하면서도 다른 물건일
지도 모른다.

참고로 삼안족은 이 약을 단순히 '약'이라 불렀다.

그래서는 앞으로 헷갈릴 것 같아서 국왕의 권한으로 '미츠메
딘'이라는 이름을 주었다. 삼안(미츠메)족이 만든 약(메디슨)이
니까 줄여서 미츠메딘이었다. 약이나 필이라고 붙여도 되겠지
만……. 원래는 일본인이었던 터라 다른 약을 상상해 버렸거든.

"그러니까…… 미츠메딘? 이라는 게 균의 증식을 억제한다
는 것에 어떤 의미가 있는데?"

"감염증의 특효약……. 뭐, 돌림병을 치료하거나 외상에 고
름이 생기는 걸 막을 수 있는 굉장한 약이라고 생각하면 되려
나."

"돌림병 치료?! 그런 게 가능해?!"

리시아가 놀라는 것도 무리는 아니었다. 이 나라의 의료 수준
은 부분적(재생 의료 등)으로는 현대 의학을 능가하는 측면도
있지만, 전체적으로 보면 일본의 에도 시대 수준이었다. 돌림
병에 대해서는 약초를 달여서 마시는 등의 방법으로 증상 완화

를 돕는 정도밖에 못 하는 것이었다.

그러나 항생물질이 있다면 심각한 병이 아닌 이상 근본적으로 치료할 수 있다. 리시아가 어안이 벙벙하다는 표정을 짓고 있었다.

"대체 무슨 일이야……. 그런 굉장한 약을 그냥 놓치고 있었다니……."

"뭐, 미생물이나 세균의 존재를 인식할 수 없는 다른 종족한테 그것에 대항하기 위한 항생물질이 있다고 말해 봐야 믿지 않겠지. 반대로 말하면, 삼안족은 세균이 보이니까 그에 대항할 수단의 존재도 발견할 수 있었던 걸 테고."

"그래서, 그 미츠메딘은 양산할 수 있어?!"

리시아는 잡아먹을 듯한 기세로 그리 물었다. 응, 마음은 알겠다. 나도 삼안족의 장로와 이야기를 나누었을 때는 비슷한 반응이었으니. 다만 옆에서 보고 있는 카를라나 오엔은 그런 리시아의 모습에 눈을 동그랗게 떴다. 나는 리시아를 향해 고개를 끄덕였다.

"아직 여유는 없지만 조금씩 생산량은 늘어나고 있어. 아미도니아 전쟁 당시에는 이미 군에 배치됐는데, 모르고 있었어?"

"다행히도 신세를 지지 않고 끝났으니까……. 아, 그러고 보니 그 싸움에서 나온 부상자 숫자에 비해서는 사망자가 적었던 것 같기는 해. 그것도 미츠메딘 덕분이야?"

"그럴지도. 상처에 균이 들어가서 악화…… 같은 건 어느 정도 막을 수 있었으니."

"굉장해……."

"어쨌든 삼안족은 전면적으로 협력해 주고 있으니, 국가 차원에서도 의료 분야에는 원조를 아끼지 않을 생각이야. 가장 큰 난관은 미츠메딘을 추출할 젤메딕의 숫자가 적다는 거였는데, 그것도 토모에 덕분에 맥없이 해결할 수 있었어."

젤린 같은 점액질 생물은 분류를 따지자면 식물이라는 모양인데, 동물만큼 의사소통을 할 수는 없다고 그러지만 그래도 생각에서 살기 편한 환경이나 증식 조건 등을 알아낼 수 있었다나. 현재 젤메딕은 번식장에서 증산 중이었다.

"……우리 여동생도 참 너무 편리하네."

"정말로."

현재 거리에서는 토모에를 '현랑(賢狼) 공주' 라 부르는 것 같았다.

라이노사우루스 트레인, 반 성성이 군단, 그리고 젤메딕…… . 그 이름에 부끄럽지 않은 위업을 이루어내고 있음은 틀림없었다.

"뭐, 그렇게 되어서 지금 우리나라에선 의료, 위생 개혁이 한창 진행되는 중인데, 그 일환으로 이곳 빈민가도 정비했거든. 낡은 가옥을 철거해서 햇볕이 잘 들고 통풍을 좋게 만듦과 동시에 범죄자나 위법 약물 등을 박멸해서 치안 문제도 개선했어. 주민들은 새로이 지은 조립식 오두막으로 옮기게 했고. 오두막은 좁고 작지만 무료야. 그리고 그들에게 도시의 청소 활동을 의뢰해서, 지원과 위생 관리를 동시에 해결했지."

"이것저것 하고 있었구나. ……무리하면 안 돼."

걱정하는 표정을 짓는 리시아. 나는 그런 리시아의 머리에 손을 툭 얹었다.

"고생이라고도 느끼지만…… 보람은 있고 즐거워. 내 생각처럼 도시를, 나라를 다시 만들어가는 건 말이지. 그 결과로 사람들이 더욱 웃게 된다면 더더욱 좋고."

"그래……. 그렇다면 됐어. 하지만 내가 할 수 있는 게 있다면 말해."

"물론이야. 의지하고 있어."

나와 리시아는 서로 싱긋 미소 지었다. 그렇게 분위기가 훈훈훈한 가운데,

푸시익~.

갑자기 맥 빠지는 소리가 들렸다.

뭔가 싶어서 앞을 보니 커다란 통을 짊어진 인물이, 그 통에서 뻗어 나온 호스 끝에 있는 금속제 관에서 무언가 안개 같은 것을 지면에 분사하고 있었다.

그 인물은 다크엘프만큼은 아니지만 갈색 피부에 금발이라는 유니크한 풍모의 여성이었다. 20대 후반 정도. 아마도 미인이고 스타일도 발군인 것 같지만 입에 삼각 마스크, 등에 통을 짊어진 그 차림새가 모든 것을 허사로 만들고 있었다.

그 여성의 이마에서는 삼안족 특유의 서드 아이가 빛났다.

"크큭…… 후후훗…… 아하하하하하! 오물은 소독이야~."

그 여성은 웃음의 삼단용법을 차례차례 터뜨리며, 신이 나서는 땅바닥이나 오두막에 안개 같은 무언가를 뿌렸다. 너무나도 당돌한 그 광경에 리시아도 카를라도 오엔도 말을 잃었다.

나는 어쩌냐면, 또다시 머리가 아파오는 기분이었다.

"뭘 하는 거야, 힐데……."

그녀의 이름은 힐데 노그. 삼안족이 지원과 명예 회복의 보답이라며 의료 개혁을 위해 빌려준, 삼안족에서 단 하나뿐인 '의사'였다.

애초에 이 세계에서 현대 일본인의 감각으로 생각할 수 있는 의사는 극히 소수밖에 없었다. 의료 행위를 하는 건 전적으로 광 속성 마도사나 약초 등으로 증상을 완화시키는 약사의 일이었다. 그리고 광 속성 마도사는 교회에 소속된 사람이 많기에 따라서 병원도 교회(건물)에 딸려 있는 경우가 대부분이었다.

그러니까 이 세계의 사람이 병에 걸리면 교회로 가는 것이 일반적이지만, 삼안족의 경우에는 조금 달랐다. 의료 기술이 월등하기에 대부분의 병이나 부상이라면 가정 내 간병으로 나아버리는 것이다. 그런 그들이 가정 내에서는 치료할 수 없을 정도로 중병에 걸렸을 때는 처음으로 '의사'가 조합한 약이 필요해진다. 당연히 그 의사는 종족 내에서도 굴지의 실력자이고 숫자도 한정되어 있었다.

저기서 소독액(아마도 석회수겠지)을 뿌리고 있는 힐데는 삼안족 중에서도 굴지의 의료 기술을 가진, 종족에서 유일한 '의사'였다. ……지금 차림새를 보면 농약을 뿌리는 농부로 보이지만. 조금 전까지 힐데는 잔뜩 신이 나서 웃음을 터뜨렸지만, 지금은 흐리멍덩한 분위기를 풍기며 음침한 미소를 띠고 있었다.

　"정말이지……. 고양이 똥은 제대로 치우라고 했잖아! 그냥 내버려 두니까 근처가 온통 잡균투성이가 되는 건데! 아, 정말이지. 불결해 불결해!"

　소독액을 뿌리며 이번에는 발을 동동 구르고 화를 냈다. 정서 불안 같다고 생각할지도 모르겠지만, 이게 힐데의 평상시 모습이었다.

　삼안족 가운데서도 가장 우수한 약학 지식과 세균을 보는 눈을 가진 그녀는, 결벽증을 가진 사람이 많은 삼안족 중에서도 그런 경향이 특히 더 강했다. 그야말로 저런 식으로, 항상 소독약을 가지고 다닐 정도로. ……지나치게 청결에 집착하는 것도 좀 어쩌려나 싶네.

　"여전하네. 힐데."

　"응? 너는…… 누군데?"

　뒤집어쓴 갓을 벗어 얼굴을 드러냈다. 그러자 그다지 놀란 기색도 없이,

　"아, 뭐야. 국왕님인가."

　그리 말하고는 금세 소독액 살포 작업으로 돌아가 버렸다.

　"너무하네. 일단은 높으신 분인데?"

"그렇다면 조금은 그럴싸한 복장을 입는 게 어떨까. 어디서 온 떠돌이인가 싶었다고."

여전히 입은 험하네. 전에 있던 세계에서도 의사는 입이 험하다는 이미지가 있었는데, 그건 이쪽도 마찬가지인 듯했다. 특히 힐데는 상대의 신분을 아랑곳하지 않는 성격이니까 말이지.

'병은 선인이든 악인이든, 유복하든 가난하든, 남녀노소 종족의 차이도 없이 찾아와. 그렇다면 내 앞에서 환자는 평등한 거야.'

……그것이 그녀의 지론이었다.

"일단…… 힐데, 소개할게. 이쪽은,"

"알고 있어. 유명인이잖아. 공주님에 전직 공군대장의 따님이겠지?"

힐데는 알고 있는 게 당연하지 않느냐며 탄식했다.

"어라? 오엔 경은?"

"그런 너저분한 영감 따윈 알고 싶지도 않아."

"뭐이라고?!"

너저분한 영감이라 불린 오엔은 크게 항의했다.

"너저분하다니 대체 뭡니까! 이래 봬도 몸가짐에는 신경을 쓰고 있소만!"

"다가오지 마, 근육 오뚝이! 제대로 몸을 씻고는 있는 거냐?!"

(푸쉬~)

"이보게, 처자. 그 이상한 안개를 뿌리지 마시오! 본인은 청결하다고! 매일 아침, 알몸으로 물을 뒤집어쓰고 건포마찰도 하고 있으니까 말이오!"

나도 모르게 아침놀 아래에서 알몸으로 물을 뒤집어쓰는 마초 영감을 상상하고 말았다. 음…… 상상만으로도 텁텁하다. 같은 정경을 상상했는지 리시아와 카를라 역시도 모래를 씹은 듯한 표정을 짓고 있었다.

이, 이대로라면 모두의 정신 상태가 악화될 것 같으니 화제를 바꾸자.

"그, 그런데 힐데. 오늘은 어째서 이곳에?"

억지로 이야기를 바꾸자 힐데는 "흥." 코웃음을 쳤다.

"이곳 녀석들은 내버려 두면 금세 위생 상태가 불량해지니까. 정기적으로 와서 위생 지도와 소독을 하고 있어."

"과연……. 그리고 보니 오늘은 파트너가 같이 안 왔나?"

"그 녀석을 파트너라 부르지 말라고."

힐데는 분하다는 듯 말했다.

"브래드 녀석이라면 '밖'으로 갔어. '살집이 오른 돼지를 진료할 바에는 때 묻지 않은 들개를 치료해 주고 싶어.' ……라나 뭐라나 그러면서."

"……그 녀석도 참 확고하네."

"국왕님도 뭐라고 말해 주지 않겠어? 그 녀석, 항상 나한테 후배 의사들 강의를 떠넘긴다고."

"그, 그런가…….'

이야기에 나온 브래드는 지금 추진 중인 의료제도 개혁에서 힐데와 함께 일해 주는 또 한 명의 의사였다. 이름은 브래드 조커라고 한다. 인간족 남자로 의료 실력은 확실하지만……. 성격에는 조금 문제가 있었다.

'그 브래드가 남에게 뭔가를 가르쳐 줄 수 있을 것 같지는 않으니 말이지. 현장에서 실기를 보여 주는 편이 후배들한테 지도도 될 테니, 강의는 힐데가 할 수밖에 없겠는데…….'

"잠깐만, 듣고 있어? 국 · 왕 · 님?"

"아, 알았어. 말은 해 볼게."

분노가 담긴 미소로 몰아붙이니 고개를 끄덕일 수밖에 없었다.

"그래서? 국왕님네는 어째서 이런 곳에?"

"어어……. 지금부터 요랑족 장로한테 갈 생각이야. 그러는 김에 진저 쪽에 맡겨둔 직업 훈련소 상황도 보고 올까 싶어서."

"아. 그런 용무였구나."

리시아가 납득이 간다는 느낌으로 손뼉을 짝 쳤다. 아, 그러고 보니 오늘 목적을 이야기하지 않았던가.

"그리고 요랑족 장로한테 연줄을 좀 이어 달라고 해서 '밖'에 갈 예정이야."

"호오~. 국왕님네는 '밖'으로 가는 건가. 그렇다면 따라가 보실까."

"음, 어째서?"

"그야 뻔하지. 진료만 아는 멍청이를 패러 가는 거야."

힐데는 얼굴은 웃고 있지만 눈이 웃고 있지 않았다.

"어, 뭐, 그게……. 적당히 하지?"

"저기, 아까부터 '밖'이라고 그러시는데, 대체 어딜 말씀하시는 건가요?"

카를라는 쭈뼛쭈뼛 손을 들며 질문했다.

"도시부에서 봤을 때 밖이라면 도시를 둘러싼 성벽 바깥이야."

"성벽 바깥이라면……혹시……."

리시아가 무언가를 알아차렸다는 듯 기묘한 표정을 지었다. 으음……. 아마도 그 상상이 틀림없겠지. 어쨌든 이렇게 이국의 여행자와 여학생과 드래곤 메이드와 마초 영감의 무리에 새로이 여의사가 추가됐다.

……응. 더더욱 의미불명인 집단이 됐구나.

먼저 방문한 곳은 진저 쪽에 맡긴 '직업 훈련소'였다.

요랑족이 된장이나 간장이나 술을 만드는 '킷코로 양조장'과 진저 일행이 옛 빈민가 사람들을 상대로 연 '직업 훈련소'는 모두 옛 빈민가 안에 있었다.

양쪽 모두 상당히 넓은 면적이 필요하기에 적절한 장소가 이곳밖에 없었다. 다만 직업 훈련소 쪽은 말할 것도 없고, 킷코로 양조장도 인원을 확보하기 쉬워서 입지로 나쁘지는 않았다. 정비한 보람이 있구나.

직업 훈련소는 벽돌담에 둘러싸였고 부지 안에는 건물 몇 개나 흩어져 있었다.

막 개소한 지금은 희망자에게 읽고 쓰기, 계산 등을 가르치는 서당 같은 활동만 하고 있지만 앞으로는 다양하고 실험적인 시험도 예정되어 있기에 건물의 숫자도 많아졌다.

우리가 입구의 문을 지나가자 어린아이들 몇 명이 달려왔다.

"산 선생님, 안녕~."

"안녕~"

다들 열 살 전후일까. 복장은 그다지 좋지 않았지만 활기가 가득해 보였다. 문 안을 보니 전 노예이자 현재는 진저의 비서인 산드리아가 아이들에게 가볍게 손을 흔들고 있었다.

"잘 가. 다들 조심해서 돌아가렴."

가벼운 미소와 함께 배웅하는 그녀의 표정은 다정해서, 처음 만났을 때의 퉁명스러운 모습과는 상당히 달랐다. 저런 표정도 짓는구나……. 그런 생각을 하자니 산드리아도 우리의 존재를 알아차렸는지 공손히 인사를 했다.

"폐하시네요. 잘 오셨습니다."

"여, 산드리아. 진저는 있어?"

"소장실에 있어요. 안내해 드릴게요."

우리는 산드리아의 안내를 따라 한 건물로 들어갔다.

장식도 없는 육면체의 심플한 구조이지만 외관만 봐도 방 숫자가 많다는 사실은 알 수 있는 그 건물은, 현대 일본인이 보면 병원이나 학교라고 생각하겠지. 우리는 그 건물 1층에 '소장실'이라 적힌 팻말이 걸린 방 앞으로 안내받았다. 산드리아가 손님이 왔다고 말하며 문을 열자 서류 업무를 하고 있었을 진저가 황급히 일어섰다.

"폐, 폐하. 그간 격조하셨습니까."

진저는 그리 말하며 이쪽으로 달려왔다. 산드리아와는 달리 벌벌 떠는 게, 나랑 이야기를 나눌 때는 아직도 긴장하고 마는 모양이었다.

"그렇게 딱딱하게 굴 것 없어. 나는 너한테 폐를 끼치고 있는 입장이니까."

"아, 아뇨……. 폐라니, 그렇지는……."

"거기 비서 씨는 당당하게 굴잖아?"

"제 충성은 진저 님을 향한 것이니까요."

태연한 표정으로 말하며 진저의 곁으로 이동하는 산드리아.

무척 불손한 언행인데도 그렇게 느끼지 않게 하는 분위기가 감돌았다. 리시아를 모시는 세리아나 로로아가 운영하는 상회에서 표면상의 대표 역할인 세바스찬 같은, '평생 모셔야 할 주인을 정한 인간'은 독특한 박력이 있단 말이지. 뭐라고 할까, 이렇게 주인을 위해서라면 국왕조차 가타부타 못할 정도의 기백이.

나는 진저에게 리시아를 소개했다.

"진저. 소개할게. 내 약혼자인 리시아야."

"안녕하세요. 리시아 엘프리덴이에요."

리시아가 미소를 지으며 인사하자 진저는 등줄기를 쫙 폈다.

"고, 공주님?! 이, 이런 곳에 잘 오셨습니다! 어, 그게……. 저, 저는 진저 카뮤라는 사람이고, 폐하께는 과분한 후원을 받아 이런 시설의 소장을 맡게 되어서……."

"후훗, 그렇게 긴장하지 않아도 괜찮아. 잘 부탁해, 진저."

"예, 옙!"

삐걱대면서도 리시아와 악수를 나누는 진저.

"어쩐지 나랑 처음 대면했을 때보다도 긴장한 것 같은데……."

"그건 그렇겠지요. 주인님과의 약혼이 발표될 때까지 리시아는 왕국민에게, 지금으로 말하면 로렐라이 같은 존재였으니까요. 절벽 위에 핀 꽃, 하늘나라의 존재였던 공주님이 눈앞에 있는 거예요. 긴장할 수밖에 없겠죠."

카를라가 그리 설명했기에 납득해버렸다.

왕실 인간…… 그중에서도 공주나 여왕이라면 국민의 아이돌적인 면이 있으니까 말이지. 새로운 공주의 탄생에 잔뜩 흥분한 영국 국민의 뉴스를 본 적이 있었다. 일본에서도 왕실이나 왕족 관련 뉴스는 주목도가 높았고.

그 후 카를라와 오엔의 소개를 마치고 힐데를 소개하려 하자,

"힐데 선생님이라면 알고 있어요. 여기에 다니는 아이들의 건강을 무료로 진단해 주시니까요. 정말로 항상 신세를 지고 있습니다."

그리 말하며 진저가 머리를 숙이자 힐데는 겸연쩍다는 표정을 지었다.

"흥. 꼬맹이들은 더러우니까. 어떤 질병을 가지고 있을지 모른다고."

"그러시는 것치고는 일주일에 한두 번은 얼굴을 비치시네요. 다친 아이가 있으면 치료해 주시기도 하고. 이러니저러니 해도 아이들을 좋아하시는 게 아닌가요?"

"산드리아……. 쓸데없는 소리를 하면 당신의 입을 확 꿰매 버린다?"

"어머, 실례했습니다."

새초롬한 표정으로 사죄하는 산드리아를 힐데는 짜증스레 노려보았다.

으~음……. 지금 힐데를 보고 옛날에 근처에 살던 빵집 할머니가 떠올랐다. 어린아이가 가게에 가면 "시끄러운 녀석이 왔구나." 같은 험담을 하면서도, "아주 걸신들린 꼬맹이라니까." 같은 소리를 하며 자주 팔다 남은 과자나 빵을 주셨다. 지금 생각해 보면 쑥스러움을 감추려던 거겠지. 힐데는 "흥." 코웃음을 쳤다.

"이야기가 끝날 때까지 나는 밖에서 기다리겠어."

"아이들이라면 이미 다들 돌아갔는데요."

"시끄러워, 산드리아! 누가 아이들이랑 놀고 싶다 그랬어?"

"아뇨, 그런 말씀은 없었지만요……."

"흥!"

나가면서 난폭하게 문을 닫는 힐데를 우리는 쓴웃음을 지으며 지켜봤다.

……자, 그럼. 이야기를 다시 시작하자. 나, 리시아, 진저, 산드리아는 회의용 테이블에 앉았다. 나랑 리시아가 진저와 산드리아 맞은편에 앉고 카를라와 오엔은 우리 등 뒤에 서 있었다. 그러자 리시아가 먼저 손을 들었다.

"저기, 이것저것 물어보고 싶은데……. 여기는 결국 뭘 하는 곳이야?"

"지금은 희망자를 대상으로 글을 읽고 쓰는 방법이나 계산을 가르쳐 주는 정도예요."

진저는 온화한 미소를 띠며 그리 대답했다.

"그건 학교 같은 건가?"

"예. 그것도 신분에 관계없이 누구나 배울 수 있는 학교예요."

이 나라에도 학문 기관은 이미 있었다.

리시아가 입고 있는 제복은 군사 관련을 배우는 '왕립 사관학교'의 물건이고, 그 밖에도 각종 연구자를 배출하는 '왕립 아카데미'나 마법 연구를 전문으로 하는 '마도사학교' 같은 기관도 있었다. 다만 그런 학문 기관은 대부분 귀족, 기사 계급 이상인 집안의 자녀를 위한 것으로, 일반 백성이 배우는 일반적인 학교 같은 것은 없었다.

이 훈련소는 지금 바로 그 일반적인 학교의 시범 케이스라는 뜻이다.

"그리고 이곳에서는 아이들만이 아니라 어른도 배울 수 있어요."

"어른도?"

"읽고 쓰기, 계산을 할 수 없는 어른도 많으니까요. 가난한 가정일수록 그런 경향은 강한 모양이더군요. 그런 사람들을 대상으로도 이곳에서는 배움터를 제공하고 있어요. 낮에는 아이들이 배우고 밤에는 하루 노동을 마친 어른이 와서 배우고 있죠."

"호오, 제대로 시간대를 나누고 있구나……."

"밤에 어른이 배울 수 있는 시간을 만든다는 건 폐하의 아이디어예요."

딱히 내 아이디어는 아니었다. 저쪽 세계에 있던 야간학교를 재현했을 뿐이다. 그리고 진저는 얼굴 앞에서 양손을 맞댔다.

"지금은 아직 이런 일밖에 할 수 없어요. 하지만⋯⋯이제부터 이것저것 할 수 있도록 만들어 나갈 예정이에요. 그렇지요? 폐하."

진저가 내게로 이야기를 돌렸기에 나는 힘껏 고개를 끄덕였다.

"그래. 앞으로는 좀 더 전문적인 걸 가르칠 수 있도록 만들 생각이야. 예를 들면 던전 탐색이나 호위 일을 하는 모험가를 육성거나, 토목과 건설 기술을 전수하거나, 힐데 쪽 협력을 받아서 새로운 의사를 육성하거나, 농림수산업 생산물을 개량하는 연구를 시키거나⋯⋯. 어, 그리고 요리사를 육성하는 장소도 만들고 싶네."

"무, 무척 광범위하네⋯⋯."

여기까지 말하면 알 수 있을 거라 생각하지만, 내가 만들고 싶은 직업 훈련소란 '전문학교' 혹은 '전문학과'가 모인 '대학' 같은 것이었다.

이 세계의 학문 연구에서는 '마법'과 '마물'에 관한 연구를 주로 한다.

마법은 다양한 분야에 응용할 수 있어서 과학이나 의학에도 이어져 있다.

그리고 마물 연구는 마왕령이 출현한 뒤로는 최우선적인 연구 과제가 됐다. 그 이전에는 던전에서만 출현하는 마물만이 연구 대상이었지만, 마왕령 출현 이후에는 목격되는 마물의 숫자도 종류도 차원이 다르게 늘어나서 그것들에 대한 대책을 세우기 위해서라도 연구가 시급했다. 또한 마물에게서 얻을 수 있는 소재의 연구는 기술의 발전에도 영향을 미친다.

이런 '마법'과 '마물' 연구는 주로 왕립 아카데미에서 진행된다. 그런 우선 분야의 연구 성과가 다른 학문 분야의 발전을 촉진하는 경우가 있다는 건 분명하다.

다만 이건 현대인의 감각일지도 모르겠지만, 나는 얼핏 낭비로 여겨지는 연구 가운데도 터무니없는 혁신이 숨어 있는 법이라고 생각한다. 서민가의 공장에서 남들 모르게 연구되던 기술이 우주선에 필수불가결한 부품을 만들어 내듯이.

어떤 분야일지라도 극한까지 갈고닦으면 일류. 넘버 원이 될 수 있기에 온리 원이 될 수 있다.

그러니까 이 세계의 연구에서는 외면당하는 교육, 토목, 농림수산업, 요리, 예술 등을 전문적으로 연구하고 사람들에게 가르칠 수 있는 장소를 만들고 싶었던 것이다.

그리고 이 훈련소에서 시험해 보고 성과가 기대되는 분야라면 다른 도시에 그 분야 전문의 훈련소(이건 확실히 '전문학교'겠지.)를 설립하게 된다.

그를 위해서라도 우선은 국민 전체의 교육 수준 향상이 필수이기에, 우선은 초등학교 수준의 읽고 쓰기, 계산부터 가르치는 것이었다. 나는 진저에게 물었다.

"그래서, 언제? 훈련소 상황은?"

"그게……. 12세 이하의 아이들 모임은 순조로워요. 폐하께서 제안하신 '급식 제도'가 좋았던 거겠죠. 시끄러울 때도 있지만 일단 오고, 일단 배우고, 급식은 제대로 먹고, 그리고 집에 간다는 사이클이 만들어졌어요."

"급식 제도?"

"12세 이하의 아이들은 여기에 와서 공부를 하면 밥을 무료로 먹을 수 있어. 그 사실을 널리 알리면 생활이 궁핍한 집의 아이일수록 이곳에 공부를 하러 오겠지. 노동력으로 쓰기는 힘든 아이한테 일을 시켜서 푼돈을 버는 것보다도 여기서 공부를 시키고 식비를 줄이는 편이 낫다고 생각하는 보호자도 많은 모양이야. 제대로 공부한다면 장래에 빈곤한 생활에서 벗어날 수 있을지도 모르니까."

"흐~응. 그런 제도를 잘도 생각해 냈네. 그것도 소마가 있던 세계의 방식이야?"

"응. 가난한 나라를 지원하기 위해 자주 사용된 방법이야."

리시아는 감탄한 모양이었지만 진저의 표정은 어두웠다.

"확실히 아이들 모임은 괜찮아요. 하지만 반대로, 급식 제도의 대상 밖인 어른들의 모임은 나쁘네요. 일단 일이 끝나는 저녁부터도 가르침을 받을 수 있도록 하고는 있는데……. '읽고 쓰기, 계산 따윌 못해도 이제까지 잘 살았어. 뭘 새삼스레 배울 필요가 있겠어.'라며 어울려 주질 않아요."

"……뭐, 이제까지 교육을 받지 않았다면 그렇게 생각하겠지."

교육을 받고서야 처음으로 교육의 고마움을 이해할 수 있다. 어릴 적에는 "어째서 공부하는 거야?"라고 생각하지만 어른이 되면 "좀 더 공부할 걸 그랬다."라고 생각하는 법이다. 그렇게 후회할 수 있는 것도 어릴 적에 공부를 시킨 덕분이겠지.

"뭐, 그런 부분의 계몽 활동은 우리가 할 일이겠지. 뭔가 방법을 생각해 볼게."

"부탁드립니다. 폐하."

나와 진저는 자연스럽게 악수를 나누었다. 그리고는 몇 가지 확인 사항을 처리하고, 우리는 진저와 산드리아의 배웅을 받으며 훈련소를 나섰다.

다음으로 방문한 곳은 훈련소에서 무척 가까운 장소에 있는 '킷코로 양조장'이었다.

육각형 안에 '늑대 랑(狼)' 자가 적혀 있는 것이 심벌마크인 이 양조소는 토모에 같은 요랑족이 경영하며 간장, 된장, 술, 미림 등을 생산하고 있다.

그리고 여기서도 또 다른 지인과 만나게 됐다. 부지 안으로 들어가자 이런 한겨울 추위 속에서도 반소매 복장을 입은 뚱뚱한 남성이 있었다.

"응? 폰초인가?"

"아니, 폐하! 그간 격조하셨습니까, 예."

우리의 방문을 깨닫고 폰초는 꾸벅 머리를 숙였다. 인사가 한 번뿐인 것은 조금은 익숙해졌다는 증거이려나. 예전이라면 좀 더 꾸벅꾸벅 그랬을 텐데.

"폰초는 어째서 이곳에?"

"그렇습니다! 들어주십시오, 폐하!"

폰초가 거구를 움직여 이쪽으로 척척 다가왔다.

"너무 가까워! ……갑자기 왜 그래?"

"드디어, 드디어 완성됐습니다! 폐하께서 그토록 바라셨던 '소스'가!"

소극적인 성격인 폰초치고는 드물게도 무척 흥분한 모습으로, 내 앞으로 검은 액체가 담긴 병을 내밀었다. 내가 바라던 소스? ……앗!

"설마, 드디어 그게 완성된 건가?!"

"맛을 봐 주십시오, 예."

"그래!"

나는 손등에 병 안의 검은 액체 몇 방울을 떨어뜨리고 핥아 봤다.

채소랑 과일의 풍미. 코를 지나가는 향신료의 향기. 틀림없는 소스의 향기였다. 그러면서도 평범한 우스터소스와는 달리 산미와 단맛이 강하고, 또한 맛에 깊이가 있었다.

이 소스는 틀림없이 야키소바 등에 어울리는 '분식용 소스'였다.

"소스의 맛이라…… 남자로구나."

"무슨 영문 모를 소릴 하는 거야."

리시아가 어이없다는 듯이 말했기에 정신을 차렸다.

"아니, 시행착오를 거듭하던 소스가 드디어 완성됐다고 생각하니 감개무량해서."

"그, 그렇게까지 대단한 일이야?"

"물론이지! 이게 있다면 야키소바, 오코노미야키, 몬자야키, 타코야키, 소바메시를 만들 수 있으니까. 이대로 소스로 튀김에 뿌려도 좋고."

"지금 소마가 말한 것들 대부분을 모르겠는데……."

"다음에 만들게. 남아도 아이샤가 전부 먹어 줄 테니까."

그나저나, 그렇구나……. 드디어 분식용 소스가 완성됐구나.

길었다. 이 세계에는 이미 우스터소스 같은 소스는 존재했지만, 걸죽하고 야키소바에 어울리는 소스는 없었던 것이다. 어떻게 만들 수는 없을까 시행착오를 거듭했지만, 소스에 관한 지식 같은 게 없는 나로서는 재현할 수 없었다. 그 결과, 야키소바빵보다 먼저 예의 나폴리탄빵이 만들어진 것이다. 반쯤 개발을 포기하고 있었는데, 폰초는 연구를 계속해 주었나…….

"하지만 잘도 재현해 냈네. 폰초 본인은 먹어 본 적 없잖아?"

"폐하께서 말씀하셨던 '통상적인 (우스터)소스보다 끈적끈적하면서 달고 시큼한 느낌이야.' 라는 말과, 면에 소스를 섞은 '야키소바' 라는 요리가 있다는 사실, 그리고 그 나폴리탄이라는 파스타 요리가 힌트가 됐습니다, 예."

"나폴리탄이?"

"그렇습니다, 예. 그 나폴리탄에는 폐하와 개발했던 케첩이라는 토마토소스가 사용되지 않습니까? 그 케첩이 면 요리에 맞는다는 건 알았으니, 어쩌면 그 야키소바라는 면 요리의 소스에도 케첩 같은 것이 사용되는 게 아닐까, 그런 생각이 떠올랐습니다, 예."

"……아앗!"

그런가! 이 소스의 시큼하고 달달한 맛은 채소랑 과일의 맛이었군! 즉, 분식용 소스는 끈기가 있는 우스터소스에 토마토소스 등을 가미한 물건이었다. 독학으로 거기에 다다른 폰초의 미각 센스는 역시 굉장하구나.

"그리하여 소스와 토마토소스를 섞은 것에 더욱 깊을 맛을 내고자 킷코로 양조장에서 만드는 간장과 미림을 조금씩 더해 봤습니다. 저기…… 어떠신가요?"

쭈뼛쭈뼛하며 묻는 폰초의 두 어깨에 손을 얹었다.

"폰초……. 잘해 주었다."

"예! 송구스럽습니다, 예!"

"그래서, 이 소스는 증산할 수 있나?"

"킷코로 양조장 쪽에서 맡아 주겠다는 모양입니다."

그건 훌륭하구나. 이것으로 또다시 왕국의 식문화에 새로운 한 페이지를 추가할 수 있다. 그대로 소스 담론을 꽃피우는 나와 폰초를 보고 다른 멤버…… 특히 리시아, 힐데, 카를라까지 여성진은 어이가 없다는 표정을 짓고 있었다.

"소마는 딱히 식탐이 있는 것도 아니면서 가끔씩 묘한 고집을 드러난단 말이지. 어째서일까?"

"남자란 그런 생물인 거야, 공주. 여자에게는 이해할 수 없는 것에 쓸데없이 정열을 쏟고, 그걸 힘들다고 생각하지도 않아. 희한한 생물이지."

"실감이 담겨 있군요. 힐데 경의 지인 중에 그런 분이 있나요?"

"쓸데없는 걸 묻지 말라고, 드래고뉴트 아가씨. 그 입, 확 꿰매 버린다?"

"아, 예! 아무것도 안 물었습니다. 예!"

살짝 폰초의 말투가 섞이며, 카를라는 황급히 경례했다.

뭐, 그런 느낌으로 예상 밖의 성과에 기분이 들떴지만, 슬슬 본래의 목적을 달성해야지. 폰초와 헤어진 뒤, 우리는 킷코로 양조장의 소장실에서 이곳의 소장이기도 한 요랑족 장로를 만났다.

진저 때와 똑같은 배치로 마주 보는 우리. 장로는 흰 머리, 흰 눈썹, 흰 수염까지 길고 덥수룩해서 말티즈를 연상케 했다. 뭐, 덥수룩한 털의 내용물은 영감일 테지만. 그리고 장로는 자리에 앉은 채로 깊이 머리를 숙였다.

"국왕께서는 저희 요랑족의 보호와 이곳 킷코로 양조장 건설, 그 외에도 다양하게 지원을 해 주셨기에 감사를 금할 길이 없습니다. 일족을 대표해서 감사드립니다."

"됐어. 나도 토모에한테는 신세를 지고 있으니. 게다가 벼농사와 간장, 된장, 미림, 술 등을 만드는 방법을 아는 귀공들이와 주어서 참으로 다행이었어. 맛있는 걸 먹을 수 있고 먹일 수 있으니."

"감사한 말씀이십니다. 하오면 폐하. 오늘은 어떤 용건으로 오셨습니까?"

"으음……. '밖'의 문제를 슬슬 해결할까 싶어서."

"밖, 이라면……. 난민 캠프인가요."

장로의 물음에 나는 조용히 고개를 끄덕였다.

내가 이 세계로 소환됐을 때, 이 나라는 많은 문제를 품고 있었다. 식량 문제, 국내에서 암약하는 부패 귀족, 침공을 꾀하는 이웃나라, 마왕령에 대한 대처, 제국과의 관계 등등이었다.

그러나 이제 그런 문제들은 대부분 해결됐다고 생각한다. 식량 문제는 어떻게든 극복했고 국내는 정리됐다. 외적은 물리쳤고 마왕령에 대해서는 제국과 비밀 동맹을 맺어 대처하는 체제를 만들었다. 그렇게 하나씩 해결해 나가는 가운데, 마지막까지 남아 있던 문제가 바로 이 난민 문제였다.

왕도 파르남을 둘러싼 성벽 밖에는 마왕령 출현으로 북쪽에서 흘러든 난민들의 마을이 있었다. 마을이라고 해도 텐트나 판잣집이 모여 있을 뿐이었다. 다양한 종족이 모여 있는 난민들 가운데 요랑족만은 특기를 살리는 형태로 구할 수 있었지만 그것도 난민 전체를 기준으로는 몇 퍼센트에 불과했다.

아직 많은 난민들이 그런 난민 캠프에서 생활하고 있었다.

일단 어수선한 소동 중에도 최소한의 식량 지원 등은 진행했지만, 그것도 오래할 수는 없겠지. 위생 문제도 있고, 너무 오래 지원하다가는 이 나라 백성과 알력이 발생할 수도 있을 것이다.

가능하다면 요랑족처럼 이 나라의 백성으로 살아가는 길을 선택하여 자립했으면 하지만……. 그것 또한 어려운 듯했다. 그들의 바람은 '고향으로 돌아가는' 것이었다. 이 나라의 백성이 되는 것은 고향으로의 귀환을 포기한다는 의미였다.

언젠가 마왕령의 위협을 물리치고 고향을 되찾길 바라는 그들로서는 도저히 받아들일 수 없는 일이겠지. 몇 번이나 부하를 난민 캠프로 파견해서 협의를 진행했지만 항상 결렬로 끝났다. '고향으로 돌아가고 싶다', '그때까지 이곳에서 살았으면 한다'는 그들의 마음도 알 수 있었기에 너무 강하게 주장할 수는 없었다.

……하지만 이제 남은 시간은 없었다.

"겨울의 추위는 앞으로 더더욱 심해질 거야. 저런 조잡한 텐트나 판잣집에서는, 어린아이나 고령자 같이 약한 사람들부터 얼어 죽겠지. 그런 상황이 찾아오기 전에 내가 직접 그들에게 결단을 촉구하고 싶어."

"폐하……."

"그를 위해서는 우선 장로가 난민 캠프로 사자를 보내 줬으면 해. 그리고 내가 간다는 사실도 전해 줘. 그러는 편이 혼란도 덜 하겠지."

"……알겠습니다."

그러자 장로는 자리에서 일어서더니 바닥에 무릎을 꿇고 깊이 머리를 숙였다.

"저희 요랑족은 이미 폐하 덕분에 구원받았습니다. 가능하다면…… 부디, 다른 동료들도 구해 주십시오."

"그래……. 내가 할 수 있는 일은 해 볼게."

바닥에 머리를 대며 그리 애원하는 장로에게 나는 말했다.

"확실하게 '맡겨 줘.' 라고 말하는 게 어때?"

리시아가 그리 말했지만 그건 경솔한 표현이겠지.

"설득은 해 보겠지만……. 최종적으로 결단을 내리는 건 내가 아니야. 그들 자신의 미래는 그들 자신이 결정해야지. 그 결단을 보고 나는 그들에게 어찌 대응할지 결정할 거야. 설령 그 결정이 그들에게 잔혹한 현실을 들이미는 결과가 되더라도."

"소마……."

리시아가 걱정하는 표정을 지었지만 이것만큼은 절대 피할 수 없는 일이었다. 부디……그들이 '이상' 이 아니라 '현실' 을 보고서 결단해 준다면 좋겠지만…….

왕도 파르남을 둘러싼 성벽을 빠져나가 한 블록 정도 떨어진 평원에 난민들의 캠프가 있었다. 텐트나 판잣집이 난잡하게 늘어섰고 일부에는 조잡하게나마 밭 같은 것도 만들어져 있었다. 이곳에는 대략 800명 정도의 난민이 살고 있었다. 모여든 종족도 다양해서 인간도 있고 엘프도, 수인족도, 드워프 등도 있었다. 그만큼 마왕령의 영향으로 멸망한 나라가 많고, 그 나라에서 쫓겨난 백성이 많았다는 거겠지.

그들은 이곳에 캠프를 만들고, 왕국에서 제공된 자원 물자를 함께 나누며 부족한 만큼은 수렵과 채집으로 보충하는 반쯤 원시적인 생활을 하고 있었다. 본래 수렵이나 채집을 하려면 나라의 허가가 필요하지만 선대 알베르토 왕은 이를 방임한 모양이었다. 내가 왕위를 물려받은 뒤에도 이런 방임 노선은 지속됐다. 난민 문제 말고도 과제는 산더미처럼 쌓여 있었기에 지원은 최소한으로 절제하면서 한동안 방치할 수밖에 없었던 것이다.

도저히 제대로 된 생활 상태라고는 할 수 없지만, 이래 봬도 지원을 받고는 있으니 그나마 나은 편이었다. 이 대륙에서 난민을 둘러싼 환경은 가혹했다. 난민을 방치할 수 있는 것은 우리나 제국처럼 어느 정도 국력에 여유가 있는 나라뿐이었다. 마왕령과 접하고 있는 나라에서는 난민을 억지로 징병해서 최전선으로 보내는 곳도 있다 들었고, 다른 나라에서도 난민 보호라는 명목으로 값싼 노동력으로 삼아 광산 등에서 노예처럼 혹사한다는 이야기도 들었다.

마왕령에서 멀리 떨어진 우리나라까지 난민이 흘러든 것은, 그만큼 난민들에게 편히 살 수 있는 땅이 없다는 사실을 의미하는 거겠지.

우리는 요랑족의 장로가 파견해 준 길잡이 청년을 따라서 그런 난민 캠프 안을 걸어갔다. 얼마 전까지의 빈민가 모습을 연상케 하는 풍경이었다. 사람들의 옷차림을 보는 것만으로도 위생 환경이 나쁘다는 것을 명확하게 알 수 있었다. 너덜너덜한 옷. 흙먼지로 더러워진 몸.

……그럼에도 눈빛이 죽은 사람은 없었다.

다들 한결같이 생명력으로 가득한 눈빛이었다.

"더러운 장소지만…… 신기하게도 눈빛만큼은 힘차네."

마을로 들어온 뒤로 코와 입을 천으로 덮고 있던 힐데가 그렇게 말했다. 결벽증에게는 힘겨운 광경인 듯했다. 다른 이들도 마음이 아픈 모양이었다.

"'살아남는다'는 의지만 가지고 저 멀리 북쪽에서 이곳까지 온 거야. 아마도 이곳에 있는 사람들은 우리가 생각하는 것보다도 훨씬 씩씩할 테니 말이지."

전쟁이나 천재지변처럼 손쓸 도리가 없는 불행과 맞닥뜨리고, 그럼에도 무릎을 꿇지 않은 사람들에게는 독특한 기운이 있는 법이었다. 다만 그 기운은…… 위태롭기도 했다. 함께 극복하자는 단결심이 강해지는 반면, 집단의식이 지나치게 강해져서 개인의 의식이 희박해진다.

이럴 때 이상한 지도자가 나타난다면 전체가 홀라당 그 의견에 사로잡히고 말겠지. 가령 루나리아 정교황국 관계자 따위와는 절대로 접촉하지 않았으면 좋겠다.

그렇게 생각 중인데 리시아가 물었다.

"그런데 소…… 카즈야. 지원했다고 그랬는데, 뭘 했는데?"

지금 소마라고 부를 뻔했지만, 장소가 장소이니 내 이름(뭐, 정확하게는 성씨지만)은 최대한 언급하지 않도록 부탁했다.

"그리 많지는 않지만 식량이나 장작 같은 생필품 지원이랑, 모험가 길드에 의뢰를 해서 이곳의 경비를 퀘스트로 발주한 정도일까."

"식량 지원은 알겠는데, 모험가한테 경비를 맡겼다는 건?"

"그들은 이 나라의 국민이 아니야. 그리고 본래 그들의 후원자 역할을 해야 할 '자기 나라'를 잃었지. 가령 다른 나라에서 우리 나라 민간인이 죄도 없이 살해당하고, 게다가 그 범인을 처벌하지 못했다면 나는 국왕으로서 그 나라에게 직접 불만을 이야기하고 경우에 따라서는 제재를 가할 거야. 반대 경우도 마찬가지겠지. 그러니까 국제 문제가 되는 거야. 그렇게 국제 문제가 될지도 모른다는 의식은, 자국민이 다른 나라에서 범죄와 맞닥뜨리지 않도록 하는 억지력이 돼. 하지만,"

나는 이 캠프에 사는 사람들을 둘러봤다.

"'자기 나라'를 잃은 사람들에게는 그런 억지력이 없어. '국제 문제가 되지 않는다면 괜찮다'면서 멋대로 생각하는 녀석이 나오겠지. 국제 문제가 되지 않는다고 해도 이 나라의 법으로 처벌할 수 있다는 사실에는 변함이 없지만, 그래도 죄를 저지르는 사람의 심리적인 장벽을 낮추기에는 충분할 테니까. 그러니까 내게는 그들이 빨리 이 나라에 귀속되기를 바라지만……."

그들이 우리 나라에 귀속되면 자국민으로 취급하여 보호할 수도 있다. 하지만 그것이 말처럼 간단한 일이 아니라는 사실은 충분히 알고 있다. 이 세상은 논리로 판단할 수 있는 것만 존재하는 게 아니다.

"사람의 마음과 관련된 문제는 정말로 어려워."

"그렇구나……."

그때, 마을 안에서 갑자기 비명이 들렸다. 그와 동시에 금속끼리 부딪히는 소리가 들렸다. 리시아는 미간을 찌푸렸다.

"누가 싸우는 모양이야. 그것도 여럿이서."

"가자."

내 한마디에 다들 소란스러운 방향으로 달려갔다.

소란의 중심에 도착하자, 그곳에서는 모험가 파티 같은 남녀와 이 마을 사람으로 보이는 몇 명이 용병 같은 남자들 열 명 이상을 상대로 싸우고 있었다. 모험가는 청년 검사가 하나, 격투가 같은 마초가 하나, 단검을 쓰는 도적 같은 여성이 하나, 마도사 미녀가 하나의 조합이었다. ……아니, 기억에 있는 얼굴이 많은데.

'유노네 파티, 이 퀘스트를 받아 줬구나…….'

검사 디스, 권투사 오거스, 도적 유노, 마도사 줄리아. 무사시 도련님에게 모험가 생활을 시킬 때 자주 함께 행동했던 파티 멤버였다.

"이건 대체 무슨 소란입니까!"

오엔이 근처에서 떨면서 보고 있던 남자에게 묻자,

"저, 저 남자들이 갑자기 나타나서는 여기 아이들을 잡아가려고 했어! 게다가 저 녀석들, 그걸 막으려던 어른을 칼로 베었다고! 그런 소동을 듣고 달려온 호위 모험가들과 전투가 벌어진 거야!"

떨고 있던 남자가 외쳤다. 어른이 칼에 베였다? 살펴보니 한

쪽에 몸에서 피를 흘리는 남성이, 남성 신관 페브랄에게 치료를 받고 있는 것이 보였다. 나는 재빨리 명령했다.

"카를라, 오엔, 모험가들에게 가세해 줘."

"알았어, 주인님!"

"알겠습니다!"

"힐데는 저기 있는 신관을 도와줬으면 해. 리시아는 대기야."

"……이것 참. 어쩔 수 없네."

"큭…… 알았어."

카를라와 오엔은 곧바로 달려가고 힐데도 부상자 쪽으로 향했다. 나도 여차할 때를 대비해서 인형을 준비하려다가 오늘은 인형을 가져오지 않았다는 사실을 깨달았다. 그렇지……. 성벽 밖까지 나가야 되니까 짐이 될 것 같다며 두고 온 것이었다. 나는 반쯤 장식처럼 차고 있던 검을 뽑고 자세를 잡았다.

"여차할 때, 싸울 수 있겠어?"

마찬가지로 레이피어를 뽑아든 리시아가 그리 물었다.

"……모르겠어. 최근에는 오엔한테 호되게 훈련을 받았지만, 아직 아직은 신병 티를 막 벗은 정도라고 그랬어."

"그래서는 영 의지가 안 되는데. 보아하니 숫자가 많을 뿐이지 강한 녀석은 없는 것 같지만, 아무리 그래도 신병 수준 이하는 아냐. 여차할 때는 내 뒤로 숨어."

"……한심하지만 그럴 수밖에 없나."

자신의 약함이 싫어지지만 섣불리 나서 봐야 부담만 끼칠 뿐이겠지. 다치는 것마저 간단히 허락되지 않는 입장이니까. 그

렇게 생각했지만,

"윽!"

"잠깐만?! 어째서 그런 말을 하는데도 앞으로 나가는데!"

등 뒤에서 리시아의 목소리가 들렸지만 나는 멈추지 않았다. 유노가 운 나쁘게도 내동댕이쳐진 막대기에 다리가 걸려서 넘어진 모습이 보였기 때문이었다. 닭 벼슬 같은 머리를 한 도적한 명이 유노를 덮치려 하고 있었다. 나는 달리며 떨어져 있던 널빤지조각을 주워들었다.

"엎드려! 유노!"

그리 외치고 널빤지를 남자 쪽으로 원반 장난감처럼 던졌다.

"어? 우왁."

내 외침에 유노가 머리를 숙이는 것과 동시에, 날아든 널빤지를 닭 벼슬이 칼로 베어 떨어뜨렸다. 그러나 완전한 기습이었기에 널빤지는 깔끔하게 잘리지 않고 반쯤 부서지는 모양새가 됐다. 그 탓에 흩날린 자잘한 나뭇조각이 닭 벼슬의 눈에 들어간 듯했다.

"윽…… 젠장!"

눈을 누르고 뒤로 물러나며 막무가내로 검을 휘두르는 닭 벼슬 머리. 그 틈에 나는 두 사람 사이로 끼어들었다. 이윽고 시력이 회복됐는지 닭 벼슬머리가 덮쳐들었다.

'진정해! 한 번이면 돼! 딱 한 번만 막으면 유노도 자세를 바로 잡을 수 있어! 오엔이 주입시킨 기초 동작을 떠올려!'

대상단(大上段)으로 검을 휘두르는 닭 벼슬머리. 이건 머리를 쪼개러 들어오는 거겠지.

그렇게 판단했을 때, 나는 왼발을 비스듬히 앞으로 내밀고 검을 머리 위에서 지면과 수평이 되도록 들며 날 끝을 살짝 땅으로 늘어뜨렸다. 다음 순간,

쩡!

금속이 맞부딪히는 소리가 나더니 사악, 소리를 내며 닭 벼슬 머리의 검이 내 검 위를 미끄러지듯 내 오른쪽 땅으로 흘렀다. 해냈어…… 해냈다고! 충격에 손이 저렸지만 어떻게든 '받아 흘리는' 데 성공했다!

""멍하니 있지 마!""

자세를 바로잡으려던 닭 벼슬머리의 몸통에 리시아와 유노가 동시에 검을 때려 박았고, 닭 벼슬이 주저앉았다. 상대가 더는 움직이지 않는 것을 확인하고 리시아는 내 가슴팍을 붙잡았다. 그리고 자기 얼굴 가까이까지 끌어당기고 화냈다.

"갑자기 뛰쳐나가다니 대체 무슨 생각이야!"

노발대발하는 듯하면서도, 가까이서 본 리시아의 눈에는 눈물이 맺혀 있었다.

"아, 그게……미안해……."

"뭐가 미안해! 심장이 멎는 줄 알았어! 너한테 무슨 일이 생기면…… 나는……우리는 대체 어쩌라는 거야……."

서서히 울먹이기 시작하는 리시아의 목소리를 듣고 정말로 나를 걱정해 주고 있음을 느꼈다. 기쁨과 미안함 때문에 가슴이 아팠다.

"아니, 정말로 미안해! 아는 사람이 습격을 당하려던 참이라, 무심코 몸이 움직여 버려서……."

"이봐, 당신!"

이번에는 멱살을 붙잡히는 형태로 반대 방향으로 잡아당겨졌다. 돌아보니 유노가 엄청나게 수상쩍다는 표정으로 나를 노려봤다.

"당신, 나를 유노라고 불렀지? 어떻게 내 이름을 알고 있어?"

"아니……그건 그러니까……."

"잠깐, 소……카즈야. 그 아이는 누구야?"

이번에는 리시아가 아까까지와는 다른 불쾌함을 드러내며 나를 노려봤다. 한순간 소마라고 부를 뻔했지만, 옆에 유노가 있었기에 잠행용 이름으로 바꾼 것 같았다.

응, 멋진 임기응변이라고 생각한다. ……그러니까 그렇게 노려보진 않았으면 좋겠는데.

귀여운 여자아이들에게 샌드위치처럼 껴서 사나운 시선을 받고 있다. 사람에 따라서는 부러워할 시추에이션이라고 생각할지도 모르겠지만, 애석하다고 할까 나는 이 상황을 즐길 수 있는 성벽은 지니지 않았다.

'이 상황……. 어떻게 설명해야 할까.'

그보다도 어디서부터 설명해야 할까. 차라리 내가 무사시 도련님 안의 사람(정확하게는 외부 조작이지만)이라는 사실을 밝힐까? 그러자 유노의 시선이 리시아 쪽으로 움직였다. 뭔가 신경 쓰이는 점이라도 있는지 지그시 관찰하고 있었다.

"……저기, 당신들. 어디서 만난 적이 있는 것 같은데."

"어? ……앗."

리시아가 내 팔을 꾹 잡아당기고는 작게 귓속말했다.

('이 아이, 그때 연회 자리에 있던 아이구나.')

어? 아, 그러고 보니 리시아는 유노랑 면식이 있었던가. 리시아는 유노가 누구인지 깨달았지만, 반면에 유노의 반응을 보니 이쪽은 리시아가 누구인지 모르는 것 같았다. 현재 리시아가 가볍게 변장하고 있기 때문이겠지.

유노는 허리춤에 손을 대고서 기분 나쁘다는 표정을 짓고 있었다.

"뭘 소곤소곤하는 거야? 어쩐지 수상한데."

"아니, 수상쩍다니 무슨……."

매서운 유노의 눈으로 지그시 노려보니 어쩐지 옴짝달싹할 수가 없었다. 그리고 그곳으로 도적을 섬멸한 카를라와 오엔이 돌아왔다.

"뭘 하시는 겁니까, 주인님! 스스로 앞으로 나오시다니!"

"앗핫하! 보고 있었습니다. 본인이 가르친 검 기술이 도움이 됐을 테죠."

이 분위기를 깰 찬스라는 것처럼, 나는 리시아와 유노의 샌드위치 상태에서 빠져나와 두 사람에게 달려갔다.

"어, 야! 제대로 설명해!"

유노의 불평을 흘려들으며 나는 그들에게 물었다.

"두 사람 다 수고했어. ……그래서, 이 녀석들은 대체 뭐야?"

"심문한 바에 따르면, 아무래도 노예상과 그들의 고용인라는 모양입니다."

"노예상?"

"얼마 전, 주인님은 노예상을 공무원으로 만드셨죠. 그 자격 심사도 엄격했다고 들었어요. 그래서 다른 나라에서 온 노예상은 이 나라를 떠나고, 또한 자격 심사에서 떨어진 우리나라의 노예상도 다른 나라로 탈출했죠. 그들은 그 자격 심사에 떨어진 노예상 일당인 모양입니다."

카를라가 그리 설명했다. 나는 전날 노예상을 공무원으로 만들었다. 아직 노예 제도 자체는 없애지 못하더라도 그것을 유명무실하게 만들고자, '물건' 으로 취급되던 노예를 우선은 '노동자' ―― 즉 '인간' 으로 바꾸고 싶었기 때문이다. 그를 위해서 노예상의 자격 심사에서는 노예를 물건으로 취급하고 학대할 법한 업자는 추려내고자 했다.

"하지만 어째서 그런 녀석들이 난민을 습격했지?"

"다른 나라로 탈출할 때 자금으로 삼고자 비싸게 팔 수 있을 법한 여자나 아이를 잡아가려고 한 것 같아요. 난민은 이 나라의 백성이 아니니까 조정에서도 적극적으로 움직이지는 않을 거라고 생각한 모양이에요."

"그럴 리가 있나!"

"저, 저한테 그러셔도 곤란한데요."

카를라가 곤혹스럽다는 표정으로 말했기에 정신을 차렸다. 확실히 카를라한테 할 말이 아니었다.

"……흥분해서 미안해."

"아뇨……."

"카를라. 미안하지만 성으로 날아가서 하쿠야한테 지금 여기서 벌어진 일을 전해 주지 않겠어? 그 녀석이라면 곧바로 각지로 통보를 날리는 등의 수단을 강구해 줄 테지."

"예. 알겠습니다."

그리 말하자마자 카를라는 등의 날개를 크게 펴고 날아오르더니 성 쪽으로 쌩하니 날아갔다. 그 순간 가터벨트가 보였기에 나는 얼른 시선을 피했다. 아니, 중요한 부분은 안 보였으니까. 그러니까 리시아, 제발 그런 눈으로 보지 마.

카를라가 날아가고, 거의 동시에 힐데가 돌아왔다.

"다친 사람 치료는 끝났어. 상처는 작지 않았지만 그 신관의 처치가 빨랐던 덕분이겠지. 목숨에 별다른 지장은 없어. 상처도 이미 마법으로 막아 놨고."

"그런가…… 다행이다……."

"그런데 어떻게 하지? 사람들이 모여드는 것 같은데."

주위를 둘러보니 소란을 들었는지 난민들이 모이기 시작했다. 잠행 중인 터라 여기서 눈에 띄는 건 피하고 싶은 참이었다. 나는 오엔과 리시아를 불러들였다.

"이 녀석들을 넘기는 건 모험가들에게 맡기자. 우리는 이대로 예정대로 이 마을의 수장을 만나러 간다."

"알겠습니다."

"유노 씨 쪽은 괜찮겠어?"

"이 상황을 제대로 설명할 수 있을 것 같지가 않아. 게다가 무사시 도련님의 내용물이 이 나라의 국왕이었다는 사실이 알려지는 것도 그다지 좋은 일은 아닐 테고."

"확실히 국왕이 인형놀이를 한다고 알려진다면 위엄도 뭣도 없겠지."

리시아가 납득한 듯 고개를 끄덕였다. 그리고 우리는 총총히 그 자리를 뒤로했다.

"어, 얌마! 기다려!"

그것을 알아차린 유노가 소리쳤지만, 기다릴까 보냐!

*잘 있어, 톳짱. 뭐, 도둑은 내가 아니지만.

소동 뒤처리를 유노네 파티한테 맡기고, 우리는 이 난민 마을의 수장과 만난다는 당초의 목적을 이루고자 마을 안으로 걸음을 옮겼다. 그리고 선도 역할인 청년을 따라가길 잠시, 이윽고 나타난 몽골의 게르 같은 커다란 텐트로 안내받았다.

텐트 안으로 들어가니 덩치 큰 인간족 남자가 한 명이, 책상다리를 한 상태로 양손을 바닥에 대고서 머리를 숙이고 있었다. 시대극 같은 데서 가신이 주군을 대할 때 자주 보는 포즈였다.

서른 정도로 보이는 그 덩치 큰 남자의 옷차림은 한마디로 표현한다면 아메리카 원주민 같은 느낌의 치장이었다. 볕에 그을린 늠름한 체격에, 날씨가 상당히 추운데도 소매 없는 가죽옷을

---

* 잘 있어, 톳짱 : 몽키 펀치의 만화 '루팡 3세' 시리즈에서 주인공 루팡 3세가 제니가타 경부에게 하는 말.

입고 있었다. 얼굴에는 주술 같은 페인팅이 장식되어 있었다.

그의 뒤에는 비슷한 복장을 한 소녀가 같은 자세로 앉아 있었다.

나이는 리시아나 로로아와 별 차이가 없는 정도겠지. 연한 갈색 머리, 세련되지 않고 소박한 느낌인 귀여운 여자아이였다. 두 사람의 생김새는 어쩐지 비슷한 느낌이라, 어쩌면 남매일지도 모르겠다.

"잘 오셨습니다. 프리도니아 대왕님."

"……그 대왕이라는 호칭은 그만두지 않겠나. 별로 안 좋아하거든."

나는 덩치 큰 남자 맞은편에 앉듯이 자리를 잡았다.

의자가 아니라 깔린 카펫 위에 직접 앉았다. 일본인에게는 익숙한 느낌이었다. 감촉을 보면 카펫 밑에는 판자가 깔려 있겠지. 땅에 직접 깔아 놓지는 않은 듯했다. 리시아는 내 옆에 앉고 오엔, 힐데, 그리고 성에서 돌아온 카를라는 우리 뒤에 앉았다.

덩치 큰 남자는 "그렇습니까……."라며 생각에 잠긴 표정을 지었다.

"그럼 어찌 부르면 좋겠습니까?"

"왕이든 폐하든 멋대로 불러 줘."

"알겠습니다, 소마 왕. 저는 지르코마. 이 난민 마을의 수장을 맡고 있습니다. 조금 전에는 이곳 사람을 구해 주셨다고 들었는데, 진심으로 감사드립니다."

그리 말하며 지르코마는 깊숙이 머리를 숙였다.

"이 나라에서 왕을 맡고 있는 소마 카즈야다. 그리고 이곳 사람을 도운 건 파견했던 경비 모험가들이야. 감사라면 그들에게 해."

"아뇨, 그 모험가가 파견된 것 역시도 소마 왕의 지원에 따른 바. 물자 지원도 포함해서, 모두 감사드립니다."

"그 감사의 말은 받아들이지. ……하지만 오늘, 내가 이곳에 이유가 그 말을 들으러 온 게 아니라는 점은 알고 있겠지?"

"…………."

내 말에 지르코마의 표정이 굳어졌다. 내가 이곳에 온 의미를 지르코마도 알고 있을 터. 여하튼 지금까지 이쪽에서 파견한 사자와 수도 없이 '이 안건'에 관해 회담을 되풀이했을 테니까.

"나는 결단을 촉구하러 왔어. 사자에게 '권고'는 들었을 테지? 내가 직접 나온 이상, 오늘이야말로 결단을 내려야만 해. 너희는 어느 쪽을 선택하겠어?"

"큭! 그건."

"물러나, 코마인."

"하지만, 오라버니!"

일어서려던 소녀를 지르코마가 손으로 제지했다. 이 아이는 코마인이라고 하나. 예상대로 두 사람은 남매였나 보다. 지르코마는 코마인에게 일갈했다.

"우리 말은 이 마을 사람들의 미래를 결정한다. 섣부른 생각은 허락되지 않아."

"……알았어요."

코마인은 들썩이던 몸을 다시 내려놓았다. 한순간 뒤쪽의 오엔과 카를라도 자세를 취하려고 한 모양이었지만, 코마인이 창을 거두자 그쪽도 다시 침착해진 듯했다. 이 자리의 분위기가 무거워졌다. 그런 분위기를 걱정했는지 리시아가 입을 열었다.

"소마, 상황을 설명해 줬으면 좋겠는데……."

"그러네……. 이제 그만 이곳의 난민 문제를 해결하고 싶거든. 지금 이대로는 우리나라에게도, 이곳에 있는 사람들에게도 결코 좋은 상황이 아니니까. 그러니까 나는 난민들에게 어떤 결단을 강요했어."

"결단?"

나는 무겁게 고개를 끄덕이고는 단호하게 잘라 말했다.

"향수를 버리고 이 나라의 백성이 되느냐, 아니면 이 나라를 떠나느냐."

마왕령 출현으로 고향에서 쫓겨난 난민들.

그들의 진정한 바람은 고향으로 귀환하여 원래 생활로 돌아가는 거겠지.

하지만 현재는 상황이 어떻게 될지 전혀 알 수가 없다. 일찍이 진행된 대규모 마왕령 침공 작전은 실패로 끝나 인류 측에는 마왕령에 대한 공포심만이 남았다. 인류 측 제일의 대국인 그란케이오스 제국마저도 재침공에는 소극적이고, 각국은 마왕령이 이 이상 확대되지 않도록 막는 것에만 주력하는 상황이었다.

혹시 앞으로 이 상황이 호전된다고 해도, 그것은 오늘내일 일이 아니겠지. 수 개월 뒤에도 무리다. 수 년 뒤에도 힘겹다.

그렇다면 그동안에 난민들은 어찌 하나? 고향으로의 귀환을 바라며 어느 나라에도 속하지 않은 자로서 이국에 계속 머무를 것인가?

······그건 안 된다. 그런 일그러진 상황은 틀림없이 훗날의 화근이 된다.

"선대 국왕은 당신들의 체류를 묵인하는 자세를 취했어. 나도 산적한 다른 문제에 매진하려고 오늘까지 그 노선을 계승했지. 조금이나마 지원도 했어."

"············."

"하지만 다른 문제가 해결되고 있는 이상, 이제는 이 문제도 해결에 나서야만 해. 우리로서도 언제까지고 지원을 계속할 수는 없고, 이곳에 불법적으로 머무르는 것도 곤란해. 이제까지는 묵인했지만 허가도 없이 수렵이나 채집 행위를 하는 것도 본래는 법을 어긴 행위야. 그런 불법 행위를 계속 허락하다가는 틀림없이 국민들의 분노를 사겠지."

왜냐면 그들은 이 나라의 백성이 아니니까.

지금은 아직 마왕령 출현으로 나라를 잃은 그들을 동정하는 분위기가 있었다.

하지만 분위기는 분위기. 언제 흐름이 바뀔지 모른다.

그들이 언제 귀환할지는 알 수 없다. 언제까지고 이 나라의 백성도 아닌 이들을 지원하고 불법 행위를 계속 묵인한다면, 머지 않아 국민들 사이에서 불만이 분출될 터. 최악의 경우, 국민과 난민 사이에 충돌마저 발생할지도 모른다.

"그러니까 나는 이곳에 있는 사람들에게 결단을 촉구했어. 고향으로 귀환을 포기하고 이 나라의 백성으로 살겠느냐, 아니면 귀환을 포기하지 않고 어디까지나 다른 나라의 사람으로서 이 나라를 떠나겠느냐. 오늘은 그걸 결정해 줬으면 해서 왔어."

"소마. 하지만, 그건……."

리시아가 가슴 아프다는 표정을 지었지만 나는 조용히 고개를 가로저었다.

"잔혹하다고 생각할지도 몰라. 하지만 필요한 일이야."

내가 있던 세계에서는 국가를 거대한 괴물로 비유하고 국민은 괴물을 덮는 무수한 비늘이라고 표현한 책이 있었다. 그 책의 권두 삽화에 그려져 있던 괴물의 모습은 산보다도 커다란 사람으로 묘사되어 있었다.

"나라란…… 결국 커다란 사람 같은 존재야. 그리고 사람은 다른 사람을 비추는 거울이지. 자신을 사랑해 주는 사람이라면 그 사람을 사랑할 수 있고 무슨 일이 있어도 지키겠노라 마음먹을 수 있어. 반대로 자신에게 무관심한 사람을 상대로는 본인도 무관심해지고, 성인군자라도 아닌 한 자신을 싫어하는 인간을 사랑할 수 없어."

"나라도 마찬가지다…… 라는 말이로군요."

지르코마는 무겁게 말했다. 나는 고개를 끄덕였다.

이대로는 국민들 사이에서 불만이 나올 것은 훤히 보였다.

그렇기에 동정적인 분위기가 있는 지금, 동화를 진행하고 싶었던 것이다. 이 나라는 다종족 국가다. 단일종족 우위인 나라와 비교하면 받아들여질 토양이 있었다. 그러나 그것은 다종족 국가의 일원이 된다는 것을 난민 측이 받아들일 수 있느냐에 달려 있었다. 인류 선언의 결함을 지적했을 때도 이야기했지만, 지나치게 강한 민족주의는 내란의 근원이 된다.

"혹시 지르코마 경과 난민들이 어디까지고 자신들의 고향으로 귀환하는 것에 집착해서 이 나라에 귀속 의식을 가지지 않는다면, 나는…… 당신들을 추방해야만 해."

내 말에 지르코마는 이를 악물었다.

"……저희는 그저 고향으로 돌아가고 싶은 것뿐입니다."

"그 마음은 알아. 그 마음을 개인의 가슴속에 품을 뿐이라면 상관없고, 오히려 사태가 호전되어 귀환할 수 있는 상황이 된다면 귀환해도 괜찮아. ……하지만 적어도 이 나라에 있는 동안은, 이 나라의 일원으로서 이 나라에 귀속 의식을 가졌으면 해. 그럴 수 없다면 이 나라에 둘 수는 없어."

"…………."

말을 잃은 지르코마. 그러자 묵묵히 듣고 있던 코마인이 벌떡 일어섰다.

"당신이…… 대체 뭘 안다는 건가요……."

"그만해, 코마인!"

"아뇨, 오라버니. 말하게 해주세요! 당신은 이 나라의 왕이잖아요! 제대로 나라를 가지고 있잖아! 나라를 잃은 사람의 슬픔

을 당신이,

"알다마다!"

코마인이 격앙하여 소리쳤지만 나는 그녀의 눈을 똑바로 보고 말했다.

"너도 들었을 테지? 나는 이곳과는 다른 세계에서 소환된 인간이야. 그것도 완전히 편도로 말이지. 조금이라도 희망이 있는 너희와는 달리 내게는 돌아갈 길마저 없어. 그러니까 고향을 잃은 너희의 슬픔도 알아."

"윽⋯⋯."

코마인은 말문이 막혔다. 동시에 리시아가 고개를 숙였다.

성실한 리시아는 자신의 아버지가, 제국의 요청을 받았다고는 해도 나를 고향에서 떼어놓고 말았다는 사실에 죄책감을 품고 있을 테지.

"향수라는 건⋯⋯ 지우기 어려워. 태어난 고향이라는 건 누구에게나 특별한 장소야. 당연했던 것이 사라지고 나서야 처음으로 그 당연했던 것의 소중함을 깨닫게 되지. 자주 있는 이야기라며 말로 하는 건 간단하겠지만, 그리 간단히 딱 잘라서 결론지을 수 있는 게 아냐."

"소마⋯⋯."

슬프다는 듯 말하는 리시아의 손에 살며시 내 손을 겹쳤다. 리시아가 놀라서 눈을 크게 떴다. 나는 그런 리시아를 안심시키듯 작게 미소 지었다.

"하지만⋯⋯. 내게는 리시아가, 그리고 다른 이들이 있었어.

곁에서 나를 지탱해 주는 사람들이 있었어. 나를 생각해 주는 사람들이 있었어. 그 마음에 응하고자 나도 이 나라를 위해서 앞뒤 가리지 않고 일했어. 그러는 사이에 어느샌가 이 나라를 내 나라라고 생각하게 됐지. 이 나라를 잃는다면 아마도 고향을 잃은 것과 똑같을 만큼 슬퍼할 거라고 생각할 정도로."

결국 고향이란 '인연'이었다.

풍토와 그곳에 사는 사람과의 인연. 그것을 잃은 구멍을 메울 수 있는 것, 그것은 또 다른 '인연' 뿐이겠지. 코마인은 힘없이 주저앉아 고개를 숙였다. 곧바로 받아들일 수도 없겠지. 하지만 멈춰 있기만 해서는 앞으로 나아가지 못한다.

"그러니까 나는 리시아, 그리고 다른 이들이 내게 해 준 걸 당신들에게도 해 주고 싶어. 당신들이 이 나라를 사랑하고 이 나라의 일원이 된다면, 나라는 당신들을 받아들일 수 있어."

"구체적으로…… 저희를 어떻게 받아들이시려고?"

지르코마의 눈빛이 내 진의를 파헤치려는 듯 한층 매서워졌다.

"받아들인다 해 주시는 귀공께 이런 걸 묻는 것은 더없이 무례한 일임은 자각하고 있습니다. 그러나 저희는 이 땅에 올 때까지 괴로운 현실을 보고 들었습니다. 난민을 받아들이겠다고 하면서 값싼 노동력으로 광산 같은 가혹한 현장에서 혹사시키는 나라, 마왕령을 상대할 병사로 삼아 전선으로 내모는 나라 등 그들의 대응은 가지각색이었죠."

"그런 모양이더군……. 어리석은 방법이라는 생각밖에 안 들지만."

"어리석은 방법, 입니까?"

"그래. 우선 가장 어리석은 방법은 전선으로 보내는 거야. 국방은 국가의 근간이지. 그걸 다른 나라 사람에게 맡기면, 이윽고 중대한 국가적 위기에 직면하게 될 거야."

지구의 역사에서도 그런 사례는 많았다. 예를 들자면 서로마 제국이 민족 이동으로 침입하는 게르만 민족의 상대를 평화롭게 자국으로 이주한 게르만 민족에게 맡기다시피 하여 게르만 용병을 군의 주력으로 삼았다. 그 결과, 게르만 군대를 양성해 게르만 용병대장 오도아케르에게 멸망당했다. 그리고 당나라에서는 소그드 민족과 돌궐족의 혼혈아 안록산에게 권력을 주었기에 그가 반란을 일으켰고, 나라의 명맥이 줄어들고 말았다.

"그리고 노예처럼 취급하는 것도 똑같이 어리석은 방법이야. 그런 건 난민들의 반감을 살 뿐이지. 원망을 품은 난민들이 반란이나 테러를 계획한다면? 국내에 재앙의 씨앗을 키울 뿐이야."

"그렇다면…… 그란 케이오스 제국의 방침은 어떻습니까?"

지르코마는 내 눈을 똑바로 바라보며 물었다. 나는 머리를 긁적였다.

"……마리아 폐하다운 방침을 세웠지."

제국에도 난민이 상당수 유입됐다. 제국은 그런 난민들에게 국내의 미개척지를 제공, 개척한다면 그곳을 난민들의 임시 거주지로 인정한다는 방침을 취한 듯했다. 즉, 난민촌을 만들고 자신들이 스스로 관리하도록 만든 것이었다. 자급자족할 수 있다면 제국의 재정에 영향도 없고, 혹시 나중에 그들이 북쪽으로 귀환할 경우에는 개척된 토지가 통째로 남는다. 어찌 되든 제국에 손해는 없다.

……뭐, 마리아는 그런 식으로 주위를 설득했을 테지.

성녀라고 불릴 만큼 다정한 사람이니, 본심은 아마도 난민을 가엾게 여겼기 때문일 것이다. 자급자족하도록 시켜 고향에 대한 그리움을 버리지 않고서도 제국에 머무를 수 있도록 고려했을 터. 혹시 귀환할 수 없다고 해도 영지가 제국 안에 있는 이상 자연스럽게 제국민과 동화될 거라는 생각일 것이다.

내가 지금 하려는 일처럼 난민들에게 고향에 대한 그리움을 버리게 만들어 억지로 자국에 동화시키려는 것과는 정반대의 행위였다. 하지만…….

"미안하지만……. 우리 왕국은 그런 방침을 취할 수 없어."

"어째서입니까?"

"위험하거든."

미개척지를 개척하여 자급자족하게 만들면, 확실히 제국의 재정에 영향은 없다. 제국의 권세가 쇠하지 않는 동안에는 난민들도 제국을 따르고 은혜도 느끼겠지. 그 상황이 백 년은 이어진다면, 제국 안의 민족과 동화되는 것도 기대할 수 있다.

……하지만 시대의 조류는 언제 돌변할지 모른다.

오늘의 권세를 내일에는 잃게 될지도 모르는 것이 이 세상이다. 혹시 만에 하나, 제국의 권위가 약해질 법한 사태가 일어난다면 난민들은 어찌 움직일까?

"자신들이 피땀 흘려 개척한 땅이야. 그렇다면 자신들의 땅이라고 생각하지 않을까? 고향으로 귀환하기를 바라는 세대라면 그나마 괜찮아. 개척한 땅보다도 고향에 대한 그리움이 강할 테니까. 하지만 다음 세대는 어떨까? 그 땅에서 태어나서 고향을 모르는 세대는, 선조가 피땀 흘려 개척한 그 땅이 그저 제국에게 빌린 것일 뿐이라는 사실을 받아들일 수 있을까? 자신들의 땅이라고 생각하지는 않을까?"

지구의 역사를 예로 들자면, 세르비아인의 사례가 있다.

오스만 제국에 세르비아 왕국이 멸망당했을 때, 많은 세르비아인이 합스부르크 제국(오스트리아–헝가리 제국)으로 도망쳤다. 합스부르크 제국은 세르비아인을 적극적으로 받아들여, 그들에게 오스만 제국의 전선에 가까운 땅을 개척하게 만들고 그 전선을 지키는 주둔병으로 삼았다. 세르비아인은 국경 근방을 개척하며 오스만 제국과 싸웠다. 그런 가혹한 환경은 세르비아인들에게 강렬한 자치의식을 낳고 민족주의를 기르는 토양이 됐다.

이윽고 '대(大)세르비아주의'라는 민족주의가 대두하고 제1차 세계대전의 방아쇠가 되는 사라예보 사건을 일으켜, 결과적으로 합스부르크 제국을 붕괴시켰다. 또한 세르비아인의 세르비아인 중심 민족주의 정책은 다른 민족의 민족주의를 부채질, 특히 크로아티아 민족주의와 세르비아 사이에서는 학살하고 학살당하는 처참한 분쟁이 벌어졌다.

난민은 비록 여러 종족이 섞여 있지만 고락을 함께한 공동체 의식이 태어날 것이다. 그 공동체 의식은 난민과 그 밖의 다른 사람을 구분하는 민족주의적인 측면을 지니겠지.

그란 케이오스 제국은 그런 처참한 사태를 일으킬지도 모를 불씨를 자신들 안으로 거두어들인 것이었다. 지르코마는 미간을 찌푸렸다.

"폐하께서는, 제국의 방침이 잘못됐다고 생각하시는 겁니까?"

"아니……. 그렇게까지 말할 생각은 없어. 이건 사고 방식의 차이야. 마리아 폐하는 최선을 믿어 그 방침을 선택했고, 나는 최악을 두려워하여 그 방침을 선택하지 않았다. 그것뿐이야."

인류 선언 같은 경우를 보고도 생각했는데, 제국은 위험 부담이 커도 이득이 큰 정책을 선택하는 경향이 있는 듯했다. 반면에 우리 왕국은 이득보다도 위험 부담을 억제하는 정책을 선택하고 있다. 어느 쪽이 낫고 나쁘고 하는 게 아니다.

이런 종류의 사안은, 어느 쪽이 시대에 적합했는지 훗날에 알게 된다.

"그렇다면 폐하, 당신은 저희를 어찌 대우하실 생각이십니까? 고향으로 귀환하는 것을 포기하고 이 나라의 백성이 되어라, 그러지 않는다면 나가라, 개척은 시키지 않는다, 병사나 노예로 만들지도 않는다……. 당신은 대체 저희를 어쩌시겠다는 겁니까!"

지르코마가 처음으로 거칠게 말했다. 그의 분노한 모습에 곁에 있던 코마인마저 몸을 움찔 떨었다. 지르코마는 이곳에 있는 난민들의 명운을 짊어지고 있었다. 이 박력은 짊어진 것의 무게에서 온 거겠지. 하지만 무거운 것이라면 나도 짊어지고 있다.

"……오엔."

"예."

"그 물건을."

"알겠습니다."

나는 오엔에게 긴 통을 가져오도록 명령했다.

졸업증 같은 걸 넣을 법한 통을 두 배 정도 두껍게, 다섯 배 이상 길게 만든 것처럼 생긴 그 통 안에는 커다란 종이가 원통 모양으로 말려서 들어 있었다. 그 종이를 모두의 앞에 펼쳤다. 그 종이에 그려진 것을 보고 지르코마는 눈을 크게 떴다.

"이건……도시입니까?"

"그래. 이번에 완성되는 해안 신도시야. 이름은 '베네티노바' 라고 하지."

내가 보여준 것은 물류의 흐름을 가속시키기 위해서 교통, 교역의 요충지로 건설한 신도시 '베네티노바' 의 도면이었다.

"내가 이 세계에 와서 교통망을 정비하는 것과 동시에 이 신도시 건설을 개시했는데, 얼마 전에 간신히 사람이 살 수 있을 정도는 갖추어졌어. 그래봐야 아직 주거 지구랑 상업 지구를 만들고 교역항을 정비한 정도지만. 앞으로 다양한 시설을 증설해서 문화의 최첨단이 될 만한 도시로 발전시킬 예정이야. 그리고 조만간 주민을 모집할 텐데……."

나는 지르코마와 코마인의 얼굴을 보며 말했다.

"나는 난민들을 그 주민들 안에 포함시킬 생각이야."

"!"

내 말에 지르코마와 코마인은 숨을 삼켰다.

"고향 귀환을 포기하고 이 나라의 백성이 되겠다면 거처를 마련해 주겠어. 신도시니까 일거리도 많아. 운반업 같은 육체노동부터 상점 종업원까지 말이야. 한동안은 지원도 계속하지. 파르남에서 양조장을 운영하는 요랑족처럼 이 나라의 백성이 되어 성실하게 일하는 한, 우리에게는 굶주리거나 추위에 떨지 않을 환경을 제공할 용의가 있어."

"그건……."

지르코마와 코마인의 표정이 흔들리고 있었다.

……스스로 이런 말을 하는 것도 뭣하지만, 지금 나는 그들의 눈에는 어찌 보일까. 힘겨울 때 손을 내미는 구세주인가…… 아니면 감언으로 꼬드기는 악마인가.

그리고 지르코마와 코마인은 거의 동시에 입을 열었다.

"그런 멋진 이야기가 있는 겁니까?!"

"그런 지독한 이야기가 어디 있어!"

지르코마와 코마인은 서로 얼굴을 마주 봤다. 말이 겹쳤음에도 불구하고 평가는 정반대였다는 사실에 당사자들이 가장 놀란 모양이었다.

"무, 무슨 말인가요, 오라버니! 이래서는 '맛있는 먹이를 줄 테니까 꼬리를 흔들어라.'라는 말이나 마찬가지예요!"

"코마인. 폐하께서는 우리에게 생활 기반을 주시겠다는 거야. 그란 케이오스 제국처럼 개척할 필요도 없이."

"그렇다고 고향으로 귀환하는 걸 포기하다니! 오라버니는 분하지도 않나요!"

"그 분노를 버리기만 하면 굶주리거나 추위에 떨지 않고 지낼 수 있게 해 주겠노라 말씀하시는 거야. 난민들에게 그게 얼마나 고마운 일인지 모르겠느냐."

남매 사이에 평가가 딱 둘로 나뉘었다. ……그런 거겠지.

"두 사람의 의견이 다른 것도 무리는 아니야. 나도 이 제안은 달콤한 일면과 가혹한 다른 일면이 있다고 생각해. 같은 걸 보고 반드시 똑같이 느끼라는 법은 없겠지. 이걸 후하게 느낄지 가혹하게 느낄지는, 그 사람의 견해와 사고 방식에 따라 달라."

""………….""

나는 후우, 숨을 내쉬고는 그 도면 위에 손을 얹었다.

"이게 지금 내가 할 수 있는 최선이야. 남은 건 우리의 손을 잡아 주길 기대하는 수밖에 없어. 지금부터는 당신들의 결단에 달렸지."

내가 그렇게 말하자 지르코마와 코마인은 고뇌에 찬 신음을 흘렸다.

"……이 마을 안에는 어디까지고 고향으로 귀환하기를 고집하는 사람도 있습니다."

"그건…… 여동생처럼 말인가?"

"아뇨! 코마인은 이래 봬도 생각은 유연합니다! 아까처럼 반응한 이유는 이 마을에 사는 고향을 그리워하며 포기하지 못하는 사람들의 마음을 대변한 것에 불과합니다!"

"오, 오라버니."

"사실이잖아. 아까 너무하다고 그런 것도, 그런 사람들의 기분을 생각한 거겠지. 너는…… 누군가의 아픔을 이해하는 아이니까."

"으웃……."

코마인은 입을 다물었다. 정답이었던 걸까?

그리고 지르코마는 자세를 바로하고 깊숙이 머리를 숙였다.

"폐하의 '온정', 황송합니다. 이 일은 저 혼자서 결정할 수 있는 일이 아니기에, 마을 사람들을 모아서 이야기하고자 합니다."

"……나는 결단을 촉구하러 왔다고 했을 텐데?"

"알고 있습니다. 하오나 되도록 많은 사람들이 폐하께서 건네주신 손길을 붙잡도록 설득하고 싶습니다. 그것으로 설령…… 난민이 갈라서게 될지라도."

"………….."

난민이 갈라선다. 즉, 받아들이지 못하는 사람들을 쫓아내게 되더라도…… 말인가.

……지금은 여기까진가. 너무 재촉해 봐야 좋은 결과가 오지는 않겠지.

"하지만 시간은 별로 없어. 주민 모집은 미룰 수 있을지라도 '계절'을 미룰 수는 없으니까. 이미 겨울이 가까워졌어."

채비를 게을리하면 얼어 죽는 사람이 나오는 계절이다. 그것도 어린아이나 노인처럼 면역력이 떨어지는 사람이 가장 먼저 죽는다. 가능하다면 겨울이 깊어지기 전, 이주가 가능한 시기까지는 이 방법을 선택하겠노라 결단을 내리면 좋을 텐데. 지르코마는 또다시 깊숙이 머리를 숙였다.

"예! 아주 잘 알고 있습니다."

"……그렇다면 됐다."

뒷일은 이제 그들에게 달렸다. 어떤 결단을 내리든 나는 그에 맞춘 태도로 임해야만 한다. 가능하다면 냉혹한 면을 드러내지 않고 마칠 수 있다면 좋겠는데……

어쨌든 오늘 회담은 여기까지, 그런 분위기가 흘렀을 때였다.

하얀 외투를 입은 남자 하나가 불쑥 텐트 안으로 들어왔다.

나이는 20대 중후반 정도이고 눈매가 날카로운 인간족 남자였다. 특징적인 것은 덥수룩한 머리카락으로, 아직 젊은 터임에도 뿌리부분까지 새하얗게 변한 상태였다.

"여기에 힐데가 있다고 들었다."

들어오자마자 그런 소리를 꺼내는 이 남자를 향해, 카를라나 오엔은 경계심을 품으며 칼자루에 손을 댔다. 그러나 남자는 그런 둘은 개의치 않고 힐데를 발견하자마자 척척 다가왔다. 힐데도 일어서서 그 남자를 정면으로 노려봤다.

"브래드! 당신, 잘도 나한테 강의를 떠넘겼겠다!"

이 백발 남자의 이름은 브래드 조커.

힐데와 함께 이 나라의 의료 개혁을 도맡은 또 하나의 '의사'였다. 브래드는 힐데의 불평 따윈 개의치 않고 갑자기 그녀의 팔을 덥석 붙잡았다.

"잠깐, 뭘 하는 거야?! 여성을 이렇게 취급하면 안 되지."

"불평이라면 나중에 얼마든지 들어주지. 미안하지만…… 힘을 빌려줘."

"……무슨 일 있었나?"

브래드의 진지한 눈빛에서 무언가를 헤아렸는지 힐데는 마찬가지로 진지한 표정을 지으며 물었다. 브래드는 붙잡았던 손을 놓더니 조용히 고개를 끄덕였다.

"그래. 위급한 환자다."

브래드 조커는 '반역의 의사'였다.

의료 행위에 종사하는 사람이 광 속성 마법(신체 조직의 활성화를 통한 회복 마법)을 사용할 수 있는 자로 한정되는 이 대륙에서, 마법에 의지하지 않고 진찰과 수술 실력으로 난치병을 치료하려고 하는, 이 나라에서는 유일한 '외과 의사'였다.

'신에게 매달리지 않더라도 사람은 사람의 힘으로 사람을 치료할 수 있다.'

그것이 브래드의 지론이었다. 이 대륙에서는 '광 속성 마법은 신의 은총'이라는 사고 방식이 있고, 특히 루나리아 정교 같은 곳에서는 신성시되기에 상당히 위험한 사상이었다. 브래드는 각국의 전장을 돌아다니며 신원 불명인 전사자의 시신을 인수하고 해부하여 다양한 종족의 신체 구조를 조사, 마취와 수술을 구사하는 독자적인 외과 의료를 확립했다. 또한 삼안족의 지식도 편견을 지니지 않고 흡수하여 미생물의 존재나 항생물질의 효과도 숙지, 그 기술을 받아들였다.

그의 실력은 '신의(신을 싫어하는 브레드에게는 그저 야유일 뿐이겠지만)' 라고 불러도 부족함이 없는 수준이었다. 특히 기존의 광 속성 마법으로는 치료할 수 없었던 악성 종양 등을 외과 수술로 제거할 수 있게 된 것은 의미가 컸다.

'빛만이 사람을 치유하는 게 아니다. 어둠 역시도 사람을 위로한다.'

……이런 식으로 말하면 중2병 같지만 그 생각 자체에는 공감할 수 있었기에 협력을 요청했는데, 그것도 만만찮았다. 왜냐하면,

'나는 의료를 받을 수 없는 가난한 사람이나 광 속성 마도사가 없는 벽지의 사람들을 구하려고 이 힘(외과 의료)을 바한 것이다. 돈이나 권력 따위에 흥미는 없다.'

……라고 했거든. 그럼 어떻게 협력을 얻어냈느냐. '돈' 도 '권력' 도 아닌 '물건' 으로 낚…… 어흠, 거래한 것이다.

구체적으로 말하면 왕국민이 누구라도 의료를 쉽게 받을 수 있도록 내가 있던 세계의 국민건강보험 제도를 만들겠다는 것과, 이 나라 최고의 대장장이에게 메스나 접합용 바늘 같은 의료용 도구 일체를 만들도록 지시하겠노라 약속한 것이었다. 그리고 부하로 삼는 것이 아니라 협력자라는 체제를 갖추고서야 간신히 협력을 받을 수 있었던 것이다.

지금은 힐데와 함께 이 나라의 의료 체제를 견인하는 역할이 됐다.

다만 그의 시체 수집이나 해부 같은 행위가 사람들의 혐오감

을 불러, 의료의 세계에서는 완전히 이단아 취급을 받고 있었다. 그를 등용할 때 가장 고생했던 일은, 바로 그에 관한 편견을 제거하는 것이었다. 본인도 이런 태도이니 자기변호 같은 걸 기대할 수도 없었으니까.

어쩔 방도가 없었기에, 발이 넓은 이 나라의 중역 가운데 질환이 있는 사람을 진찰하게 하고 나을 수 없을 거라 여겨졌던 질병을 완치시켜서 그의 실력을 인정받은 것이었다.

한번 유효하다는 사실을 알게 되면 세간의 평가는 돌변한다.

외과 의료를 배우겠다는 의료 종사자도 늘어났다.

그런 연유로 지금 이 나라에서는 완치된 중역에게 지휘를 맡기는 형태로 새로운 외과 의사를 육성하는 중이었다. 나는 나대로 기술을 가지지 않은 '가짜 외과 의사'가 나타나지 않도록 법률 정비나 외과 의사 면허 발행을 서두르는 참이었다. 우선 외과 수술만을 면허제로 했다. 이윽고 광 속성에 따른 치료나 약학 관련으로도 면허를 만들 예정이었다. 음, 이야기를 되돌리자.

위급한 환자라는 말을 들은 순간, 스위치가 들어간 것처럼 힐데의 표정이 굳어졌다.

"……환자는?"

완전히 의사의 얼굴이었다. 역시나 프로구나.

그런 힐데에게 브래드는 담담하게 설명했다.

"이 마을의 산모야. 이미 양수가 터졌어. 언제 태어나도 이상하지 않은 상태인데, 태아의 위치가 안 좋아. 어머니의 뱃속에서 출구에 등을 댄 상태야."

"횡위인가……. 드물면서도 성가신 녀석이……."

두 사람이 무슨 이야기를 하는 것인지는 모르겠지만 난산인 것 같다는 사실만큼은 알 수 있었다.

"산파도 어떻게 손쓸 도리가 없다는 모양이야."

"그야 그렇겠지. 태아가 골반에 걸려 버릴 테니까. 보통은 어머니와 아이…… 둘 중에 하나를 희생하고 말 거야. 둘을 모두 살리려면……."

"그래…… 절개할 수밖에 없겠지."

절개…… 제왕절개인가! 하지만 힐데는 의심스럽다는 표정을 짓고 있었다.

"……할 수 있겠나? 배를 가른 어머니의 생존율은 2할이 채 안 된다고 들었는데?"

"생존율이 낮은 이유야 뻔하잖아."

"호오…… 뭐지?"

"나랑 네가 집도하지 않았으니까."

자못 당연하다는 느낌으로 브래드는 단언했다.

그런 자신만만해하는 말에 힐데는 미간을 찌푸렸다.

"시원스럽게 엄청난 소릴 하네……."

"사실이야. 좀 더 정확하게 말하자면, 내가 가진 기술과 삼안족의 감염증 지식이 없었으니까. 녀석들의 방식은 그저 배를 가르고 태아를 끄집어낸 다음, 상처를 붙여놓고 광 마법으로 회복시켰을 뿐이야. 마취가 없으니까 산모가 고통을 겪지. 절개, 봉합기술이 미숙하니까 광 마법을 사용해봐야 상처를 제대로 못

막아서 과다출혈로 사망해. 삼안족의 항생물질이 없으니까 수술 때문에 쉽게 감염되지. 그러니까 생존율이 낮은 거야."

그리 말하더니 브래드는 힐데를 향해 손을 내밀었다.

"나 혼자로도 생존율은 80퍼센트까지 올릴 수는 있어. 하지만 네가 곁에서 위생을 관리해 준다면 그 확률을 한없이 100퍼센트에 가깝게 만들 수 있어."

"……정말이지, 어쩔 수 없네."

힐데는 머리를 벅벅 긁고는 브래드의 손을 잡았다.

"의사 앞에서 환자는 평등해. 그러니까 의사도 환자를 골라 받을 수는 없지."

"감사하마. 네가 있어 준다면 일당백이야."

그리고 힐데는 우리를 쳐다봤다.

"국왕님과 난민 대장! 지금 들은 이야기 그대로야. 미안하지만 당신들과 부하의 힘을 빌리고 싶어."

"그래, 물론이지."

"물론이다. 우리는 가족. 가족을 지키는 것이 수장의 의무다."

"고맙네. ……드래고뉴트 아가씨!"

"저, 저 말인가요?!"

지명된 카를라는 펄쩍 뛰었다.

"왕도의 의학연구소로 가서, 서둘러서 도구와 약품을 가져와 줘. 내 검은 가방이라고 하면 연구원들도 알아들을 테니까, 그 가방을 통째로 가져오면 돼."

"아, 알겠어요!"

카를라는 황급히 텐트에서 나갔다. 다음으로 힐데는 지르코마를 봤다.

"난민 대장한테는 이 텐트를 빌리고 싶어. 조금이라도 위생 환경이 좋은 장소로 옮기고 싶으니까."

"상관없다. 원하는 대로 쓰도록 해라."

"그리고 산모과 같은 혈액을 가진 녀석을 찾을 거니까 난민들을 모아 줘."

"알았다."

나중에 들은 이야기인데, 이 세계도 ABO식(호칭은 다른 모양이지만) 혈액형인 듯했다. 신기하게도 종족이 다르더라도 같은 혈액형이면 대부분 수혈이 가능하다나. 거의, 라고 한 것은 가끔씩 어떤 혈액형도 수혈할 수 없는 혈액형이 있는 모양이었다. 어쩌면 이 세계의 혈액형에도 Rh±가 있기 때문일지도 모르겠네.

"그리고 국왕님은 위생이 뭔지 알겠지? 다른 사람들한테 설명해서 조금이라도 환경을 갖추는 거야. 그리고 물을 많이 끓여 둬. 기구를 소독하고 싶어."

"알았어! 리시아, 오엔, 그럼 시작한다!"

"그래!"

"알겠습니다!"

"저, 저도 돕게 해주세요!"

코마인도 우리와 함께 텐트 안을 정비하거나 대량의 물을 끓이는 걸 도와주었다. 신분이나 입장에 관계없이 각자가 자신이 할 수 있는 일을 하고자 노력하고 있었다.

할 수 있는 사람이, 할 수 있는 일을 한다.

어떤 의미로 지금 이 나라의 모습을 구현하고 있는 것 같았다.

준비만 갖추어지면 더 이상 우리가 나설 차례는 없었다.

지금 텐트 안에서는 브래드와 힐데가 수술을 진행하고 있겠지. 텐트 안에서는 산모의 거친 숨소리가 들렸다. 우리가 할 수 있는 일은 텐트 밖에서 수술이 끝나기를 기다리는 것뿐이었다. 입구를 지켜보던 리시아가 걱정스레 말했다.

"산모의 배를 가른다고 들었는데 괜찮아?"

"그 말만 들으면 무슨 엽기 범죄 같네……. 걱정할 것 없어."

나는 리시아의 머리에 손을 툭 얹었다.

"내가 있던 나라에선 난산일 때 일반적으로 제왕절개 방식으로 수술했어. 산모 사망률도 상당히 낮았고, 사람들도 출산할 때 산모가 죽을 거라고는 생각하지 않았어. 아이는 무사히 태어날 거야."

"……소마가 있던 나라는 정말 굉장하네."

"뭐, 그렇지. 그리고…… 저 두 사람이 있으면 왕국은 내가 있던 나라의 의료에 가까운 수준까지 올라갈 수 있어. 뭐, 내가 있던 세계에는 광 마법이 없었으니까 단순하게 비교할 수는 없겠지만."

나는 옆에 선 지르코마에게 말을 걸었다.

"산모의 남편은?"

"……생사불명입니다. 북쪽에서 도망칠 때 뿔뿔이 흩어진 모양이더군요. 그럼에도 산모는 반드시 배 속의 아이를 낳고 둘이서 남편을 기다리겠다고 했습니다."

"그런가……."

어머니는 강하다. 그것은 어느 세계이든 변함없는 듯했다.

"이곳 사람들에게도 배 속에 있는 아이는 희망이었습니다. 저희는 그저 잃기만 하는 게 아니라는 사실을 실감케 해 주었으니까요. 그러니까 태어날 갓난아기는 마을 전체의 아이라 생각하고, 사랑하며 기르자고 다 함께 결정했습니다."

"그런가……. 저기, 지르코마."

나는 지르코마 쪽으로 고개를 향했다.

"나는 브래드와 힐데의 실력을 알고 있어. 그러니까 산모와 자식이 무사할 거라고 확신해. 그걸 전제로 이야기하고 싶어."

"……무엇입니까?"

"태어나는 아이는 이 나라에서 태어난 거야. 그리고 이 나라에서 자라겠지. 선조의 땅을 모르고, 이 나라를 고향으로 삼아."

"…………."

내가 말하고자 하는 바를 알았을 테지. 지르코마는 눈을 감았다.

"마을 전체의 아이라 생각하고 사랑하며 기른다고 그랬지? 그렇다면 아무것도 모르는 아이에게 슬픔을 물려주지 마. 이 나라의 백성이 될지 떠날지는 당신들이 결정하면 돼. 하지만 기껏 이 나라를 고향으로 삼을 수 있는 갓난아기에게까지 나라 잃은 백성으로서의 삶을 강요하는 건……."

"더 말씀하시지 않으셔도 괜찮습니다."

"오라버님……."

걱정스러워하는 코마인의 어깨에 지르코마는 손을 툭 얹었다.

"마음을 정했습니다. 저는 마을의 수장 역할을 코마인에게 물려주겠습니다."

"무, 무슨 말씀이신가요, 오라버니!"

"……너는 어떻게 할 생각이지?"

내가 그리 묻자 지르코마는 슬피 한숨을 내쉬었다.

"솔직하게 말씀드려서, 이 마을 사람들은 유랑의 삶에 지쳤습니다. 이렇게 지친 사람들이 이 나라를 고향으로 삼을 수 있다면, 그것은 멋진 일이라고 생각합니다. 하지만 몇몇 강경파는 고향으로의 귀환을 포기하지 않고, 지친 사람들을 선동하려 하고 있습니다."

그리고 지르코마는 아득히 북쪽 하늘을 보며 말했다.

"저는 그런 강경파 몇 명을 데리고 북쪽으로 돌아가고자 합니다. 그리고 모병 중인 나라에 병사로 들어가, 전선에서 고향을 탈환할 기회를 기다릴 생각입니다."

"오라버니!"

코마인이 지르코마를 뜯어말리듯이 두 팔을 붙잡았다.

"오라버니는 이 마을에 필요한 남자예요! 저는 국왕의 제안을 잔혹하다고 말해 버렸잖아요! 그 일은 제가 할게요!"

"안 돼. 코마인이 폐하의 제안을 잔혹하다고 느낀 건, 이 마을 사람들을 생각해서 그런 거겠지? 그 마음이 있다면 나보다 좋은 책임자가 될 수 있을 거야."

"하지만 오라버니는 국왕님의 제안을 멋지다고 하셨잖아요!"

"……나는 너보다 본심을 잘 숨기는 것뿐이야."

지르코마는 코마인의 손을 슥 뿌리쳤다.

"내 가슴속에도 고향으로의 귀환을 포기하지 못하는 마음이 있어. 하지만 나는 이 마을의 수장을 맡고 있었지. 그러니까 그 마음에 뚜껑을 덮어 가슴속 깊숙이 밀어 넣었어."

"오라버니……."

"하지만 이제 그럴 필요도 없어. 폐하께서는 이 마을 사람들이 이 나라를 사랑한다면 이 나라의 백성으로 받아들이시겠다고 말씀해 주셨어. 사람들은 안주할 수 있는 장소에 다다랐다. 그렇다면 이제 내 역할도 끝이야. 이 마음을 해방해도 되겠지."

눈물을 흘리며 서 있는 코마인을 향해 지르코마는 미소를 지었다. 그의 표정은 이미 각오를 다진 것 같았다. 정말이지…….

"여동생을 울리지 말라고. 바보 자식."

"무어라 드릴 말씀이 없습니다. ……코마인을, 그리고 다른 이들을 잘 부탁드립니다."

"내가 할 수 있는 전 고작해야 수속을 하는 것 정도야. 그들을 정말로 지킬 수 있는 존재라면, 그건 이 나라 자체겠지."

"그렇다면 이 나라를 영원히 존속시켜 주십시오. 누구에게도 멸망당하지 않도록."

"……노력하지."

그때, 텐트 안에서 "으에~." 하고 작은 소리가 들렸다.

무슨 소리인가 생각하는데 리시아가 "태어났어!"라며 소리를 질렀다. 아아, 갓난아기의 울음소리였나! 좀 더 응애— 하고 울 거라 생각했어…….

'아이는 무사히 태어났어. 이젠 어머니만 남았군…….'

우리는 텐트 입구를 바라보며 그들의 무사를 기도했다.

————그로부터 일주일 뒤.

"귀여워~ ♪"

"마, 말랑말랑해……."

"리시아, 나, 나도 안아보게 해 줘."

모친의 품속에서 잠든 삼각형 귀의 갓난아기를 리시아, 코마인, 카를라가 번갈아 안아 보고 있었다. 일주일 전 그날에 브래드가 수술은 성공했다고 그러기는 했지만 당일에는 만날 수가 없었기에 경과가 궁금해, 이렇게 그때와 같은 멤버로 방문한 것이었다. 나도 갓난아기를 가까이서 보고 싶었지만 세 사람이 독점해 끼어들 여지가 없었다. 이, 이것이 모성인가…….

"아, 어쩐지 동행들이 소란스러워서 미안하네."

내가 그리 말하자 아이의 어머니는 미소를 지었다.

"아뇨, 공주님이랑 다른 분들께서 귀여워해 주시다니, 이 아이도 참 운이 좋네요."

　서글서글한 느낌의 고양이귀 수인족 어머니였다. 이렇게 건강한 얼굴을 보고 안도했다. 산후 회복도 나쁘지 않은 듯했다. 어머니는 갓난아기의 손을 잡았다.

　"정말로 운이 좋은 아이에요. 폐하마저도 걱정해 주시는걸요."

　아이 어머니에게는 우리의 정체를 밝혔다. 나도 리시아도 얼굴이 알려진 편이니 숨기는 것도 무리라고 판단했기 때문이었다. 처음에는 그저 황송해하던 어머니(마치 암행어사가 마패를 앞세우고 나타난 것 같은 상태였다)도 지금은 무척 익숙해진 듯했다.

　"뭐, 확실히 이 아이는 행운아라고 생각해. 그것도 어마어마한 강운을 가졌을지도. 이 나라에서 으뜸을 다투는 의사가 둘이나 모여 있을 때 태어났으니까."

　"그렇군요. 이 아이만이 아니라 저까지 도움을 받았으니."

　그날 힐데는 우연히 이 마을을 방문했었다. 그러다 우연히 옛 빈민가에서 우리와 만났고, 또 우연히 우리는 난민 캠프로 갈 예정이었기에 힐데도 우연찮게 따라온 건데. 그 결과 두 명의가 이곳에 모이기에 이르렀다.

　혹시 이 아이가 하루라도 빨리 혹은 늦게 태어났다면 명의의 도움을 받을 수도 없었을 테지. 그렇게 생각해 보면 이 아이는 어머니의 목숨마저 구한 것처럼 여겨졌다.

　"마치 복신(福神) 같네……."

　"복……인가요?"

"내가 있던 세계의 말로 '행복'이라는 의미야."

"행복……. 저기, 폐하."

그러자 어머니는 내 쪽으로 슥 다가왔다.

"그 '복(후쿠)'이라는 이름. 이 아이에게 붙여 주시지 않으시겠어요?"

"응? 그쪽에서 붙이는 게 아니라, 나더러 붙여 주라고?"

"이 세계에는 신분이 높은 사람이나 훌륭한 사람이 이름을 붙여 주면 그 사람의 덕을 본다는 생각이 있어. 그러니까 붙여 줘."

갓난아기를 안고 있던 리시아가 말했다. 그렇다면 뭐, 괜찮나.

"이 아이는 남자아이지?"

"예."

"그럼 네 이름은 '후쿠' 군이다. 건강하게 자라라."

그리 말하며 머리를 쓰다듬자 후쿠 군은 눈을 감은 채로 "꺄옷." 소리를 냈다.

자면서 대답했어?! 이 녀석……. 장래에 큰 인물이 될지도 모르겠구나. 그렇게 생각하는데 리시아가 내 얼굴을 빤히 봤다.

"뭐, 뭔데?"

"다른 집 아이도 괜찮지만, 자기 아이라면 더욱 귀엽겠지~."

그런 이야기를 하며 흘끗흘끗, 의미심장한 시선을 보냈다. 어, 응……. 아마 그런 거겠지. 하쿠야나 마르크스도 빨리 후사를 만들라고 성화니까. 나라가 안정된 뒤로는 더더욱 압박이 강해진단 말이지.

"어……. 그러네. 제왕절개에 따른 출산 방법도 확립돼서 산

부인과 의사도 늘었어. 그러니 언제 낳아도 괜찮으려나."

내가 부끄러워하며 대답하자 리시아는 눈을 동그랗게 떴다.

"또 얼빠진 소리를 하는가 싶었어."

"저기……. 아니, 그도 그렇겠네. 너희 남편이 될 각오는 했지만, 아직 아버지가 될 각오는 못했으니까 말이지."

"아, 그, 그래…… 그렇구나……."

리시아랑, 그리고 다른 사람들이랑 알콩달콩 살고 싶다는 기분은 있다. 하지만 전전대 국왕 사후의 후계자 분쟁으로 상당히 줄어든 왕족을 늘리기 위해 "적어도 첫 아이를 낳을 때까지는 피임을 허락지 않겠습니다!"라고 시중인 마르크스가 그랬으니까. 신중해질 만도 하잖아.

"뭐, 그거랑은 별개로 이 세계의 높은 산모 사망률도 걱정됐으니까."

이 나라의 인구를 조사했을 때, 신생아와 산모의 높은 사망률에 놀랐었다.

현대 일본에서는 갓난아기가 무사히 태어날지는 걱정해도 산모가 사망하는 경우에 대해서는 거의 생각하지 않는다. 하지만 이 나라에서는 산모도 '종종' 사망하는 듯했다. 산모가 천 명이 있으면 몇 명은 죽는 정도의 확률이었다. 산부인과 의료가 확립되지 않은 이 나라에서는 산모에게도 출산은 말 그대로 '목숨을 거는 일'이었다.

나는 왕으로서 여러 여성과 아이를 많이 만들라는 말을 들었다. 혹시 리시아나, 아이샤, 주나 씨나 로로아와 나 사이에 아이가 생기고, 그 아이를 출산할 때 누군가를 잃기라도 한다면······.
나는 버티지 못하겠지.

"그런 일이 일어나지 않도록, 가족을 잃을 법한 리스크를 극한까지 낮추기 위해서 나는 의료제도 개혁을 진행했어. 조금 직권남용 같은 느낌이기는 하지만."

"상관없잖아? 결과적으로 모두에게 도움이 됐으니까."

그렇게 말하며 리시아는 내 팔에 팔짱을 꼈다.

"저, 저기 소마. 이제 아이를 만들어도 된다면 당장 오늘 밤부터 노력해 볼까?"

옴찔옴찔 부끄러운 듯 말하는 리시아를 보고 나도 모르게 확 감동해 버리고 말았다. 하지만 아까도 그랬듯이 각오를 다지지 못한 나는 딴청을 부릴 수밖에 없었다.

"아, 그게······. 역시 조금만 더 기다려 줄래?"

"정말이지! 결국 얼빠진 소릴 하잖아!"

"후에······으애애애애애애애애애앵!"

리시아가 큰 소리를 내는 바람에 후쿠 군이 울음을 터뜨렸다.

그 후에는 어머니에게 넘겼다가, 다 같이 이상한 표정으로 달래다가, 마찬가지로 달래려던 모양인 오엔의 얼굴에 놀라서는 또다시 울음을 터뜨리다가. 그렇게 대소동이 벌어졌다.

————언젠가 왕성에서도 이런 소란이 벌어지겠지.

떠들썩한 행복 속에서, 나는 그렇게 생각했다.

―――――대륙력 1546년 12월 31일, 왕도 파르남

이 세계에서는 일주일이 8일이다.

그리고 한 달은 4주, 매월 반드시 32일까지 있다. 그것이 12개월이면 1년, 즉 364일로 1년이 끝난다. 3월~5월이 봄, 6월~8월이 여름, 9월~11월이 가을, 12월~2월이 겨울인 것은 일본과 마찬가지였다.

그리고 오늘은 12월 31일. 지구의 달력으로 말하자면 한 해의 마지막 날이지만, 이 세계의 달력으로는 그저 연말 중 하루에 불과했다.

이 나라에서는 그 해 마지막 날과 새해 첫날에는 가족끼리 조용히 축하하는 것이 일반적이라 본래는 왕성도 (정무적인 전환은 4월 1일에 진행되기에) 새해의 제사를 담당하는 신관 이외에는 그리 바쁘지 않지만, 현재 파르남 성의 큰방에서는 떠들썩한 소동이 벌어진 상태였다.

"아이샤, 그 세트는 오른쪽으로 옮겨."

"알겠습니다, 공주…… 리시아 님."

리시아의 지시를 받은 아이샤가, 어른 몇 명이서 옮겨야 될 법한 무대 세트를 훌쩍 짊어지고서 옮겼다. 힘쓰는 일에는 아이샤가 정말 도움이 된다. ……음.

"카를라, 할. 그 인조 기둥을 이쪽에 두 개 나란히 놔 줘."

"알겠어. 주인님."

"예이, 예이. ……하아."

내 지시에 카를라와 국방군의 돌격대장 할버트가 파르테논 신전에 있을 법한 대리석 기둥 같은 오브제(가짜)를 바닥에 고정했다. 그 후에도 나는 리시아와 함께 손에 든 도면을 보며 척척 부하(&약혼자)에게 지시를 내렸다.

"그건 그렇고 국방군만이 아니라 미래의 왕비한테까지 힘쓰는 일을 시키시다니."

루드윈이 쓴웃음을 지으며 말했다. 우리 뒤에서는 근위대장 루드윈과 그의 부관이 된 카에데가 행사장의 경비안을 짜고 있었다.

"다른 나라에서는 생각할 수 없는 일이에요. 그러니까 할, 빠릿빠릿하게 일하는 거예요."

"하고 있잖아, 카에데!"

나는 그들을 향해 손을 살랑살랑 내저었다.

"자자, 아이샤도 도와주고 싶다 그랬으니까. 게다가 이 왕성에서 아이샤 이상으로 힘센 사람이 없다는 것도 사실이니까 말이야."

토 속성 마도사(중력 조작)가 있다면 편하겠지만, 지금은 새로이 병합된 아미도니아 공국의 도로 정비에 파견된 상태였다. 실내용 크레인 같은 것도 없어서 인력에 의지해야만 하는 이상, 아이샤의 완력을 놀려 둘 이유는 없었다.

그러자 옆에서 리시아가 고개를 절레절레 내저으며 한숨을 내쉬었다.

"정말이지……. 좀 더 빨리 말해 줬다면 이렇게 아슬아슬한 스케줄로 진행할 필요도 없었을 텐데……."

"어쩔 수 없잖아, 일주일 전에 떠올랐으니까."

"그 생각을 듣고 '하자!'라고 곧바로 결정한 다른 사람들도 굉장하지만."

어, 확실히 최근에는 브레이크가 고장 난 느낌이란 말이지.

로로아와 콜베르가 가세하면서 자본 상황도 좋아졌고 오버 사이언티스트인 지냐도 희희낙락하게 새로운 걸 발명하고 있다. 게다가 이것저것 새롭고 진귀한 정책을 벌인 탓인지 프리도니아 왕국민 자체의 풍조도 신기한 것을 즐기며 탐구심이 넘치는 상태였다. 일본인 같은 장인 기질이라고 할까, '낭비도 극에 달하면 기예' 같은 느낌이었다.

그런 연유로 일주일 전에 문득 떠올라서 튀어나온 내 한마디,

[그러고 보니 곧 연말이네. 연말이라면 "＊홍백가합전"인가.]

……가 실행되기에 이른 것이었다. 우선은 내 혼잣말을 들은 로로아가,

＊ 홍백가합전 : 일본 NHK에서 한 해 마지막 날에 방송하는 음악 방송. 그 해의 인기 가수들이 팀을 나누어 노래 대결을 벌이는 형식이다.

[뭔데 뭔데?! 돈벌이 냄새가 나는 그 멋진 단어는!]

그리 덤벼들었기에 나는 '홍백가합전'에 관해 설명하는 신세가 됐다. 그러자 이번에는 그 대화를 옆에서 듣던 주나 씨가,

[노래의 축제인가요. 그건 저희의 진가를 발휘할 때로군요.]

웬일인지 의욕적으로 나섰다. 그리고 주나 씨로부터 이야기를 들은 파미유, 난나 등의 로렐라이나 장군에서 가수로 변신한 마르가리타 등도 완전히 불이 붙어서 어느새 "역시 무효!"라고는 말할 수 없는 분위기가 됐다.

정신이 드니 이제는 예능 프로덕션처럼 변한 라이브 카페 '로렐라이' 소속의 로렐라이나 반에서 했던 '노래자랑 방송'의 참가자 등이 모여서 그야말로 대형 기획이 만들어지고 말았다.

그 후로는 이제 강행 작업으로 준비가 진행된 상황.

뭐, 이렇게 다 같이 무언가를 만들어 내는 건 문화제 같아서 즐겁지만, 그만큼 내 일이 늘어나는구나…….

그중에서도 고생한 부분은 홍백가합전의 '백(白)' 부분이었다.

주나 씨를 시작으로 홍팀(여성 가수) 쪽은 참가층이 두텁고 화려하지만 남성 가수 쪽이 단출했다. 대부분이 노래자랑 출신으로, 이 세계의 민요 같은 노래를 부르는 사람뿐이었다. 홍백가합전에서 백팀에 남성 아이돌이 아무도 나오지 않고 엔카 가수만 있다면 아무래도 볼 맛이 안 나겠지. 그래서 이제까지 감춰졌던, '로렐라이'에 짝이 되는 남성 아이돌 '오르페우스'를 대대적으로 실전에 투입하기로 했다.

"자, 오르페우스 제군, 집합!"

"""예!"""

내가 말을 건네자 저쪽에서 회의를 하던 젊은 남자 세 명이 모였다. 그중에 키가 크고 은발인 20대 정도의 남자가 경례를 하며 말했다.

"오르페우스 유닛 'YAIBA', 지금 막 도착했습니다."

그는 반 출신의 인간족으로, 오르페우스 유닛 'YAIBA'의 리더이기도 한 액스 슈타이너였다. 상큼한 눈매가 인상적인 미남인데, 아미도니아 남자의 특징이라는 딱딱한 말투 때문에 고지식한 느낌이 있었다. 그런 액스의 태도에 그와는 대조적으로 경박해 보이는 호랑이 무늬 헤어의 청년이 쓴웃음을 지었다.

"정말이지, 리더는 딱딱해서 안 된다니까. 안 그러냐, 쿠크리."

"너는 너무 허물없다고 생각하는데. 코테츠 군."

경박해 보이는 청년은 호랑이 수인족 코테츠 브라이. 노란색과 검정색 줄무늬로 이루어진 수염이 특징적인 열혈한으로, 운동 신경이 좋아서 댄스 실력은 멤버 가운데도 월등했다.

그런 코테츠가 이야기를 넘긴 것은 중학생 정도로밖에 안 보이는 미소년(?) 쿠크리 캐롤이었다. 성씨를 보면 알 수 있을지도 모르겠는데, 쿠크리는 아인족(兒人族) 로렐라이 파뮤 캐롤의 오빠라나. 유닛 안에서는 어찌 봐도 쇼타에 속하지만, 이래 봬도 셋 중에서는 가장 연장자라는 듯했다. ……역시 무시무시하구나, 아인족.

뭐, 이 세 사람이 프리도니아 왕국 첫 아이돌 유닛 'YAIBA'의

멤버였다. 유닛명의 유래 말인데, 셋 다 이름이 날붙이 같다는 이유로 내가 멋대로 정했다. 명명에 시간을 들일 여유도 없었고.

그러는 김에 마찬가지로 무기 같은 이름의 할도 멤버도 넣어볼까 싶었지만 본인이 단호하게 거부했다. 카에데가 이르길 "할은 성량은 있지만 음치인 거예요―."라고. 그건 제쳐 놓고, 나는 짝짝 손뼉을 쳤다.

"YAIBA 멤버들은 세트가 완성되는 대로 리허설 시작해."

"옛! 저희가 처음 나가도 괜찮겠습니까!"

"우선은 무대 강도를 확인해 보고 싶으니까. 이번 노래 대결에서 여러 명이 함께 노래하고 춤추는 건 너희뿐이야. 너희가 괜찮다면 다른 누가 사용해도 괜찮겠지."

"옛! 알겠습니다!"

여전히 딱딱한 액스가 완성된 무대 쪽으로 향하자 남은 둘도 쓴웃음을 지으며 그 뒤를 따랐다.

"이것 참. 어째서 우리 대장은 저렇게나 딱딱한 걸까."

"긴장한 거 아냐? 원래 성격 탓도 있을 테지만."

"이 자식들! 빠릿빠릿하게 움직이지 못할까!"

""히익!""

느긋하게 걸어가던 참에 갑자기 호통이 들리자 두 사람이 크게 몸을 움찔했다.

두 사람이 쭈뼛쭈뼛 돌아보니 그곳에는 떨떠름한 표정의 마르가리타가 새빨간 드레스를 입고 서 있었다. 차림새는 화려하지만 그만큼 박력이 세 배는 더 늘어났다.

마르가리타는 둘을 찌릿 노려보더니 소리를 질렀다.

"네놈들은 이제 프리도니아의 얼굴이다! 몸 쫙 펴고 반듯하게 행동해!"

""아, 예!""

"알아들었으면 가! 구보!"

""아, 알겠습니다!""

마르가리타는 남성 사회인 아미도니아에서 장군 자리에까지 오른 인물이다.

그녀의 무시무시한 호령에 둘 다 액스처럼 대답하며 무대 쪽으로 달려갔다. 마치 교관에게 혼쭐이 나는 신병 같네.

그리고 마르가리타가 내 존재를 알아차렸는지 황급히 머리를 숙였다.

"폐, 폐하 아니십니까. 부끄러운 모습을 보였습니다."

"어, 상관없어. 개성이 강한 녀석들이니까 당신이 단속해 주는 건 고맙네. 그건 그렇고…… 복장이 굉장한데."

"이건, 그게……. 의상을 맞춰 보던 중에 빠져나와서……."

"빠져나왔다고?"

"아, 여기 있네. 의상 논의 중에 도망치면 안 된다고, 마르."

"고, 공주님?!"

"마르?"

마르가리타가 비명처럼 소리를 지르며 돌아보니 로로아가 만면의 미소와 함께 이쪽으로 달려왔다. 그리고 그대로 내 팔을 스르륵 끌어안았다.

"달링. 내도 노력하고 있다 아이가. 칭찬해도."

그런 소리를 하며 어깻죽지에 뺨을 비볐다. 자그마한 동물 같은 동작은 다소 치사하다는 느낌도 들지만…… 역시 귀엽구나. 실제로 로로아의 자금 협력이 없었다면 이 기획은 불가능했으니까. 나는 "그래, 잘했어."라며 로로아의 머리를 쓰다듬었다.

"정말 도움이 됐어. 고마워, 로로아."

"훗훗후—."

"자자, 로로아. 치하하는 말도 들었으니까 만족했지? 일하는 중이니까 이제 그만 떨어져."

리시아가 재롱을 부리는 새끼고양이를 치우듯이 로로아의 목덜미를 붙잡고 떼어냈다. 로로아도 분위기를 타서는 "야옹—♪" 같은 소리나 내고 말이지.

"아니, 이런 짓을 하고 있을 때가 아이지. 잠깐만 마르 좀 데려갈게. 아직 의상을 맞춰 보는 도중이었으이까."

"의상이라니, 지금 이 빨간 드레스 아냐?"

그리 묻자 로로아는 "훗훗후—." 하며 꺼림칙하게 웃었다.

"기대해라. 본 방송에서 깜짝 놀랄 기다."

"싫습니다, 공주님! 저것만큼은, 저것만큼은 제발 제외해 주십시오!"

"이미 발주했으이까 포기해라."

"싫어! 18미터는 싫어!"

이제까지 본 적이 없을 정도로 흐트러진 마르가리타가 로로아에게 끌려갔다. 어지간한 남자들이라면 호통 한 번으로 물리칠 수 있는 마르가리타도 전 아미도니아 공녀 로로아에게는 고개를 들지 못하는 듯했다. 예전 아미도니아 진영의 파워 밸런스는 잘 모르겠구나.

"그런데 18미터란 게 뭐지?"

"드레스 길이라고 그러더군요."

내 의문에 대답해 준 사람은 로렐라이 주나 씨였다. 오르페우스 유닛 'YAIBA' 다음으로 리허설을 하게 되어 이쪽으로 온 듯했다. 평소의 춤추기 편한 의상이 아니라, 이번에는 파랗게 빛나는 드레스를 입고 있어서 무척 아름다웠다.

"아니, 드레스 길이가 18미터라고요?"

"로로아 씨가 관객을 깜짝 놀라게 만들 연출이 필요하다고 해서……. 마르가리타 경을 받침대에 올려놓고 총 길이 18미터짜리 거대 드레스를 입힌다나 봐요. 그 드레스에는 가로등에 사용되는 발광초의 분말을 발라서 눈이 부실 정도의 빛을 발한다던가."

"그건 또 참…… 화려하겠네요."

뭐지. 매년 정례 행사가 되어서는 해가 갈수록 화려해지는 미래가 보이는 것만 같았다.

마르가리타……. 예능계의 빅보스인가 싶었더니 *라스트 보스였나.

어쩌지. 마르가리타에게는 이번에 '스네이크 이터(일본어판)'를 부르게 할 생각이었는데, '바람과 함께'로 바꿀까.

---

* 코바야시 사치코 : 홍백가합전에서 자주 출연하는 일본의 가수. 전위적이고 거대한 무대 의상이 유명하다.

그때, 주나 씨 뒤에 소녀 하나가 서 있다는 사실을 깨달았다.

그 소녀는 열대여섯 살 정도의 순박해 보이는 여자아이였다. 귀엽기는 하지만 빼어나다는 느낌은 아니었다. '학급의 아이돌'이라든지 '이런 아이가 소꿉친구였으면'이라든지, 그런 느낌의 내추럴한 여자아이였다.

"주나 씨. 그 아이는?"

"소개드릴게요, 폐하. 이 아이는 코마리 콜더 씨예요. 최근까지 라이브 카페 '로렐라이'에서 연수 중이었는데, 이번 노래대결에서 데뷔시킬 생각이에요."

"코, 코마리 콜더입니다! 잘 부탁드혀효!"

성대하게 발음을 씹어 가며 코마리는 깊숙이 머리를 숙였다. 코마리가 긴장한 모습을 보며 쓴웃음을 지은 주나 씨는 코마리에 관해 설명을 보충해 주었다.

"코마리는 노랫소리가 시원시원하고, 순수하면서 연습에 무척 열심이라 앞으로 화려하게 '변모할' 인재라고 생각해요. 그야말로 저 이상의 로렐라이가 될 소질을 가지고 있어요."

"호오. 그건 굉장한데."

"다, 당치도 않아요! 주나 님을 뛰어넘다니, 과분한 말씀이세요!"

당황해서는 겸손을 떠는 코마리의 모습을 보고, 아아 과연⋯⋯하고 생각했다.

그 매력은 미숙하기에 무심코 응원하고 싶어지는 특유의 분위기겠지. 이건 이미 완성된 아름다움을 지닌 주나 씨에게는 없는 매력이었다. 이 아이가 완성됐을 때, 왕국의 가요계를 이끌어 갈 로렐라이가 될지도 모른다.

　장래가 기대되는 인재였다.

　"아, 주나 경, 코마리 경. 여기 계셨나요."

　그리고 현 프리도니아 왕국 재무대신인 콜베르가 나타났다. 어째선지 그의 어깨에는 고양이귀 수인족인 난나가 올라탄 상태였다. 그 뒤에는 아인족 파뮤도 콜베르의 소매를 붙잡고 있었다. 뭐라고 할까…… 분위기가 완전히 부녀지간이었다.

　"꽤나 친해졌군, 콜베르."

　"폐하께서 떠맡기셨습니다만……."

　재무대신의 직무와는 별도로 콜베르에게는 그녀들의 자금 관리(+각종 수속)를 맡겼다. 지금 이 나라에서는 공전절후의 로렐라이 붐이 불고 있었다. 특히 주나 씨, 난나, 파뮤는 최초의 로렐라이이기도 하여, 개인적으로는 도저히 다룰 수 없을 정도의 돈이 움직이는 것이었다. 측실 후보로서 왕성에 있는 주나 씨는 몰라도, 로렐라이라고는 해도 일개 시민인 난나와 파뮤가 그냥 거액을 소지하게 두는 것은 위험했다.

　그래서 재정에 밝은 콜베르가 그녀들의 자산을 관리하며, 그러는 김에 그녀들을 호위하는 인원(주로 국방군의 여성 사관에서 선발)선정 같은 다른 업무도 진행토록 한 것이었다. 말하자면 두 사람의 매니저겠구나.

　그러니까 두 사람과 접할 기회가 많은 건 알겠지만, 어째서 이렇게까지 따르게 됐을까. 본인들에게 물어보니,

"밥, 사 줬으니까! 물고기 잔뜩 먹어도 된다고!"

"회의를 한 뒤에 콜베르 씨는 자주 저녁을 사 주셨어요. 그때 저를 어린아이 취급하지 않고 한 사람의 여성으로 대해 주셨으니까요."

……그렇다나. 먹이로 길들였나! 아니, 파뮤는 조금 다르겠지만…….

"콜베르. 손댈 거라면 두 사람이 좀 더 큰 다음에 하라고."

"안 댄다고요?!"

"저는 좀 더 클 수가 없습니다만……."

파뮤가 뾰로통한 표정을 지었다. 음, 어째 미안하네.

"어, 네 사람은 지금부터 리허설이죠?"

"예. YAIBA 분들이 끝나면 다음은 저희예요."

주나 씨의 말에 무대 쪽을 보니 YAIBA 멤버들이 열창하고 있었다.

부르는 것은 저쪽 세계에 있던 무렵의 남성 아이돌 그룹 노래였다. 유행하는 노래에는 썩 지식이 없는 나도 광고에서 자주 나올 정도의 노래라면 다소나마 기억하고 있었다. 멋있는 젊은 이들이 멋있는 노래를 잔뜩 멋을 내어 부른다. 이것으로 프리도니아 사모님들의 하트를 확실하게 붙잡을 수 있지 않을까.

"여러분, 식사를 가져왔어요."

"가, 간단하게 집어먹을 수 있도록 주먹밥이랑 샌드위치로 했어요. 물론 나폴리탄 빵도 있습니다. 예."

"오빠, 언니. 식사예요."

YAIBA의 리허설을 보고 있자니 세리나, 폰초, 토모에가 메이드들을 거느리고 나타났다. 다들 손에 커다란 바구니를 들고 있었다. 아마도 저 안에 주먹밥이랑 빵이 들어 있겠지. 그것들을 긴 테이블에 펼쳐놓자 다들 우르르 모여들었다.

"오, 맛있겠네. 먹어도 되나?"

"할. 제대로 손을 닦은 다음에 먹는 거예요."

"카를라 씨. 모두에게 차 준비를."

"아, 알겠습니다, 메이드장!"

와자지껄 떠들썩해진 주위를, 나는 멍하니 바라보고 있었다.

"꽤 늘어났구나……."

"그러네."

무심코 흘린 혼잣말이었지만 리시아가 들어 버린 모양이었다. 겸연쩍어하는 나를 향해 리시아는 싱긋 미소 지었다.

"소마가 사람을 모으고, 소마에게 사람이 모여서, 어느새 이제는 대가족이야."

"든든한 반면에 긴장되기도 하네. 지키고 싶은 게 그만큼 늘어났다는 거니."

"무슨 소릴 하는 거야."

리시아는 왼손을 허리에 대며 내 코를 향해 오른손 검지를 내질렀다.

"네가 지키고 싶다 생각하는 이도, 네 치세를 지키고 싶다 생각하고 있어. 그러니까…… 네가 지키고 싶다 생각하는 사람이 틀림없이 너를 지켜줄 거야."

리시아가 힘주어 단언하면 그런 것 같다는 생각이 드니 신기하다.

"……그런가."

"그래."

"그런가……. 자, 그럼 리시아. 잠시 여길 맡겨도 될까?"

"그야 괜찮지만…… 어디 가는 거야?"

"잠깐 사람을 만날 일이 있어서. 저기, 하쿠야가 마중 나왔어."

입구 쪽을 보니 하쿠야가 들어오는 참이었다.

"그럼 잠깐 다녀올게."

"응. 여긴 맡겨둬."

리시아의 배웅을 받으며 나는 큰방을 뒤로했다.

그리고 하쿠야와 둘이서 복도를 걸어갔다.

"…………."

"…………."

도중에 대화는 없었다. 창문으로 밖을 보니 이미 캄캄했다.

시각은 오후 여덟 시 정도일까. 큰방의 상황을 떠올렸다. 이 시간에 그런 완성 상황이라면…… 오늘은 철야 확정이겠네. 출연자들은 빨리 돌려보내서 휴식을 취하게 해야겠지. 생방송이니 함께 철야를 했다가 본 방송 중에 쓰러지기라도 한다면…… 눈뜨고 볼 수 없는 지경일 테니.

그런 생각을 하며 걸어가서 목적하던 방 앞에 도착했다.

문 앞에서 하쿠야는 내게 길을 양보하고 자신은 문과는 반대

편 창문을 등지고 섰다. 여기서 기다릴 생각이겠지. 딱히 입실을 금지한 것도 아니지만 하쿠야는 사양했다. 그리고 나를 향해 앞쪽으로 손을 맞잡고 공손히 인사를 했다.

"주위는 검은 고양이 부대에게 경비토록 했습니다. 마음껏 환담 나누시길."

"알았다."

나는 고개를 끄덕이고는 그 문을 열고 안으로 들어갔다.

문을 닫자 방안이 갑자기 어스름해졌다. 촛대의 불이 일렁이는 실내에서 눈에 띄는 것은 킹사이즈 침대와 그 너머로 보이는, 창백한 달빛이 비치는 테라스였다. 그 창가에 놓인 유리 재질의 테이블에서, 목적하던 인물들은 차를 마시는 것 같았다. 내가 다가가자 그 인물들은 컵을 내려놓고 일어섰다.

"오오, 소마 경. 오랜만이구려."

"오랜만입니다. 소마 폐하."

그렇게 나를 맞이한 두 사람을 향해, 나도 인사로 답했다.

"오랜만입니다. 알베르토 공, 그리고 엘리샤 님."

기다리던 것은 리시아의 부모님, 선대 국왕 부처인 알베르토 공과 엘리샤 님이었다.

"드세요."

"감사합니다."

건넨 차를 받아들자 전 왕비 엘리샤 님은 싱긋 미소 지었다. 엘리샤 님은 리시아에게 얌전함과 여성스러운 요염함을 더한 듯한 여성이었다. 리시아도 이런 느낌이 되는 걸까. 그렇다면 나이를 먹는 것도 기대된다.

지금 나는 유리 테이블을 사이에 두고 알베르토 공 맞은편에 앉았다.

차를 모두 준비한 엘리샤 님은 조용히 알베르토 님의 등 뒤에 섰다. 아무래도 철저히 시중 역할만 하려는 모양. ……생각해 보면 엘리샤 님과는 그다지 대화를 나눈 적이 없었구나. 장모님에 해당되는 사람인데도 평소에 말수가 적어 알베르토 공 옆에서 온화한 미소를 짓고 있을 뿐이었다. 리시아의 이야기로는 원래 온화하고 말수가 적은 사람이라나.

그런 생각을 하자니 알베르토 공이 입을 열었다.

"오늘은 잘 와 주었네."

알베르토 공은 인사를 하더니 온화한 미소를 띠고서 말했다.

"그리고 아미도니아 공국과의 전쟁 승리와 공국 병합, 축하드리네. 왕위를 물려받고 불과 반 년 만에 이런 위업. '대왕'이라는 칭호에 부끄럽지 않은 공적이구려."

"아뇨……. 리시아랑 다른 모두의 협력이 있었기에 이룬 일입니다."

나는 차를 한 모금 홀짝이고는 알베르토 공의 얼굴을 똑바로 바라봤다.

"……간신히 만날 수가 있었습니다."

"기다리게 해 버려 미안하구먼."

선대 국왕 알베르토 공은 그리 말하고 머리를 숙였다.

나는 오늘까지 몇 번이나 알베르토 공과 면회할 기회를 청했다.

아무것도 모를 적에는 삼공에게 협력을 구하려고, 또한 갑작스러운 왕위 교대극에 반발한 카스토르를 설득하려고 협력을 요청하려고 했다.

그리고 모든 것을 파악한 뒤에는 그 설명을 바라서 연신 면회를 청했다.

그러나 그럴 때마다 돌아온 말은,

전자는 '이 나라는 이미 귀공의 나라. 내가 나설 자리는 없소.'

후자는 '조만간 모든 것을 이야기하겠소. 그때까지 기다려 주시길.'

……한결같이 그런 태도였다. "조만간 이야기하겠다."라고 하니 나로서는 이제 그것을 기다릴 수밖에 없었다. 힐문해 봐야 진실을 이야기해 줄지는 알 수 없으니까.

그리고 오늘, 모든 것을 이야기하겠다는 말에 나는 이곳에 있는 것이었다.

"전부 대답해 주시는 건가요?"

"자네가 그것을 바란다면."

"이제 그만 명확하게 해 주셨으면 합니다. 당신이 무엇을 생각했는지를."

전부 가르쳐 주겠다는 것이었다. 순서를 따라서 묻도록 하자.

"묻고 싶은 것은 세 가지입니다. 우선 첫 번째는 내게 왕위를 양도한 이유. 내가 이 세계에 소환된 그때, 나와 당신은 첫 대면이었어요. 그럼에도 당신은 내 부국강병 정책을 들은 것만으로 내게 왕위를 물려주었죠. 꼼꼼하게 리시아를 약혼자로 붙여서. 덕분에 상당히 자유로이 움직일 수 있었지만……부자연스럽기도 했습니다. 첫 대면에다 다른 세계에서 온 애송이한테, 어째서 당신은 간단히 왕위를 물려줄 수 있었던 겁니까?"

"…………."

알베르토 공은 묵묵히 듣고 있었다. 아무래도 전부 다 들은 다음에 이야기하려는 모양이었다. 그렇다면 묻고 싶은 걸 미리 전부 물어 두자.

"두 번째는 게오르그의 헌신. 전 육군대장 게오르그 카마인은 모든 잘못을 뒤집어쓰는 형태로, 내 정적이 될 법한 자들과 공멸해 줬어요. 결과적으로 보면 리시아의 설득 편지가 있었다고 해도, 게오르그는 이 계획을 사전에 준비했던 것으로 여겨지죠. 이것도 이상해요. 내가 게오르그와 얼굴을 마주한 것은 그야말로 최후의 순간뿐. 이 계획은 그야말로 목숨을 거는 작전이니, 신뢰와 충성심이 없다면 실행할 수 없을 텐데."

"…………."

"나와 게오르그는 면식이 없었습니다. 만난 적이 없는 상대에게 충성심을 가질 리가 없죠. 그럼 게오르그를 움직이게 만든 충성심은 누구를 향한 것이었나. 그건 이제…… 선대 국왕인 당신을 향했다고 생각할 수밖에 없어요."

게오르그와 대면했을 때 그 사실을 확인하려고 했지만 그 남자는,

'언젠가 때가 온다면 그 사람이 이야기하겠지요.'

그런 말밖에 하지 않았다. 아마도 오늘이 그때인 거겠지.

"……마지막으로, 어째서 오늘까지 만나 주지 않았던 겁니까? 모든 것이 정리되기를 기다렸다면, 아미도니아와의 전쟁에서 승리한 뒤든 병탄한 뒤에도 괜찮았을 텐데. 왜 오늘까지 면회 기회를 기다려야만 했느냐. 그것도 물어보고 싶네요."

"……그걸로 전부인가?"

"대략적으로는. 세세한 부분은 설명을 들으면서 질문하게 해 주시죠."

"알겠소."

고개를 끄덕이더니 알베르토 공은 천천히 이야기하기 시작했다.

"우선 말하고 싶은 건, 그 의문들은 모두 하나로 이어진다는 것이야."

"하나로?"

"그걸 설명하기 전에 세 번째 의문에 대해서 대답하고 싶군. 우리는 고민했어. 그 대답을 자네에게 이야기해야 할지를. 아니면 이대로 아무것도 이야기하지 않아야 할지도 모른다고 생각했다만……."

"…………."

"그러나, 저지른 죄를 가슴속에 숨겨둘 수 있을 만큼 내 마음은 강하질 않아."

저지른 죄? 무슨 소리지?

"소마 경……. 인생을 다시 시작하고 싶다, 그리 생각한 적은 있는가?"

알베르토 공은 갑자기 그런 걸 물었다. 의아하게 생각하면서도 대답했다.

"……그야 여러 번 있지요."

왕위를 물려받은 뒤로 많은 일이 있었다.

재해 구조도 갔고 전쟁도 경험했다. 그런 가운데 다른 방법이 있지는 않았을까, 좀 더 잘할 수 있지는 않았을까, 좀 더 많은 생명을 구할 수 있지는 않았을까……. 그런 생각을 하게 되고 만다. 적으로 싸워 물리친 상대일지라도, 어쩌면 서로 이해할 수 있지 않았을까 생각하고 만다. 그것이 불가능하다는 것을 알면서도.

"하지만, 어째서 그런 질문을?"

"……지금부터 할 이야기는 어느 세계의, 어느 나라의, 어느 어리석은 왕의 이야기야."

그리 운를 떼고는, 알베르토 공은 담담히 이야기를 시작했다.

어느 나라에 왕이 있었다.

그 왕은 현명하지는 않지만 바보도 아니고, 선정을 펼치지도 않았지만 악정을 펼치지도 않았다……. 평범함의 귀감 같은 왕이었다.

세계가 안정되어 있고 나라가 궤도에 오른 때라면, 그는 실점이 없는 좋은 왕이라고 일컬어졌으리라. 그러나 당시에는 마왕령이 출현하고 마물의 위협이 들이닥치는 난세. 그 나라에 아직 전화가 미치지는 않았지만 식량난과 재정난으로 천천히 붕괴를 향해 나아가고 있었다. 평범한 왕은 그에 대항할 유효한 수단을 강구하지 못했다.

　그러던 어느 날, 서쪽에 있는 대국에서 왕의 나라에 전해지는 '용사 소환'을 행하도록 요청이 들어왔다. 요청이기는 하지만 거부권은 없는 것이나 마찬가지였다.

　평범한 왕은 시키는 대로 용사 소환의 의식을 진행했다.

　그 누구도 성공하리라고는 생각하지 않았던 그 의식은 성공, 이계의 청년이 용사로서 그 나라에 소환됐다. 왕은 그 청년을 서쪽의 대국으로 넘겨야 할지 고민했다. 이 소년을 잃으면 대국과 교섭할 카드를 잃는 것은 아닐까 생각했기 때문이었다.

　그렇게 머리를 부여잡고 고민하는 왕에게 소환된 청년은 말했다.

　'마족과 싸우려면 우선 부국강병을 행해야만 한다.'고.

　……어디선가 들은 것 같은 이야기였다.

　하지만 지금부터의 전개는 내가 알던 것과는 달랐다.

　청년의 이야기를 듣고 자신에게는 없는 재능을 느낀 왕은 그 청년을 자기 나라의 재상으로 등용하기로 했다. 청년은 기대에 부응하여 필사적으로 일하고 다양한 개혁을 진행했다. 그 덕분인지 왕국은 식량난과 재정난으로부터 회복의 징조를 보이기 시작했다.

그러나 그런 청년을 성가시게 여기는 자들이 있었다.

그 나라의 귀족들이었다. 그것도 그다지 평판이 좋지 않은 자들이었다.

본 적도 없는 젊은이가 갑자기 재상으로 발탁됐다는 사실도 짜증스러웠지만, 무엇보다도 그들을 분노하게 만든 것은 청년의 개혁이었다. 청년은 자금을 짜내기 위해 부정부패를 적발하고, 또한 상류 계층의 살을 에는 듯한 개혁을 진행했기에 그들의 원망을 산 것이었다. 그들은 몇 번이나 국왕을 찾아가서 청년이 나라의 해가 된다고 설득해서 실각을 시도했다.

다만 그 청년에게도 동료는 있었다. 그 나라의 육군대장이었다.

근엄하고 올곧은 육군대장은 그 청년의 재능을 올바르게 꿰뚫어 보고 후견인이 됐다. 그러나 그 사실도 평판이 나쁜 귀족들에게는 달갑지 않았기에 참언에는 오히려 기세가 붙었다. 매일같이 들리는 참언에 왕은 점차 불안에 사로잡히게 됐다.

확실히 청년의 재능은 매력적이었지만 적이 너무 많았다.

이대로는 나라가 분열될지도 모른다.

그리 생각한 왕은, 결론부터 말하자면 해서는 안 되는 결단을 내리고 말았다.

청년을 재상에서 해임해 버린 것이었다. 해직당한 청년은 실의에 빠져 육군대장의 성이 있는 도시로 몸을 의탁했다. 청년에게는 미안한 일이었지만 덕분에 나라가 분열되지는 않았다. 결과적으로 청년의 목숨을 구하게 된 것이리라. 왕은 자신을 그리 납득시켰다.

그러나 그것으로 모든 일이 끝나지는 않았다.

평판이 나쁜 귀족들은 왕이 생각한 것보다도 집요했다. 아니, 오히려 뒤의 연줄을 생각하면 그 청년을 방치해 둘 수 없었다고 보는 것이 맞을까. 그 해, 오랫동안 왕국을 증오하던 이웃나라가 국경선 인근으로 군을 전개했다.

육군대장은 이에 반격하고자 휘하의 육군을 파견하여 그들과 대치하게 했다.

그때였다. 마치 이때를 노린 것처럼 귀족군은 봉기, 육군대장의 성이 있는 도시를 공격한 것이었다.

……타이밍을 생각하면 아마도 귀족들은 이웃나라와 이어져 있던 것이리라.

육군대장의 영토는 일찍이 이웃나라의 영토였기에 정치적 공작도 손쉬웠으리라 여겨졌다. 그리고 이웃나라도 천적이 될 청년을 처리하고자 움직인 것이었다.

육군대장의 성이 있는 도시는 견고했지만, 육군 본대는 대부분이 국경선으로 파견되어 수비병은 500이 채 되지 않았다. 반면에 귀족군은 만을 넘었다.

그 도시에는 육군대장도 남아 있었기에 열심히 방어에 애썼지만……. 숫자에 밀려 이윽고 그 육군대장도 목숨을 빼앗겼다. 도시는 불타고 소환된 청년도 그 불길 안에서 재가 되어 사라졌다. 귀족군의 거병 이후로 불과 며칠 만에 벌어진 일이었기에 왕은 아무것도 할 수 없었다.

대장을 잃은 육군은 이웃나라와의 전선을 더는 유지하고 못하고 패주했다.

이웃나라 군과 합류한 귀족군은 그 여세를 몰아 왕도로 진군했다. 이 사태에 왕은 황급히 반격을 위한 군을 모으려고 했지만……모이지 않았다. 결과적으로 청년과 육군대장을 죽게 내버려두는 꼴이 되어 버린 것이었다. 육군의 장병은 반발하여 자신들의 영지로 돌아가 버리고, 공군은 수가 적고, 또한 해군은 영지가 떨어져 있었기에 자기 영지의 방어에 매진하고 있었다.

최후의 수단으로 백성들 사이에서 의용병을 모으려고 했지만 그도 불발로 그쳤다.

청년의 개혁은 귀족들의 반감을 샀지만 백성들은 그 개혁으로 구원을 받았던 것이다.

백성들에게 청년은 괴로울 때 자신들을 지탱해 준 은인으로, 그 청년을 파면한 왕에게 친밀감을 느끼지 않았던 것이다. 결국 국왕 역시도 청년과 마찬가지로 고립무원의 상태에서 대군에게 포위당하는 신세가 됐다. 이윽고 청년과 마찬가지로 살해당하리라. 다른 점이라면, 자신에게는 목숨을 걸어줄 육군대장 같은 존재가 없다는 것일까.

이것은 이미……그저 인과응보라고 표현할 수밖에 없었다.

자신의 적이 될 자들의 간언을 진심으로 받아들이고, 정말로 나라를 생각해 주었던 자들을 짓밟고 만 자신의 부덕함이 초래한 결과였다.

"…………."

알베르토 공의 이야기를 들으며 나는 그저 말을 잃었다.

그가 이야기한 것은 또 하나의 현재. 이 세계로 소환된 그때, 나는 제국의 진의 따위 모르고서 그저 넘겨져서는 안 된다며 부국강병책을 이야기했다. 일개 관료로서 협력하게 될지라도 제국이 요구했던 지원금을 만들어내는 것 정도라면 할 수 있을 거라 생각했다. 하지만 알베르토 공에게 왕위를 물려받아, 나는 국왕으로서 나라를 이끌게 됐다.

혹시 그때 왕위를 물려받지 않았다면 어떻게 됐을까?

국왕이 아니라 재상이 됐다면……알베르토 공이 이야기한 것 같은 미래가 되지는 않았을까. 알베르토 공이 이야기한 세계는 짚이는 바가 많고 묘하게 리얼해서 그저 꾸며낸 이야기로는 여겨지지 않았다. 상당히 정확한 시뮬레이션이라고 생각했다.

……그렇다면 알 수 없는 것이 있었다. 실례되는 표현이지만 알베르토 공은 앞일을 내다볼 수 있을 법한 인물이 아니었다. 이렇게 정확한 시뮬레이션을 할 수 있을 것 같지는 않았다.

"……마치 직접 본 것처럼 이야기하시네요."

"보았으니까. 아니……. 보게 됐다고 하는 게 정확할까."

"보게 됐다?"

"그래. 내 아내의 능력으로 말이야."

아내의 능력? 무심코 엘리샤 님을 보자 그녀는 싱긋 미소 지었다.

"아내가 그대와 같은 암 속성 마도를 사용하는 사람이라는 건 알고 있을 테지?"

"이야기로 듣기는 했습니다. 자세한 건 리시아도 모른다고 그러던데."

"이건 지극히 한정된 사람밖에 모르는 사실이니 절대 발설하지 말아 주게. 그래서 아내의 능력 말인데, '과거의 어떤 대상에게 기억을 전송하는 능력' 이라네."

그리 말하고 알베르토 공은 '그 후' 를 이야기했다.

귀족들에게 모든 것을 빼앗으려는 상황에서 왕은 깊은 후회에 잠겼다.

어째서 그 청년을 파면해 버렸을까.

어째서 그를 소중히 하지 않았을까.

혹시 귀족들의 간언에 현혹되지 않고, 반대로 청년이나 육군 대장과 손을 잡고 이 나라의 개혁을 지속했다면, 적어도 이런 고난과 맞닥뜨리지는 않았을 텐데.

이 시점에서 근성이 썩은 자라면 '모든 원흉은 소환된 청년이다', '그 청년만 없었다면 이런 꼴이 되지는 않았다'며 자신의 잘못을 생각지 않고 도리어 화냈을지도 모른다. 그러나 이 왕은 어리석기는 했지만 근본적으로는 호인이라 그런 발상이 나오지는 않았다.

그저, 좀 더 그 청년을 중용했어야만 했다고 생각할 뿐.

첫 단계에서 재상이 아니라 차라리 왕위를 넘겨주었다면……. 그렇게 했다면 자신보다도 훌륭하게 이 나라를 다스렸을지도 모른다. 그랬더라면…… 딸도…….

실의에 잠긴 왕. 그런 왕을 보다 못한 왕비가 말했다.

[당신은 실패했어요. 저희의 운명은 이미 끝에 다다랐죠. 하지만 제 능력을 사용한다면 '이 실패를 과거의 자신에게 전달'할 수 있어요.]

왕비에게는 신기한 능력이 있었다.

그것은 '자신의 경험을 과거의 자신에게 보내는 것'이었다.

기억을 물려받은 과거의 자신은 보낸 쪽의 기억을 따라서 체험하고 마치 시간이 되돌아간 것처럼 느낀다고 한다. 왕비는 이 능력으로 후계자 분쟁의 진창에서 살아남았다(엄밀하게는 죽기 직전에 기억을 보내어 위험을 계속 회피했다)고 한다.

그리고 왕비는 그 왕에게 사죄했다.

그 능력을 데릴사위의 선택에도 사용했다며.

어째선지 어떤 용맹한 사람을 맞아들여도, 어떤 지혜로운 사람을 맞아들여도 왕국은 멸망하는 운명이었다나. 외적의 침입,

마물의 습격, 귀족의 모반, 백성의 반란 등. 그 이유는 달랐지만 결과는 항상 왕도가 불타며 끝났다고 한다.

다만 평범하게 여겨졌던 이 왕만큼은, 나라를 부흥하는 상황에까지 이르지는 않더라도 오래 유지할 수는 있었다나. 자식 역시도 이 왕과 왕비 사이에서만 태어났다고 한다.

[이 힘을 사용한다고 해도 우리의 현재를 바꿀 수는 없어요. 하지만 과거의 자신을 현재와는 다른 미래로 이끌 수는 있죠. 당신은…… 어차피 여기서 끝나는 인생이라면 마지막으로 그런 미래를 만들어 보지 않겠어요?]

왕비의 그 말에 왕은 결심했다. 이 실패를 과거로 전하자고.

그리고 과거의 자신에게, 왕위를 청년에게 물려주게 하자고.

그것은 그저 자기만족이었을지도 모른다.

다만 자신들의 실패로 잃어버린 것에 다소나마 속죄가 될 거라고 느꼈기에, 왕은 과거의 자신에게 모든 것을 맡기기로 한 것이었다.

그리고 왕과 왕비는 과거의 자신들에게 현재 자신의 기억을 계승시켰다.

─────기억을 계승시킨 것은 청년의 부국강병책을 듣고 있을 때였다.

◇　◇　◇

"그러니까 내가 그 기억을 물려받은 왕이라는 말이지."

알베르토 공의 이야기를 들으며 나는 혼란에 빠져 있었다.

이건 타임슬립…… 아니, 타임리프라는 녀석인가?

암 속성의 마법이라고 했지만 그런 것까지 가능한가……. 아, 하지만 계승된 것은 기억뿐이고 본인의 의식이 과거로 돌아간 건 아니구나.

게다가 기억이 정말로 과거로 계승됐다면, 그 시점에서 타임 패러독스가 발생할 터. 기억을 받은 알베르토 공에게는 기억을 보낸 기억이 없는 거니까.

그렇다면 아마도 엘리샤 님의 능력은 다른 차원의 무척 비슷한 상황에 개입하는 것이 아닐까. '인생을 다시 시작하는 기회'가 아니라 '만약에 박스' 같은. 그러니까 이곳은 기억을 보내는 세계에서 보면 과거가 아니라 다른 차원의 세계가 되는 것이다.

……뭐, 이런 이야기를 해 봐야 두 사람으로서는 이해하지 못하겠지. 애당초 다른 차원이라는 발상 자체가 없을 테고, 나도 이해한다고 말하기는 어려웠다.

'아, 정말이지. 여긴 단순한 검과 마법의 세계가 아니었나.'

혼란에 빠진 나를 제쳐놓고 알베르토 공은 차를 홀짝이며 한숨 돌리고 있었다.

"정말이지……. 보낸 쪽도 괴로웠을 테지만, 받는 쪽도 큰일이었단 말이야. 감각으로는 자네를 재상으로 삼은 나 자신의 인생을 걸고, 잘못을 저지르고 난 다음에 시간을 되돌린 것 같은 기분이었어. 저쪽에서 엘리샤의 설명을 듣지 않았다면 그저 시간이 돌아간 것뿐이라고 생각했을 게야. 나 자신은 아무것도 안

했네만 자네에게 죄책감을 지울 수가 없구먼. 예전의 나를 대신해서, 사죄하지. 참으로 미안하구려."

그리 말하더니 알베르토 공은 깊이 머리를 숙였다.

"아니, 사과하셔도……. 나한테는 그런 기억은 없고……."

"알고 있어……. 그냥 자기만족이야. 사과하고 싶은 게지. 사과하게 해 주게나."

"……그러시다면, 뭐……."

사과하고 싶다면야 하게 해 줘야겠지. 아무래도 이해력을 뛰어넘은 상황이라 그 심정을 알아 주지도 못하겠으니까.

그리고 알베르토 공은 내 눈을 똑바로 바라보며 말했다.

"그리고 나는 그 기억 같은 상황이 되지 않도록, 그대에게 왕위를 넘긴 게야. 이걸로 첫 번째와 세 번째 의문에는 대답이 됐을까."

"……그렇군요."

첫 번째인 '첫 대면인 애송이에게 어째서 간단히 왕위를 물려줄 수 있었나.'라는 의문의 해답은 애당초 (엄밀하게는 다르지만) 첫 대면이 아니었기 때문이라는 건가.

세 번째인 "왜 면회할 때까지 시간이 걸렸나."는, 이 능력에 대해서 밝혀도 될지를 망설였기 때문이라는 말이겠지. 이전과는 다른 미래가 되는 것을 지켜보고 싶었기 때문이다, 그런 것도 포함되어 있을지도 모른다.

이제 남은 것은 두 번째 의문. 게오르그의 헌신에 대해서인데…… 앗!

"설마 게오르그에게는 그 사실을 이야기한 겁니까?!"

"……나는 약해. 이런 걸 홀로 품을 수 있을 만큼 강하지는 않은 게야."

알베르토 공은 창밖을 바라봤다.

조금 구름이 드리웠을까. 어쩌면 눈이 내릴지도 모르겠다.

"나 하나의 힘으로 다른 미래를 불러낼 수 있을 거라고는 도저히 생각되지 않더군. 이 나라에서 신뢰할 수 있는 남자, 게오르그 카마인에게 모든 것을 밝히고 조력을 부탁했지. 그리고 그때, 자네의 적이 된 부패 귀족들을 근절할 책략을 짰어. 카스토르가 의심을 품게 만들어 버린 건 내 과실이었지. 하지만 이미 계획은 움직이고 있었으니 밝힐 수도 없어서, 자네에게 쓸데없는 수고를 끼친 걸 사죄하겠네."

그것이…… 게오르그의 모반극이었다는 건가.

내 정적이 될 자들을 일망타진하고 자신과 함께 일소하려고.

그 시나리오에 나와 하쿠야가 계획한 대 아미도니아 책략이 합쳐져서 판이 터무니없이 커진 것이다. 로로아는 로로아대로 자신의 각본을 준비했던 모양이니 정말로 각본가가 많은 무대였던 모양이다.

춤추게 만들 생각이었는데 도리어 춤을 추고, 우리가 길을 열었다고 생각했건만 실제로는 깔린 레일 위를 그저 달렸을 뿐이었다.

"뭐라고 할까……. 자신을 잃어버릴 것 같군요."

"그럴 필요는 없겠지. 실제로 자네는 그때와는 다른 미래에 다다르지 않았나. 아미도니아를 병합하고, 끝나 가던 이 나라를 프리도니아 왕국으로 재건시키지 않았나. 왕위를 물려준 내 판단은 틀리지 않았다고 확신한다네."

"그리 말씀해 주시는 건 기쁘지만……. 결국 미래는 어디쯤부터 바뀌었던 걸까요?"

"처음부터겠지. 이번에는 처음부터, 그대의 곁에는 리시아가 있었으니까."

"리시아?"

확실히 리시아는 처음부터 나를 떠받쳐 주었지만, 왜 여기서 리시아의 이름이 나오는 걸까? 그러자 알베르토 공은 조금 슬퍼하는 표정을 지었다.

"자네를 재상으로 삼은 미래에서도, 리시아는 자네 곁에 있었어. 게오르그의 비서관이었으니 그를 통해서 알게 됐을 테지. 리시아는 그 세계에서도 지금과 마찬가지로 그대의 재능을 꿰뚫어 보고 연모했던 모양이야. 자네를 파면한 뒤에도 내게 파면 철회를 요구하는 상소를 올렸지. 하지만…… 그때의 나는 리시아의 진언을 들어주지 않았어. 리시아는 화가 났는지 자네가 있는 랜들로 돌아갔지. 귀족들의 손에 잿더미로 변한 랜들성으로, 말이야. 틀림없이 마지막은……자네와……."

리시아는…… 나와 함께 죽었나. 그러고 보니 그 세계의 국왕은 '모든 것을 잃었다.'고 그랬던가. 그것은 사랑하는 딸도 잃었다는 이야기였나.

"내가 등용한 다른 동료들은 어떻게 됐나요?"

"애당초 존재하지 않았어. 그 세계에서 자네는 국왕 방송을 쓸 수 없었지. 내가 관습을 중히 여기는 자들의 의견을 받아들여 그대에게 사용을 허락하지 않았던 게야. 그러니까 인재 모집도, 자네가 하고 있는 방송 제작이라는 것도 없었던 게지."

국왕 방송은 없었나……. 그건 큰일이었겠네. 다시 생각해 보면 지금 있는 멤버 대부분은 국왕 방송을 사용한 인재 모집으로 등용한 사람들이었다.

국왕 방송이 없었다면 아이샤, 하쿠야, 토모에, 폰초와 만나지 못했을 테지. 게다가 재상이었다면 엑셀이 주나 씨를 파견하지도 않았을 테고, 군사 관계자인 루드윈, 할버트, 카에데 같은 이들과 만나지도 않았을 터.

그리 생각하니 국왕 방송을 사용한 것이 터닝 포인트였던 것처럼 여겨졌다.

그리고 국왕 방송을 사용하는 큰 원인이 된 것이, 물려받은 왕위와 그 정당성을 보증하는 리시아와의 혼약이었다. 그것들이 없었다면 국왕 방송을 사용하는 것에 반대하는 자들을 눌러둘 수 없었을지도 모른다. 그리 생각하면…….

"……큰일인데. 리시아가 승리의 여신처럼 보이기 시작했어."

"소중히 대해 줬으면 하네."

"그건 물론입니다."

역경 속에서도 나를 내버리지 않았다는 여신이다. 소중히 대하지 않는다면 벌을 받겠지. 그리고 알베르토 공은 일어섰다.

"자, 이것으로 내가 아는 건 전부 이야기했네. 이것으로 내 역할은 정말로 끝이 났구먼. 뒷일은…… 자네들에게 맡기겠네."

그리 말하더니 알베르토 공은 엘리샤 님 옆에 서서 그녀의 어깨를 안았다.

"우리는 이 성을 나가, 산속에 있는 내 옛 영지에서 조용히 살 생각이야."

"윽! 어째서!"

"언제까지고 예전 왕이 있어서야 좋지 않은 생각을 하는 자가 나오겠지. 다른 미래를 확인했으니 이만 몸을 숨기겠네. 이것도 처음부터 결정한 일이야."

그곳에 있던 것은 의지가 되지 않은 국왕으로서의 얼굴이 아니라 자식을 지켜보듯 자애로 가득한 아버지의 눈빛이었다. 그런 눈빛으로…… 나를 바라봐 주는 건가.

"……이미 각오를 다졌군요."

"소마 경이라면 리시아와 이 나라를 맡길 수 있어. 나도 엘리샤도 그리 믿는 게야. 모쪼록 부탁하네, '내 아들'이여."

내 아들. 그리 불린 나는 일어서서는 가슴을 턱 두드렸다.

"알겠습니다. 아버님, 어머님. 이제까지 감사했습니다."

나는 알베르토 공과 엘리샤 님을 향해 깊숙이 머리를 숙였다. 그런 나를 보고 알베르토 공은 흐뭇하게 고개를 끄덕이고 엘리샤 님은 마지막까지 미소와 함께 바라보았다. 나는 다시 한 번 머리를 숙이고는 두 사람의 곁을 떠나고자 문손잡이를 잡으려다가…… 멈춰서는 돌아봤다.

"마지막으로 하나만 묻고 싶은 게 있습니다."

"무엇인가?"

"내가 재상이 된 세계에서, 나와 리시아의 시체는 발견됐나요?"

"……아니, 재로 변했다고 하지 않았나. 발견되지 않았어."

과연. 시체는 발견되지 않았나. 그렇다면…….

"그렇다면 나도 리시아도 살아있었을지도 모르겠네요."

"무어라고?!"

눈을 부릅뜬 알베르토 공에게 나는 미소를 지었다.

"나 혼자라면 죽었을지도 모르죠. 하지만 그곳에는 리시아도 있었잖아요? 그 세계의 내가 지금의 나와 똑같은 만큼 리시아를 소중하게 생각했다면, 호락호락 죽게 내버려 두지는 않았을 겁니다. 위험이 들이닥친다면 리시아를 데리고서 수치고 뭐고 무릅쓰고서라도 도망쳤을 테죠. 그 과정에서 적병에게 당했을 가능성도 있겠지만, 그렇다면 시체가 남았을 터. 그게 없다는 것은 무사히 도망쳤다는 이야기겠죠."

어쩌면 그 시간을 벌기 위해, 게오르그는 자신이 미끼가 되어 시간을 벌어 주었을지도 모른다……. 뭐, 그런 건 *요시츠네 생존설을 믿는 거나 마찬가지겠지.

하지만, 괜찮잖아. 눈앞에 있는 장인어른의 죄책감을 조금이라도 줄일 수 있다면.

"……고맙구면. 사위."

---

* 요시츠네 생존설: 일본 헤이안 시대 말 카마쿠라 막부 시대 초기의 맹장 미나모토 요시츠네는 형인 카마쿠라 막부 초대 쇼군의 명령으로 죽었는데, 사실은 안 죽고 대륙으로 건너갔다는 설이 있다.

다시 방을 나가려고 했을 때, 등 뒤에서 그런 말이 내게 닿았다.

"이런 곳에서 뭐 해?"

집무실 테라스에서 성 아래 마을의 야경을 보고 있었더니 리시아가 모포를 가지고 왔다.

"여기 있는 줄 잘도 알았네."

"하쿠야가 가르쳐 줬어. 다 같이 노래대결 준비로 야단법석이라던데?"

"……미안해. 조금만 여기 있게 해 줘."

"정말이지……. 그럼 좀 더 따듯하게 있으라고."

그리 말하더니 리시아는 손에 들고 있던 모포를 내게 덮어 주고 그 속으로 자신도 들어왔다. 밀착한 몸에서 전해지는 체온이 무척 편안했다.

"후우……. 역시 이 시간에 밖은 춥네."

"그야 뭐, 겨울이니까."

"아, 눈."

"우와. 정말이네."

문득 하늘하늘 눈이 내리고 있다는 걸 깨달았다. 멀리 하늘에는 아직 달이 얼굴을 드러내고 있는데도.

처음에는 가랑눈이었지만 점차 사락사락 함박눈으로 바뀌었다.

달밤에 내리는 눈과 성 아래 마을의 빛. 무척 환상적이었다.

"아름다워."

옆에 선 리시아가 문득 중얼거렸다.

[……큰일인데. 리시아가 승리의 여신처럼 보이기 시작했어.]

그때 중얼거린 내 말이 귓속에서 되살아났다.

넋을 잃고 눈이 내리는 하늘을 바라보는 리시아의 옆얼굴을 보고 있자니 더는 참을 수가 없어, 나는 모포에서 빠져나와서는 그대로 모포와 함께 리시아의 몸을 끌어안았다.

"잠깐, 소마?!"

놀란 목소리를 흘리는 리시아. 나는 개의치 않고 끌어안은 손에 힘을 실었다.

"……사실은……."

추울 터인데도 몸이 이상하게도 뜨겁게 느껴졌다. 하얀 숨결이 나올 정도의 추위임에도 얼굴은 뜨거웠다. 어쩌면 나는 지금 울고 있는 걸지도 모른다.

"사실은……아이샤보다도, 주나 씨보다도, 로로아보다도 먼저 이야기해야만 했는데……."

"…………."

"리시아……널 사랑해. 나랑 결혼해 줘."

갑작스러운 프러포즈에 리시아는 한순간 어리둥절했지만,

"……정말로, 새삼스럽네."

그리 말하고 리시아는 부끄러운지 들썩이듯 웃었다.

그리고 끌어안은 나를 부드럽게 밀어내더니 내 가슴에 손을 얹고 까치발로 섰다. 모포가 스르륵 떨어지는 가운데, 리시아의 얼굴이 천천히 다가왔다.

"나도 사랑해, 소마. 앞으로도 계속 함께……."

우리의 입술이 포개졌다.

시각은 자정을 지나 12월 32일, 올해의 마지막 날이 됐다.

새로운 한 해의 발소리를 들으며 우리는 한동안 그러고 있었다.

중기

현실주의 용사의 왕국 재건기 4권을 구입해 주신 여러분, 정말로 감사합니다. 얼마 전, 간신히 워드 프로그램을 최신판으로 교체한 도조마루입니다. 이제까지 고마웠다, 2006……

이번에는 후기…… 라고 할까 '중기'로 3페이지를 받았습니다. 이번 권으로 이야기는 제1부 완결이라는 느낌이라 이것저것 이야기하고 싶은 것도 있었기에 많이 확보했습니다.

이야기상으로는 이번 권으로 소마가 소환된 대륙력 1546년이 끝났습니다. 스스로 말하는 것도 좀 어떠려나 싶지만, 이 이야기는 상당히 보기 드문 구성으로 되어 있었습니다. 제1권에서는 내정 온리, 제2권에서는 전쟁 온리, 제3권에서는 전후 처리이고 제4권에서는 전후 처리 뒷부분과 남아 있던 문제의 뒷정리, 그런 구성입니다.

이것으로 아실 수 있으시리라 생각합니다만, 이 이야기는 제1권~제4권까지가 하나의 큰 이야기로 되어 있다는 말이지요. 인터넷에서는 계속 이어지는 내용으로 썼습니다.

다시 말해 이야기의 기승전결을 한 권씩 실었다는 의미입니다. 그래서 복선 회수가 여러 권에 걸쳐서 진행되는 거죠. 1권

시점에서 삼공의 생각을 알게 되는 것이 2권, 제국의 생각을 알게 되는 것은 3권, 가장 처음에 왕위를 간단히 물려준 이유를 알게 되는 것은 4권입니다. 리뷰어를 애먹이는 구성이죠. 한 권 단위로 감상을 쓰는 건 무척 어려우리라 생각합니다.

저는 10년 정도 신인상에 내고는 낙선하기를 거듭했습니다만, 이런 방식으로 쓴 소설을 신인상에 낸다면 1차에도 통과하지 못하겠지요. 한 권 분량만 보내면 그저 미완성 원고이고, 정리해서 보내면 응모 요건(글자 수 제한)에 걸려서 심사를 받지도 못할지 모릅니다. ……잘도 서적으로 낼 수 있었구나 싶습니다.

이 글이 책이 될 수 있었던 이유는 인터넷 소설이라는 데 큰 이유가 있다고 생각합니다.

글자 수 제한 없이 자기가 원하는 대로 계속 쓸 수 있고, 장문을 읽어 주시는 독자가 있다. 그런 환경이 있었기에 평가를 받아 출판사 분이 제안을 해 주셨을 테죠. 판매하기 전부터 선전이 된다거나 랭킹 같은 호화로운 부분으로 시선이 가기 마련이지만, 본래 인터넷 소설의 진가는 이런 부분이 아닐까 생각합니다. 옛 보금자리인 소설 투고 사이트와 인터넷 판에 함께해 주신, 혹은 pixiv에서 현재진행형으로 함께해 주시는 독자 여러분께는 아무리 감사드려도 부족할 따름입니다. 정말로 감사합니다.

자, 그리 되어서 이 소설은 일단락됐습니다만, 저는 이번 권까지가 일단은 한 번 매듭을 지을 타이밍이지 않을까 생각했습니다. 여기까지 서적화할 수 있다면 끝이 나더라도 일단 모양새는 갖추어졌구나, 생각했던 거죠. 인터넷 판에서는 여기까지가 '현실주의 용사의 왕국 재건기'이고 다음부터는 제목을 변경하여 '현실주의 용사의 왕국 개조기'가 됐으니까요. 아직 더 써도 될 것 같아서 안도하고 있습니다.

참고로 적은 권수 만에 제목을 변경하면 혼란을 부를 터이기에, 다음 권은 '현실주의 용사의 왕국 재건기 Ⅴ'가 될 예정입니다. ……재건 자체는 거의 끝이 났지만요. 하지만 이런 식으로 이름만 그대로 두고 계속되는 방송국의 장수 프로그램 같은 것도 꽤 있잖아요? 법률 이야기는 거의 안 하는 상담소라든지, 세계의 끝까지 가서 퀴즈를 내지 않게 됐으면서도 이름에 Q가 남아 있는 방송이라든지. 그런 장수 프로그램의 징크스를 따라서 한동안은 계속 더 쓸 수 있다면 좋겠다고 생각합니다.

자 자, 왜 이번에는 '중기'라는 형식이냐면, 이 다음에 SS가 또 하나 있기 때문입니다. 4권 부분의 인터넷 연재 당시부터 함께해 주신 분들 중에는 기억하시는 분도 있으실지 모르겠습니다만, 이 4권 종료 후의 연말 SS를 본문이 아니라 활동 보고에 올렸습니다. 그 SS 안에서 서적화 발표를 했죠.

그 SS의 편안한 분위기가 마음에 들었기에 어떻게든 수록했으면 좋겠다고 생각했지만, 4권 마무리 부분에서 본다면 사족이라는 생각도 들어서 이렇게 '중기'로 한번 끝을 낸 다음에

'보너스' 라는 형태로 수록하게 됐습니다.

　부디 끝까지 함께해 주시면 참으로 행복할 것 같습니다.

　그럼 항상 일러스트를 그려 주시는 후유유키 님, 예전 담당 분 (부편집장 취임, 축하드립니다), 새 담당 분(앞으로도 잘 부탁 드립니다). 디자이너 분, 교정 분, 그리고 이 책을 손에 들어 주신 여러분께 감사를. 이상, 도조마루였습니다.

─────대륙력 1546년 12월 32일 심야 11시쯤, 소마의 방

　돌발기획이었던 '제1회 프리도니아 왕국 홍백가합전' 은 아직 제1회이기도 하고 가수도 부족해서, 오후 7시부터 세 시간 정도로 종료됐다.

　그리고 뒷정리까지 끝난 뒤에 나, 리시아, 아이샤, 주나 씨, 로로아까지 다섯 명은 내 방의 탁상난로 안에서 느긋한 시간을 보내고 있었다. 전날부터 거의 철야(일단 틈틈이 잠을 자기는 했다)로 작업을 했기에 다들 지쳐 있었다.

　연말의 소란에서 해방된 분위기는 원래 있던 세계의 마지막 날과 무척 비슷했다.

　여기에 새해맞이 국수라도 있다면 완벽하겠지만……. 메밀을 마련할 수는 없었기에 대신에 소스 야키소바를 준비했다. 새해맞이 소스 야키소바…… 엄청 어울리지 않는데.

　"호헤후하? 음, 무척 맛있어요.(후루룩)"

　아이샤는 소스 야키소바를 잔뜩 밀어 넣으며 놀란 표정으로 말했다. 이틀 정도 계속 힘쓰는 일만 했을 텐데도 아직 쌩쌩했다.

"……뭐, 아이샤는 그렇겠지."

"아이샤 씨. 뺨에 소스가 묻었다고요?"

"으음. 감사합니다, 주나 경."

주나 씨가 아이샤의 뺨을 냅킨으로 닦아 주었다. 왕비 후보들끼리 사이가 좋아 보여 다행이지만 뭐라고 할까, 이 두 사람은 완전히 보호자와 피보호자의 관계가 됐구나. 그리고 그걸 보고 있던 로로아가 리시아를 향해 입을 내밀었다.

"시아 언니. 내한테도 해도—."

"왜. 직접 닦을 수 있잖아?"

"괜찮잖아, 귀여운 여동생의 부탁이다. 이것 참~ 내한테는 오빠밖에 없었으니까 계속 언니를 갖고 싶었다. 그라이까 해도 해도~."

"정말이지……. 나도 외동이라서 여동생을 어떻게 대하면 좋을지 모르겠다고."

그리 말하면서도 로로아의 입가를 닦아주는 리시아. 리시아는 이러니저러니 해도 다른 사람을 잘 돌보는구나. 굳이 따지자면 언니라기보다는 엄마 같지만.

"얼굴이 비칠 정도로 반짝반짝하네."

"네 얼굴은 무슨 거울이니?"

"그라이까 지금 내 표정은, 사실은 시아 언니 표정 고대로라고."

"이 녀석, 그런 소릴 하면서 이상한 표정 짓지 마."

로로아의 머리를 찰싹 때리는 리시아. 완전히 자매 콩트가 완성됐는데. 그런 느긋한 분위기를 느끼며 나는 차를 마시고 한숨 돌렸다.

"이렇게 느긋한 느낌은 오랜만일지도 모르겠어…….

"정말이네."

무심코 입 밖으로 나온 내 혼잣말에 리시아가 대답했다.

"소마가 온 뒤로 시간이 정말로 빨리 흘러가네. 어지러워서 현기증이 날 정도로……. 어느샌가 굉장히 멀리까지 온 것 같은 기분이야. 엄청나게 휘둘렸지만."

그리 말하며 먼 곳을 바라보는 리시아. 어라? 어째서 내가 혼나는 거지?

"그, 그런가? 여러모로 절제했다고 생각하는데…….

"네가 할 말이 아니라고. 다른 사람들한테도 물어봐."

그 말에 아이샤랑 주나 씨 쪽을 보니 두 사람은 노골적으로 시선을 피했다. ……음, 아무래도 그런 모양이네. 로로아가 잘 알겠다는 표정으로 연신 고개를 끄덕였다.

"응응. 정말로. 큰일이었지~."

"뭐야. 로로아는 도중 참가잖아."

"싫다~ 시아 언니. 아미도니아에서 살았던 십여 년보다 달링 곁에서 일한 2, 3개월이 훨씬 농밀했다. 큰일이었지만 충실하기도 했지."

"아, 그건 저도 알 것 같아요. 저는 반 년 전까지는 어디에나 있는 라이브 카페의 로렐라이였으니까."

"아니, 주나 씨. 자연스럽게 거짓말 마세요. 당신 말고 대체 어디에, 해군대장의 손녀이자 해병대 대장의 직함을 가진 로렐라이가 있다는 거예요."

내가 그리 지적하자 주나 씨는 날름 혀를 내밀었다. 그런 동작도 무척 매력적입니다. 그런 우리를 보며 리시아는 기가 막힌다는 듯 한숨을 내쉬었다.

"올해 이야기만 하고 있지만 내년도 바쁠 것 같은데."

"그러네요. 내년에는 폐하의 즉위식도 있으니."

아이샤의 말처럼 내년 가을 무렵에는, 이제까지 계속 미루고 있던 내 즉위식이 치러질 예정이었다. 왕위를 물려받았지만 즉위 전인 지금 상황은, 말하자면 왕관을 가지고는 있지만 머리에 쓰지는 않은 상태니까. 빨리 어떻게든 해야겠지만 뭐, 예정은 예정이니 무슨 일이 있다면 연기될 수도 있다.

그러자 리시아가 "그것만이 아니라고."라며 고개를 내저었다.

"잊어버렸어? 우리 결혼식도 있잖아. 즉위식과 동시에."

"…………."

……그렇다. 큰 행사를 연이어서 벌이는 것은 재정에 부담을 준다며, 내 즉위식과 동시에 모두와의 결혼식도 올리게 됐다.

게다가 두 이벤트를 하나로 한 만큼 규모도 커졌고 이벤트를 좋아하는 로로아의 취향까지 더해지면 엄청나게 화려하겠지. 아직 계획을 세우는 단계지만.

————그건 그렇고……. 결혼인가…….

"어쩐지……아직 실감이 안 나네."

"뭐야. 어젯밤에는 소마 쪽에서……."

"어젯밤? 무슨 일 있었나?"

"……아, 아무것도 아냐."

로로아의 질문에 리시아는 황급히 얼버무렸다. 어젯밤의 프러포즈에 관해 이야기하려는 걸 테지만, 다른 사람들 앞에서 말하려니 아무래도 부끄러웠나 보다. 나도 조금 부끄러우니까 둘만의 비밀로 해 두자.

"소마는 우리랑 결혼하는 거…… 싫어?"

리시아가 내 눈을 똑바로 바라보며 물었다. 말투에서 뾰로통한 느낌이 느껴지기는 했지만, 그녀의 눈빛은 살짝 불안으로 흔들리고 있었다. ……그 표정은 치사하잖아.

"그럴 리가 없잖아. 다만 내가 있던 세계라면, 남자가 스무 살에 결혼한다면 상당히 빠른 편이거든. 20대 초반까지는 학생인 경우도 많았으니까."

"그래? 이 나라에서는 인간족 여자라면 열다섯 살 정도부터 적령기거든? 뭐, 종족에 따라서도 다르겠지만. 그렇지, 아이샤?"

"그러네요. 다크엘프는 수명이 길고 젊은 시간도 길어서 적령기도 길어요. 다만 그만큼 장수 종족은 아이를 가지기 어렵다는 단점도 있지만요."

아아……. 뭐, 장수하는 종족이 아이를 쑥쑥 낳아 버린다면 순식간에 인구 과다 상태에 빠져버릴 테니까. 지구의 생물도 오래 사는 종일수록 자손의 숫자는 적어지는 경향이 있었으니 그런 자연의 섭리 같은 부분은 다르지 않은 모양이었다.

"하, 하지만 폐하께서 살아 계시는 동안에 하나는 가질 생각이에요! 힘낼게요!"

양손을 꾹 움켜쥐며 아이샤는 콧김을 힘껏 내뿜었다.

"아니, 여기서 그런 걸 역설해도…….'

"열심히 하자고. 물론 '다 같이', 말이지?"

"윽……. 노, 노력할게."

리시아의 장난스러운 윙크에 나는 그리 대답할 수밖에 없었다. 그때,

딸랑— ♪ 딸랑— ♪

저 멀리서 종소리가 들렸다. 이 소리가 들렸다는 것은 자정을 지나 새해를 맞이했다는 의미였다. 제야의 종이 아니라 제야의 채플을 들으며, 나는 자세를 바로하고 네 사람을 향해 머리를 숙였다.

"리시아, 아이샤, 주나 씨, 로로아. 새해 복 많이 받으세요."

"왜 그래, 소마. 새삼스럽게."

"내가 있던 세계의 새해 인사야. 이쪽 세계에는 없어?"

"없네요. 이 나라에서는 새해가 되면 '새로운 한 해를 위하여!'라며 건배를 하는 정도일까요. 지금쯤 거리의 사람들은 광장에 모여서 떠들썩하게 즐기고 있겠죠."

주나 씨의 말로는 지금 시간, 광장에는 거대한 화톳불이 불타는 가운데 주위에는 노점이 늘어서서 어른들이 부어라 마셔라 떠들썩하게 보내고 있을 참이라나.

새해맞이 이벤트 같은 건가. 그건 그것대로 재밌을 것 같은데.

"내년에는 홍백가합전은 다른 사람들한테 맡기고 다 같이 그 자리에 섞여 볼까."

"괜찮네. 야키소바 노점 같은 걸 내면 잘 팔리지 않을까?"

"정말이지, 로로아는 금세 돈벌이 이야기로 튀어 버린다니까. 하지만⋯⋯그것도 괜찮겠네."

다들 마음에 들어 하는 모양이니 정말로 검토해 볼까. 호위가 큰일일지도 모르겠지만, 나랑 로로아 이외에는 전투력도 다들 높으니까 어떻게든 될 거 같은데.

"새해인가⋯⋯."

나는 코타츠에 뺨을 괴며 중얼거렸다.

"올해는 어떤 한 해가 될까."

"멋진 한 해가 될 거야. 틀림없이."

고개를 드니 리시아가 부드럽게 미소 짓고 있었다.

"앞으로 어떤 일이 기다릴지라도, 여기에 있는 모두가 힘을 합치면 반드시 뛰어넘을 수 있어. 소마가 '가족은 무슨 일이 있어도 지킨다' 고 한 것처럼, 우리도 '가족' 을 지키고 싶은걸. 소마도 포함해서 '우리 가족' 을 말이야."

리시아의 말에 아이샤도 주나 씨도 로로아도 고개를 끄덕였다.

"⋯⋯그런가. 고마워. 확신이 생겼어."

─────올해는 틀림없이 멋진 한 해가 될 것이다.

현실주의 용사의 왕국 재건기 4

2018년 06월 25일 제1판 인쇄
2019년 02월 08일 2쇄 발행

지음 도조마루 | **일러스트** 후유유키 | **옮김** 손종근

펴낸이 임광순 | **제작 디자인팀장** 오태철
편집부 황건수 · 신채윤 · 이병건 · 이홍재 · 김호민
디자인팀 박진아 · 박창조 · 한혜빈 · 김태원 | **국제팀** 노석진 · 엄태진

펴낸곳 영상출판미디어(주)
등록번호 제 2002-000003호
주소 21311 인천광역시 부평구 평천로 132 (청천동)
전화 032-505-2973(代) | **FAX** 032-505-2982

ISBN 979-11-319-8262-4
ISBN 979-11-319-7219-9 (세트)

ⓒ2017 by Dojyomaru
First published in Japan in 2017 by OVERLAP, Inc.
Korean translation rights reserved by YOUNGSANG PUBLISHING MEDIA, INC.
Under the license from OVERLAP, Inc., Tokyo JAPAN

노블엔진(NOVEL ENGINE)은 영상출판미디어(주)의 라이트노벨 및 관련서적 브랜드입니다.

• • •
NOVEL ENGINE

도조마루
작품리스트

◆

현실주의 용사의 왕국 재건기 1~4

NOVEL
NE
ENGINE

청춘의 상상, 시동을 걸어라!

나노카의 식신

3

고급 증기 기관차 캄파넬라에 올라탄 후루카와 나노카와 라티메리아. 속세에서 일탈한 듯한 화려함과는 달리, 실은 기도사 협회가 포획한 '릿카의 재앙신' 중 하나, 악신을 비밀리에 이송하는 용도의 위장 열차였다. 악신 헬리안투스를 죽이기 위해 열차에 잠입한 나노카는 한때 전장에서 함께 싸웠던 릿카 부대원 한 명과 재회한다.

'요도사' 시도 미즈키—— 그는 이송을 감독하는 간수장이 되어 있었다…….

재앙신을 죽이는 자와 지키는 자들이 펼치는 치열한 공방전! 각자의 마음을 태운 열차는 계속 달린다——!

NANOKA NO KUIGAMI 3 by KAMITSUKI RAINY
©2015 KAMITSUKI RAINY/SHOGAKUKAN
Illustrated by nauribon

카미츠키 레이니 지음 | nauribon 일러스트 | 2018년 7월 출간
청춘의 상상, 시동을 걸어라!